ro
ro
ro

Philipp Reinartz, 1985 in Freiburg geboren, studierte Theater, Film und Fernsehen, Germanistik, Geschichte, Journalismus und Design Thinking in Köln, Saragossa und Potsdam. Macht auch sonst komische Sachen und gründete daher vor kurzem mit Freunden eine Firma für Smartphonespiele. Er hat bislang keinen Bestseller, Sendeplatz oder Grimme-Preis, dafür aber im Urlaub 2003 am Strand von Side Andi Brehme getunnelt.

«Auf unseren Urlaub», prostet Lenny in unsere Dreierrunde. Scheiße. Hatte ich ja ganz vergessen.

«Ach so, ja, ähm, der Urlaub. Da wollt ich eh noch mal ...», stottere ich mich zum Thema, werde aber sogleich von Lenny unterbrochen.

«Ich bin ja für Cala Ratata. Oder so 'nen schönen Singleclub.» Das kann Wilhelm natürlich so nicht stehenlassen.

«Lass doch lieber irgendwohin, wo es ein bisschen entspannter ist. So 'ne Apartment-Geschichte fände ich super. Im Osten ist es zum Beispiel total ...»

«Ich kann nicht mit.» Jetzt ist es raus. «Wir kriegen da so 'nen neuen Workflow bei der Arbeit.»

Wenn einer der Flippers seinen Schlagerbrüdern die Teilnahme an der Träume-Liebe-Sehnsucht-Jubiläumstour absagen würde, weil er an der Volkshochschule einen Excel-Kurs machen möchte, würden die vermutlich genauso schauen wie Lenny und Wilhelm jetzt.

«Trotzdem Prost!», strecke ich mein Bier in die Mitte, warte aber vergeblich auf klirrende Zusammenkunft.

Mehr zum Autor unter: www.philipp-reinartz.de

PHILIPP REINARTZ

Katerstimmung

ROMAN

Rowohlt Taschenbuch Verlag

Veröffentlicht im Rowohlt Taschenbuch Verlag,
Reinbek bei Hamburg, Juni 2014

Umschlaggestaltung yellowfarm gmbh, Stefanie Freischem
(Umschlagabbildung: JLP/Corbis; Lachfix, Jetrel,
momius/Fotolia.de; yaskii/shutterstock.com)
Satz Thesis Antiqua PostScript
Gesamtherstellung CPI books GmbH, Leck
Printed in Germany
ISBN 978 3 499 23053 0

Panoli

ERSTE SAHNE

Mit einem Satz bin ich drin. Es gibt so triste Arbeitsplätze. Graue Wände ohne Bilder. Risse in der Tapete. Miesepetrige Sekretärinnen. Bullige Sicherheitsposten, die ihren Arbeitsbeginn lieber neun Stunden vorher anderenorts gehabt hätten und dem Krawattenspacko so gerne einmal «Du kommst hier nicht rein» oder dem Praktikanten «Heute ab 21» sagen würden.

Aber es geht noch schlimmer. Ich glaube nicht, dass der FDP-Chef seinen Mitarbeitern in der Berliner Zentrale auf einem Plakat mit einem frechen «Mehr Netto vom Brutto» entgegengrinst. Es reicht doch, wenn man die Leute da draußen verarscht. Es müssen doch nicht auch noch die eigenen dran glauben. Aber wenn die weiße Chipkarte die gläsernen Schiebetüren meines Arbeitgebers zum Öffnen bewegt, strahlt mich der Messias des Musikproletariats an: Dieter Bohlen. Nein, er strahlt mich nicht nur an – er bedroht mich. Und das auf drei mal vier Metern. Er hält provozierend eine Torte in der linken Hand, mit der rechten zeigt er genau auf mich. «25 Jahre erste Sahne – so feiern nur wir!» Der private Fernsehsender scheint seinen Mitarbeitern jeden Morgen auch die letzte kleine Freude, «Wenigstens darf ich hier mit Dieter Bohlen zusammen Deutschland mit Torten bewerfen», nehmen zu wollen. Du bist Deutschland. Denn er wirft sie auf uns alle, jeden Einzelnen, der durch diese Tür kommt. Auf jede Abrechnungsuschi, auf jeden Alko genannten Ablaufkoordinator, auf jede Moderatorentrulla. Und auf mich. Max Plättgen.

Wieso genau ich mich jeden Tag durch diese Glastüren schiebe – ich weiß es nicht.

«Morgen», raune ich dem türkischstämmigen Bären mit Secureo-Aufschrift auf der dunkelblauen Jacke im Vorbeigehen zu. Statt einer Erwiderung bekomme ich eine durchwinkende Handbewegung zwischen Verkehrspolizist und «Dieses Mal lasse ich dich noch rein, nächstes Mal nur mit Begleitung». Die Kombination mit demonstrativem Wegschauen spricht für Gedankengang zwei. Ich nenne es Türsteherblick, dieses fast schon lyrisch-sehnsüchtige Durch-die-Menschen-hindurch-in-die-Ferne-Blicken, perfektioniert von Otto von Bismarck, Barkeepern und Bahnschalterbeamten. Diese Mischung aus «Ich habe Visionen», «Ich schaffe auch komplizierte Handgriffe, ohne hinzuschauen» und «Ich schaue dich erst wieder an, wenn du endlich deine Bahncard aus dem Portemonnaie gefriemelt hast», die letztlich doch nur eines signalisieren soll: Ich bin hier der Chef, und du bist mir scheißegal. Zack, Torte im Gesicht. Danke, Dieter.

Als wäre mein Empfang in Deutschlands Kultur-Kindergarten nicht schon albern genug, hat nun anscheinend auch noch die Bienengruppe Pause. Ein Schwarm giggelnder Promimagazin-Schicksen stöckelt Richtung Kantine. Sie sind ähnlich aufgemotzt wie Ralf Richters Mercedes 500 SEC bei der Tuning World Bodensee, ein Vergleich, den ich dem Riesenfernseher im Gang verdanke, der das hauseigene Programm zeigt.

Sie sehen allesamt so aus, als würden sie gleich vor der Kamera stehen und «Guten Abend, mein Name ist Nazan Eckes, und das sind unsere Themen» sagen. Aber das sagt nun mal nur Nazan Eckes. Noch. Denn ich habe die Taktik der Nachwuchsbienen durchschaut: Es ist eine Präventivstrategie. Eines traurigen Tages könnte es ja passieren, dass Bienenkönigin

Nazan krank wird, im Stau steht oder von einem versehentlich in ihre Richtung geworfenen Stöckelschuh unglücklich am Kopf getroffen wird, vielleicht nur eine Viertelstunde vor Sendungsbeginn. Und wenn dann ein nervöser Alko durch die Redaktion blickt und verzweifelt überlegt, wer Deutschland jetzt gleich den ersten Magazin-Beitrag «Mit Mistgabel und Landluft: Großstadt-Mamis specken ab» präsentieren soll – wer möchte dann nicht schreien können: Lassen Sie mich durch, ich bin Biene!

Wie immer hat die Konferenz schon begonnen, als ich die Redaktion im dritten Stock betrete. Am Eingang prangt ein Totenkopf, der so armselig aussieht, als sei er aus dem Word-ClipArt-Fundus. Normalerweise kennzeichnet der Schädel Giftmüll oder Grufties, in diesem Fall die Nachrichtenredaktion des kleinen Schwestersenders. Vielleicht weil die Newspiraten die mit Kulturgütern reich beladenen Schiffe der Nachrichtenwelt entern, die Ladung aber fast unberührt zurücklassen und mit Rum und Frauen nach Hause segeln?

«Max?»

«Äh ... ja.»

«Die Konferenz beginnt um zehn Uhr. Auch für Volontäre.»

Man sagt homosexuellen Menschen ja oft eine emotionale Sanftheit, ein anschmiegsam-tuntiges Kuschel-Gen nach. Bei Klaus Thomann wurde in der Waschmaschine der Gleichgeschlechtlichkeit wohl das Perwoll vergessen. Klaus ist der Kratzpulli neben den schwulen Kuschelsocken.

«Joa, ich ... es gab da noch so Probleme mit meiner Abrechnung, da musste ich gerade noch mal schnell in die Personalabteilung wegen der Lohnst...»

«Komm nach der Konferenz bitte in mein Büro», kratzt Klaus.

«Ja gut, ich muss gleich eigentlich noch diese Sache mit der Klokunst in Tennessee ...»

Er starrt mich an.

«... aber das läuft, ich komm dann.»

Ich hasse meinen Job. Da war man immer ein aufgewecktes Kind, hangelte sich irgendwie durch die Schule, und dann steht man da mit der präzisesten Berufsvorstellung nach «reich werden» und «mit Menschen arbeiten»: «irgendwas mit Medien». Da «irgendwas mit Medien» in vielen Fällen auch irgendwas mit der Welt zu tun hat, studierte ich Politik auf Magister. An meine beiden Nebenfächer erinnere ich mich mangels Teilnahme nicht mehr, ich glaube, es war irgendwas mit Medien. Das Magisterstudium zeichnet sich vor allem dadurch aus, dass man kaum Pflichtveranstaltungen hat, nichts lernt und auf keinen Beruf vorbereitet wird. Es ist das Waldorfkonzept unter den Studienabschlüssen. Mit ganz viel Eigeninitiative kann man was draus machen, aber im Knast ist der Boxraum auch besser besucht als die Bibliothek. Mein Boxraum waren Werbeagenturen, Redaktionen und das Kölner Nachtleben. Als ich eines Tages nicht mehr wusste, wo in der Uni der Hörsaal ist, fragte ich mich stattdessen zum Studentensekretariat durch und hängte meine akademische Karriere an den Nagel, bevor sie begonnen hatte.

Es folgte eine mehrmonatige Phase, die in meinem Gedächtnis als blaue, nach Jack Daniels riechende Dunstwolke abgespeichert ist. Eines Abends schwor ich meinen Freunden nach drei Whiskey Cola, die nächste Ausbildung, die ich fände, anzunehmen. Vielleicht hätten sie sich das hämische «Die findest du aber vermutlich weder im Deep Night noch in der Tiger Lounge» sparen sollen. Sonst hätte ich vielleicht anders reagiert, als ich, wiederum drei Whiskey Cola später, im Deep Night Sandy kennenlernte, stolze Mitarbeiterin der Zuschauerredaktion – «Wir überlegen uns da zum Beispiel jeden Tag die Gewinnspielfragen für die Promi-Magazine!» –, und sie mir von einer freien Volontärstelle bei den *News* erzählte.

«Ich soll zwei Jahre meiner wertvollen Lebenszeit für Paris Hilton, neugeborene Pandas und verzogene Teenager verschenken?», hätte ich sagen sollen. Stattdessen lallte ich so etwas wie: «Yiihaaaaa, ich machet Otze!», und schickte eine SMS mit ähnlichem Inhalt an alle meine ungläubigen Freunde. Kann man nämlich doch. Beim Feiern eine Stelle klarmachen. Ätsch.

Einen Tag später und ohne sechs Whiskey Cola sah ich die ganze Sache zwar schon wieder wesentlich nüchterner, hatte aber weder Lust auf einen Rückzieher noch einen alternativen Plan in Aussicht. Ich bewarb mich, und weil ich beim Auswahltest als Einziger wusste, wer Michail Gorbatschow ist und wie man ihn schreibt, wurde ich genommen. Im Nachhinein fühlte ich mich ein bisschen, als hätte ich den Job als Platzwart bei Eintracht Groß Grönau II bekommen, weil ich wusste, wer Franck Ribéry ist.

Die *News*-Konferenz ist wie immer unterhaltsamer als alle Comedy-Formate der Sendergruppe zusammen und gleichzeitig so schockierend wie eine Dokumentation über Mädchencliquen in Hamburg-Wilhelmsburg. Die bebrillte Mittdreißigerin Sabine, die es wegen ihres Aussehens und trotz ihres Namens nicht in die Promimagazin-Mädchenclique geschafft hat, ist mit Kritik dran. Ihre Stimme klingt immer, als wollte sie eine Jutejutta imitieren, die gerade im Basic Biosupermarkt den Kassierer fragt, ob die Kumquats denn auch aus heimischem Anbau stammen. Knallhart nimmt sie die

Sendung des Vortags auseinander und vergleicht sie messerscharf mit der Konkurrenz.

«Also die *Tagesschau* hat mit dem EU-Gipfel aufgemacht, aber da waren wir mit dem erstickten Elefantenbaby mit Sicherheit von den Bildern her stärker. Den Schulbusunfall hatten *heute* und *aktuell* auch drin, aber das war bei uns durch die weinenden Mütter lebhafter, und hinten raus hatten alle irgendwas mit einem gefundenen Picasso in Berlin, da fand ich die *Counterstrike: Blood Revenge*-Vorschau von der gamescom wesentlich zielgruppiger.»

In meinem Kopf trampelt ein Babyelefant mit Brille auf Ralf Richters PS-Kanone. Der schreit. Seine Mutter weint. Eine Biene ruft: Lassen Sie mich durch. Ganz ruhig, Max. Das ist alles nur ein böser Traum.

Demonstrativ gehe ich nach der Konferenz erst einmal nicht in Klaus Thomanns Büro, sondern fahre meinen Rechner hoch. Beim Blick nach draußen stelle ich fest, dass das Wetter sich dem Niveau angepasst hat. Dicke Regentropfen klatschen genüsslich an die Fensterfront. Und das im August. Sind das alles Minitorten? Ich muss hier echt mal raus. Gott sei Dank habe ich in zwei Wochen Urlaub. Schön ein paar Tage last minute mit Lenny und Wilhelm irgendwohin, wo alles anders ist als in der Welt, die mir die Nachrichtenagenturen täglich präsentieren. Klarer Himmel mit Sonne statt *Moldova: Floods*, türkisfarbenes Meer mit springenden Delphinen am Horizont statt *Japan: Whale Killing (Good Pictures!)* und leichtbekleidete Bikinimädchen mit Mojito in der Hand statt *US: 220-Pound Teen wins Eating Contest*. Am Nebentisch höre ich Sabine telefonieren.

«Hey, Marcel, könntest du mir bitte die Leiche aus Hamburg auf den Server legen?»

Wo bin ich hier, und wenn ja, warum? *Germany: Phone*

explodes while Woman talking. CNN, wo bist du, wenn man dich braucht? Am liebsten würde ich mich gerade auch auf den Server legen. Wenn da neben der Leiche aus Hamburg noch Platz ist.

Im Intranet werde ich aufgefordert, an der aktuellen Mitarbeiterbefragung der Sendergruppe teilzunehmen. Super, ich habe gerade Lust auf Fundamentalkritik. Nach 27 Fragen merke ich, dass die mich verarschen wollen.

«Inwieweit stimmen Sie der Aussage zu: *Meine Firma und ihre Produkte leisten einen wertvollen kulturellen und sozialen Beitrag zum Wohle der Gesellschaft*?»

Ob so etwas auch bei Mitarbeiterbefragungen in der Waffenindustrie gefragt wird? Wenn hier nicht alle schizophren sind, müsste der Durchschnittswert zumindest in einem ähnlichen Bereich liegen. Aus Protest breche ich die Befragung ab und gehe zu Klaus. Ich bin reif für eine Abreibung. Im Rücken höre ich Sabine.

«Hm, aber dann bräuchte ich auf jeden Fall noch einen Unfall für den Newsblock. Gibt's da was?»

Ich wäre Sabine so gerne behilflich und träte zusammen mit dem Killerbienenkommando das große Stöckelschuhmassaker los. Den Secureo-Bären hätten wir mit einem gezielten Wurf auf seine Gehirnzelle ausgeknockt; und während die Bienen sich auf die Suche nach Nazan Eckes machten, könnte ich mich auf meinem Rachefeldzug planlos durch die Redaktionen werfen. Die schnellste Biene summte ins Studio und ginge sofort live auf Sendung. In rasender Eile hätten die Bildbastler noch einen *Krieg auf Deutschland*-Schriftzug in die rechte obere Bildecke geschoben. *Spiegel Online* titelte: *Amoklauf bei Fernsehsender: 12 Schwerverletzte, bild.de* wäre wie immer schon einen Schritt weiter: *Auch Katja Burkhards Hund unter den Opfern?* Mit einem letzten Schuh bewaffnet, stürmte ich Richtung Ausgang, wo die angerückten Spezialeinheiten große Probleme hätten, Günther Jauch und Johannes B. Kerner auseinanderzuhalten, die sich darum prügelten, wer für seinen Jahresrückblick meine Eltern, Nazan Eckes oder Katja Burkhards Hund bekommt. Mit dem letzten übriggebliebenen Stöckelschuh stellte ich mich vor die Menge und beendete meine Mission mit Würde. Krachend schlüge der Schuh in die Torte.

Klaus Thomann ist einer dieser Menschen, bei denen ich nicht verstehe, wieso sie ihre Zeit in diesem Haus verbringen. Er ist definitiv der Falsche fürs Privatfernsehen. Vermutlich würde ich mich sogar mit ihm verstehen, wenn ich ihn nicht ausgerechnet hier kennengelernt hätte, wo er seinen Job ernst nimmt und ich mich fühle, als müsste ich im Kinderhort Sozialstunden absitzen, weil ich gegen das Gesetz der Zielstrebigkeit verstoßen habe.

«Sag mal, was ist eigentlich mit dir los, Max?»

Was mit mir los ist? Mein Leben ist scheiße. Ich bin 28 Jahre alt, habe daher nur noch zwei gute Jahre vor mir, die ich jedoch in einer Redaktion verbringen werde, in der Nachrichten *News* heißen. Meine Freunde verdienen ihr erstes richtiges Geld, und meine berufliche Zukunft steht auf so sicherem Grund wie die Häuser in der Kölner Innenstadt. Um dennoch ein halbwegs mondänes Großstadtleben zu führen, habe ich zwei Nebenjobs, deswegen aber fast keine Zeit mehr, ein halbwegs mondänes Großstadtleben zu führen. Ich bin seit zwei Jahren Single, und natürlich kollidiert dieser Lebensabschnitt mit einer Phase, in der fast alle meine Freunde in Beziehungen sind und jede «Feiern?»-SMS beantworten mit: «Nee, sorry, bin gerade mit Dominik/Lisa/Christian/Caty im Kino/im Thermalbad/bei den Eltern/auf dem Küchentisch.» Mein

Leben ist momentan so spannend wie die Bekanntgabe von Fußballendergebnissen für Ante Sapina. Das Spektakulärste, das ich in den letzten Jahren erlebt habe, war ein sechsstündiger Stromausfall in der Kölner Südstadt. Im Bilderrahmen auf meinem Schreibtisch, von dem mir früher ein Kuss-am-Strand-Foto mit meiner Exfreundin entgegenlächelte, konzentriert sich mein Seelenzustand nun in der Postkartenaufschrift: «Meine Gesamtsituation ist unrockbar.» Aber das alles werde ich dir Kratzbürste bestimmt nicht erzählen.

«Nix.» Komm, raste aus. Kratz mich, Klaus!

«Nix? Mal angefangen damit, dass du jeden Tag zu spät zur Arbeit kommst.»

«Ich bleib dafür aber auch häufig lä...»

«Und in deinen Beiträgen Insider-Witze für deine Freunde versteckst.»

«Das war ein einziges Mal.»

«Du hast bei einem O-Ton eine Drogenabhängige mit ‹Ingeborg Haschmann› untertitelt!»

«Ach, das fällt doch keinem auf, so kann man doch heißen.»

«In Mexiko?»

«Joa, da sind ja doch einige Deutsch...»

«Du hast Claudia letzte Woche einen Penis auf die Moderationskarte gemalt.»

«Ja gut, das war ein Scherz. Hier, *It's fun!*», deute ich auf das bunte Werbebanner des Senders, das hinter Klaus an der Wand hängt. Er dreht sich nicht um.

«Wenn es nach mir ginge, wärst du schon längst wieder raus aus dem Laden hier. Der einzige Grund, warum die dich hier haben wollen, ist dein ominöser Boulevard-Riecher.»

Ha! Mein Ass. Es hat schon wieder gestochen. Es war eigentlich nur ein Scherz, als ich mich vor Jahren beim *Express* unter dem Namen Karl Säuler als freier Mitarbeiter beworben hatte, da mir die Vorstellung, «Max Plättgen» könnte unter einem Artikel mit dem Titel «Busenklau: Jetzt spricht der reuige Exfreund!», stehen, tendenziell unangenehm war. Aber seither hat nie irgendwer nach Lohnsteuerkarte oder Ausweis gefragt. Inzwischen ist meine Doppelidentität mein größtes Kapital: Karl Säuler arbeitet auf Rechnung und schickt in unregelmäßigen Abständen Artikel an den *Express*, wo ihn zwar niemand kennt, wo er aber in allen Mail-Verteilern steht und somit immer schon am Vortag die Themen der nächsten Ausgabe erfährt. Und da Yellow Press und Boulevardfernsehen wie Hase und Igel um die Wette laufen, bin ich dann oft Frau Igel, die in der Nacht zuvor mit dem Hasen geschlafen hat, um dessen Laufweg herauszufinden. Ich lächele Kratzklaus an, und vor meinem geistigen Auge kopulieren Märchenfiguren.

«Anyway: Dein Urlaub fällt auf jeden Fall aus. In zwei Wochen kommt der neue Workflow, da wird es hier drunter und drüber gehen.»

Herr Igel kommt aus dem Schrank, erschießt erst den Hasen, dann seine Frau und letztlich sich selbst. Das darf alles nicht wahr sein.

«Max, das ist hier keine Spaßveranstaltung. Nimm das Ganze mal ein bisschen ernst.»

Zack. Torte im Gesicht. Erste Sahne.

Als ich um kurz nach sechs das Gebäude verlasse, habe ich merkwürdigerweise nicht das Gefühl, heute einen enorm wichtigen Beitrag für die Menschheit geleistet zu haben. Dabei werden meine 1:30 über Joe Hammils verzierte und dekorierte Toilettendeckel in Fastfood-Restaurants der Südstaaten bestimmt Quote machen. War immerhin ein Lady-Gaga-Pott dabei, und außerdem läuft heute vor den *News* diese Sendung, bei der Menschen mit zu viel Zeit andere Menschen mit zu viel

Zeit dabei beobachten, wie sie mehrere Monate in einem Container eingesperrt noch viel mehr Zeit totschlagen. Da kann man von den Zuschauern also eine gewisse Themenaffinität erwarten. Zielgruppig.

Doch viel größere Probleme macht es mir, meinen Jungs gleich den Urlaub abzusagen. Und das gerade heute, wo wir uns bei irgendeiner WG-Party, auf der Lenny «zwei echt süße Zahnis» kennt, schon mal einstimmen wollten. Ich hole mein Handy aus der Tasche, doch noch bevor ich mich zum Telefonbuch durchgeklickt habe, poppt ein kleines Fenster auf: Freitag, 18 Uhr, Meeting Agentur. Scheiße. Komplett vergessen. Marty und Glatzen-Yul wollten ja heute noch das neue Briefing rausgeben. Direkt neben mir steigt Nazan Eckes in ihren Ferrari. Wenn ich noch rechtzeitig in die Agentur kommen möchte, wäre genau jetzt ein Stöckelschuhattentat ganz gut. Leider bleibt es aus, und ich renne zur Bahn.

Wenn es nicht gerade das unbeliebteste Wort der Branche wäre, könnte man die Klingel der Werbeagentur *blaufrosch* als «pfiffig» bezeichnen. Ich drücke auf den kleinen blauen Blinkfrosch und höre, wie es innen quakt. Eine Werbeagentur ist nur dann eine Werbeagentur, wenn sie anders ist. Die Räume haben schiefe Wände, in der Kaffeeküche steht ein Spielautomat aus den sechziger Jahren, und statt Kuchen bekommen Gäste Gummibärchen in Einweckgläsern. Bei *blaufrosch – jumping communication* geht der Zirkus eben schon mit der Klingel los: Quak. Oberstes Gebot beim Betreten einer Werbeagentur ist, dass der Besucher unter keinen Umständen auch nur eine Zehntelsekunde glauben darf, er würde ein gewöhnliches Büro betreten. Kreative Extras wie meterhohe Bambushalme oder schrill schraffierte Metalleffekttapeten fungieren als subtile Warnsymbole: Zutritt für Normale verboten! Bei *blaufrosch* ist es umgekehrt, und ein subtiler Warnhinweis fungiert als kreatives Extra: *Vorsicht! Zündende Ideen! Brandgefahr!* steht auf einem täuschend echt aussehenden Schild neben dem Eingang. Krampfhaft versuchen meine Synapsen jedes Mal, den Zusammenhang zur Frosch-Metapher zu finden, doch sie landen immer im Langzeitspeicher «unnötige Youtube-Clips, die man trotzdem nicht vergisst», in dem mein Gedächtnis auch ein «Burning Frog»-Video abgelegt hat, in dem ein Zehnjähriger mit diabolischer Freude Frösche anzündet. Ich glaube, ich sollte meine Festplatte mal formatieren.

Auf dem Weg zur Anmeldung komme ich an verglasten Büroinseln vorbei, auf denen Riesenlettern in verschiedenen Blautönen verraten, ob im jeweiligen Gewächshaus *Creation* oder *Grafik* angepflanzt wurde. Auf den wenigen Bildschirmen, die Freitagabend um kurz vor sieben noch an sind, wird größtenteils auf Facebook gesurft. Vermutlich ist das eine Corporate-Design-Anweisung, wegen der Blautöne.

Glatzen-Yul steht schon nervös am Empfang und spielt an seiner schwarzen Brille. Ich glaube ja, dass ihm einer seiner Graphiker wegen des Mangels an Haaren mehr Kontrast empfahl und er deshalb auf die Idee mit der überdicken Sehhilfe kam, quasi zur manuellen Farbkorrektur. Würde zumindest passen, denn mit seinem Namen mogelt er auch. Eigentlich heißt er Moritz, nennt sich offiziell jedoch Maurice, was ich so lächerlich finde, dass ich ihn Glatzen-Yul nenne, weil er mich an Yul Brynner von den *Glorreichen Sieben* erinnert. Sein lilafarbenes Hemd beißt sich zwar mit keinem anderen seiner Kleidungsstücke, dafür fühle ich mich aber von dessen aggressiver Farbintensität angegriffen.

«Sorry Yul, ich bin heute nicht früher aus der Redaktion gekommen, musste noch zwei, drei Interviews wegen EU-Gipfel ...»

«Ja, komm, Max, mach hinne, Marty ist schon auf 180, weil der Brasilianer den Namen abgelehnt hat. Und ich heiße Maurice.»

«Oh, warum das denn?»

«Bitte?»

«Ich mein den Brasilianer.»

«Könnten wir vielleicht erst ins Meeting gehen?»

Könntest du vielleicht erst die Sättigung deiner Oberbekleidung runterdrehen?

Vier Gewächshäuser später sitzen wir in der einzigen nichtverglasten Brutstätte der Froschfarm: Martys Büro. Sie ist wie immer wesentlich biederer angezogen als lila Glatzen-Yul. «Ich muss mir ja auch keine bunten Kampagnen überlegen, sondern schwarze Zahlen schreiben», hatte sie irgendwann mal gekalauert. Seither werde ich die Idee nicht los, dass Führungskräfte als Zeichen absoluter Transparenz ihre Krawattenfarbe auf die aktuellen Quartalsergebnisse abstimmen könnten.

Glatzen-Yul hatte recht. Marty sieht in der Tat so aus, als sei sie auf 180 oder gar 270. Vielleicht schaffe ich es ja mit ein paar gezielten Sticheleien, noch 90 Grad rauszuholen, um sie wieder auf Kurs zu bringen.

«Quak.»

«Max! Lass bitte deine Sprüche heute sein. Du bist eine Stunde zu spät, wir haben zwei Briefings, also lass uns das bitte schnell durchziehen.» Dass sie ständig dieses überbetonte «Bitte» in ihre Sätze einbauen muss!

«Ja, ich dacht nur wegen *bluefrog*, äh *blaufrosch*.»

Marty stöhnt mir einen müde-gestressten Blick zu.

«Hör mir bitte mit diesem ganzen Froschquatsch auf.»

Ich lächele sie mit der Gewissheit an, dass sie bei 360 Grad angekommen ist. Ihr wunder Punkt. Was würde sie dafür geben, wenn sie damals beim Abschlussball ihres Markenkommunikation-Studiums nicht die Schnapsidee mit dem Frosch gehabt hätte. «Tiere sind immer gut, da kann man gleich eine Markenwelt drum herumbauen», hatte ihr dann wohl noch ein angetrunkener Dozent zugeraunt, «am besten kombinieren Sie das mit einer untypischen Farbe.» Anders kann ich mir nicht erklären, wie man auf *pinkfrog* kommen kann. Wenn Marty nicht auch im Creative-Naming-Seminar geschlafen hat, dann definitiv in der Vorlesung Markenrecht. Zwei Monate nach Agenturstart hatte sie nämlich eine Klage einer österreichischen Event-Marketing-Agentur gleichen Namens an der Backe und durfte ihren ganzen Laden zum ersten Mal umbenennen. So wurde der Riesenfrosch in der Eingangslounge blau überpinselt und *bluefrog* geboren. Doch spätestens nachdem der freundliche Brief der Firma Bluesecurity mit dem Hinweis auf den von ihnen entwickelten und lizenzierten Spamfilter *Blue-Frog* in den Briefkasten flatterte, hätte Marty alles dafür getan, wenn sie sich damals doch nur für «Herzberger und Partner» entschieden hätte. Ihren Humor verlor sie endgültig, als zwei Wochen nach dem aufwendigen «Der Frosch wird deutsch!»-Relaunch und nachdem die Handwerker bei den Leuchtbuchstaben *e* durch *a* ersetzt und *u* und *a* vertauscht hatten, ein erneuter Brief der amerikanischen Softwareentwickler ins Haus flatterte. Man würde das Blue-Frog-Prinzip künftig unter der Bezeichnung *Okopipi* auf P2P-Basis umsetzen und habe daher kein Interesse mehr an der markenrechtlichen Verwertung von *Blue-Frog*. Gerüchten zufolge lässt sich Martys viertelstündige Reaktion auf diese Zeilen am besten mit dem Firmenslogan «jumping communication» beschreiben. wild and crazy jumping communication.

«Also fangen wir mal mit dem Re-Briefing an. Dieser João Vinicius Guimarães beziehungsweise sein Berater fand alle unsere Vorschläge ‹no enough good›, da müssen wir also bitte noch mal ran.»

Ich habe ja schon einiges erlebt, seit ich mich auf Benennungsmarketing spezialisiert habe, weil man da von zu Hause aus arbeiten kann. Aber dass wir von einem brasilianischen Nachwuchsfußballer auf dem Sprung nach Europa damit beauftragt werden, einen wohlklingenden und in allen europäischen Sprachen akzeptierten Namen zu suchen, toppt alles. Angeblich hat unsere Zaubermaus gehört, dass ein Wechsel seines Landsmanns Maicon von Inter Mailand zu Real Madrid scheiterte, weil *maricón* auf Spanisch Schwuchtel bedeutet. Und da hat der Gute kalte Füße bekommen.

«Auch nicht Zocinho?», frage ich ungläubig.

«No enough good.»

«Und wieso? Das wäre doch auch wegen Soccer ...»

«Glaubst du, dass uns ein Berater, der ‹no enough good› schreibt, irgendetwas auf Englisch erklären kann?»

«Die sollten mal an ihrem Expectation Management arbeiten», ergänzt Yul, wohl um seine Anwesenheit zu rechtfertigen.

«Was?»

«Er meint, die haben hohe Ansprüche.»

«Und warum sagt er das nicht auf Deutsch? Hat er Probleme mit seinem Language Management?»

«Max, bitte! Wir schicken einfach so viele Namen, bis denen einer gefällt. Schlimmer als João Vinicius Guimarães geht es ja ohnehin kaum. Wär also gut, wenn du da bitte noch zehn bis zwanzig machen könntest in den nächsten Tagen.»

«Okay.» Marty hat den Namen unserer brasilianischen Diva auch beim zweiten Mal so holprig ausgesprochen, dass mir der Sinn des Auftrags augenblicklich wieder bewusst wird. Wenn die das nicht mal halbwegs flüssig ablesen kann, wie soll man das dann noch nach fünf Pils im Stadion grölen? Er würde einer jener Spieler werden, den Kommentatoren stets nur mit «Der 10er», «Der neue Ronaldinho» oder «Der Mann, dessen Namen auf Deutsch kleine Maus / Erbse / Wäscheklammer bedeutet» umschreiben. Bis ein ganz findiger, oft Reinhold Beckmann, stolz verkündet: «Heute beim Mittagessen, da hat er mir verraten, es heißt nicht Guimaresch, es heißt nicht Gümaraes, es heißt Gümaresch.» Stimmt meistens nicht, klingt aber nach Hintergrundgespräch bei Tagliatelle unter Freunden.

«Gut, dann kommen wir mal zu Ellringer.» Marty gönnt mir heute wirklich keine Verschnaufpause.

«Da ist der Vorteil auf jeden Fall, dass der Name nur in der relevanten Klasse geschützt werden muss und wir auch keine freien Domains brauchen», schaltet sich Yul ein.

«Aber da brauchen wir auf jeden Fall etwas Ausgefallenes.»

«Kann durchaus auch was Kunstwortiges sein.» Ob Kunstwörter wie «kunstwortig» mit der versprochenen springenden Kommunikation gemeint sind? Da ist mir ja fast zielgruppig lieber.

«Frisch, jung, ich würde sogar sagen trendy», sagt Marty, wobei sie nach jung zögert, zu Glatzen-Yul blickt, und ich würde sogar sagen: unnatürlich streckt. Oh nein, jetzt fangen die beiden wieder an, ihre Ideen ganz spontan und frei zu entwickeln.

«Trendy, aber nicht hip.» Glatzen-Yuls Ergänzung erntet ein zustimmendes Nicken von Marty.

«Irgendwie loungemäßig eben.»

«Da kann man vom Wortfeld auch mal in den Bereich Architektur, Musik oder Design gehen.»

Es reicht.

«Äh, wollt ihr mir vielleicht erst einmal sagen, um was für ein Produkt es geht? Was macht denn Ellringer?»

«Ach so, ja. Es geht um eine Zylinderkopfschraube. Für Automotoren», sagt Marty trocken, ohne das leere Entsetzen in meinem Blick zu bemerken. Ich stelle mir vor, wie irgendein Jungbanker seinen Arbeitskollegen stolz den neuen Benz präsentiert und prahlt: «270 PS, V8-Direkteinspritzung, 20-Zoll-Alufelgen, aber wisst ihr, was am coolsten ist: Da ist doch tatsächlich so eine loungemäßige *Purple-Cocoon*-Zylinderkopfschraube verbaut, die sind jetzt ja so was von im Trend.»

«Ist das euer Ernst? Die wollen, dass ihr Metallpfropfen *Symphonie* oder *Colosseum* heißt?»

«Das ist kein Metallpfropfen, das ist eine hochinnovative Gewindedehnschraube mit hoher Elastizität, die eben vor allem im Premiumsegment eingesetzt werden soll», werbert das lila Hemd.

«Mhm.» Ich sag jetzt lieber nichts mehr. Obwohl. Doch.

«Wenn eure Festangestellten auch mal arbeiten würden, statt den ganzen Tag bei Facebook zu surfen, könntet ihr euch vielleicht den Luxus gönnen, manche Jobs abzulehnen.»

«Wir sind eine Werbeagentur, da passen Social Networks absolut in die Unternehmenskultur», versucht mich Glatzen-Yul zu belehren.

«Arbeiten und Facebook passt zusammen wie das scheiß Feuerschild zum Knallfrosch», entgegne ich ihm einige Dezibel zu laut. Aber was labert der denn heute auch für ein Broschürengesülze?

«Weiß Glatzen-Yul eigentlich, dass er hier gerade nicht beim Interviewtermin mit *brandeins* ist?», frage ich Marty.

Ich schaffe es tatsächlich, sie damit ein ganz kleines bisschen zum Lächeln zu bringen. Er merkt das und fingert pikiert an seiner Brille herum.

«Komm schon, jetzt nicht böse werden», bemitleide ich ihn. «Ah nee, so versteht er das ja nicht. Ähm, arbeite doch mal an deinem Emotion Management!» Schon wieder zucken Martys Mundwinkel nach oben. Es reicht für Maurice, um grußlos den Raum zu verlassen.

«Boah, das ist ja Wellness für die Augen, wenn der sein Lila jetzt mal draußen auf dem Gang verteilt», versuche ich noch einen Lacher hervorzukitzeln. Fehlanzeige.

«Nenn ihn doch nicht immer Glatzen-Yul», sagt Marty sanft und mit einem Hauch von Mitleid in der Stimme. Ach ja, ich hatte vergessen, dass eine Metamorphose von Moritz zu Maurice nicht so weit von Martina zu Marty entfernt ist. Dann schaue ich jetzt mal betreten zur Seite.

«Ist grad alles ein bisschen schwierig bei mir», sage ich. Und das stimmt sogar.

«Ich weiß.»

«Was? Wieso das denn?»

«Na ja, du arbeitest beim Privatfernsehen.»

Ich überlege kurz, was ich darauf sagen soll, suhle mich dann aber lieber weiter in ihrem Mitleid und schweige. Aber so viel hat sie davon leider nicht übrig.

«Na gut, Max, Ellringer hat noch ein bisschen Zeit, schick uns einfach in den nächsten Tagen deine Vorschläge für den Brasilianer. Wie ich dich kenne, werden schon ein paar gute dabei sein, und dann kommt Glatzen ... äh ... Maurice auch wieder runter.»

Sie lächelt, und ich stehe auf. Als ich schon fast an der Tür bin, schiebt Marty nach:

«Ach und wegen Facebook. Wir hatten das letzte Woche mal testweise sperren lassen. Innerhalb von zwei Stunden kamen 14 Mitarbeiter und meinten, ihr Internet funktioniere heute nicht richtig. In der Mittagspause sah die halbe Mannschaft aus, als hätte sie drei Tage ohne Strom gelebt. Es geht wohl echt nicht anders, aber mir passt das auch ganz und gar nicht.»

Ich nicke und verlasse Martys Büro. Als ich im Flur die letzte Menschentraube Richtung Ausgang schlendern sehe, kommt mir die Idee für meine erste gute Tat des Tages. Ich beschleunige meinen Gang auf ein aggressives Stakkato, pumpe mich spontan mit Adrenalin voll und überhole mit einem wutschnaubenden «Kann doch nicht wahr sein! Kürzt die mir mein Gehalt, weil ich zu viel bei Facebook bin!». Das dürfte sitzen.

ALLERERSTE SAHNE

Wenn es mir schlechtgeht, hasse ich Reis. Ich habe keine Ahnung, warum, da er mir eigentlich gut schmeckt, aber mein inneres Reishassbarometer ist ein sicherer Indikator für meinen Seelenzustand. Dementsprechend merke ich beim Betreten der Küche, dass es mir heute nicht besonders gut geht. Denn das Letzte, worauf ich jetzt Lust habe, ist Reis. Genau an solchen Tagen finden sich im Vorratsschrank dann aber weder Nudeln noch Kartoffeln, sondern nur ebenjener vermaledeite Reis in allen Variationen. Basmati-, Langkorn- und Wildreis fauchen mich abwechselnd an, und ich frage mich, wieso ich beim letzten Einkauf eigentlich wieder so masochistisch war, gleich drei Packungen von dem Teufelszeug zu kaufen. Aber dann fällt mir ein, dass mein breitgefächertes Reissortiment schon seit vielen Einkäufen den Platz im Schrank hütet und deshalb nicht weniger wird, weil das Barometer in letzter Zeit meist gewaltig ausschlägt.

Ich nehme einen Stift und schreibe «Reis» auf eine an den Kühlschrank magnetete Liste, die mit «Nie mehr kaufen:» überschrieben ist und auf der bisher nur das Wort «Torten» steht. Auf die Idee mit dem Nicht-Einkaufszettel bin ich immer noch ein bisschen stolz. Anstatt aufzuschreiben, was ich kaufen möchte, schreibe ich mir nur auf, was ich nicht kaufen möchte, was den großen Vorteil hat, dass es den Supermarktaufenthalt, das entspannendste Freizeitvergnügen, das sich mir derzeit bietet, erheblich in die Länge zieht. Zehn von 35 000 Produkten hat man schnell zusammen, aber beliebig viele von 34 998 Produkten, das kann dauern.

Mein Supermarkt ist mein Sportverein, mein Fernseher, mein Partner – mein Ausgleich nach einem stressigen Arbeitstag. Wie andere gespannt auf Aktienkurse oder Lottozahlen sind, stehe ich aufgeregt vor der Gemüseauslage und frage in Gedanken ZDF-Börsenexpertin Valerie Haller in Frankfurt, wie sich die Stimmung in der Wirtschaft auf die Kurse auswirkt.

«Bislang reagieren die Märkte eher verhalten. Nur der Paprika-Mix konnte um ordentliche 20 Cent zulegen und steht momentan bei 1,99 Euro. Schwere Kursverluste mussten Auberginen und Kaiserschoten hinnehmen, die im Vergleich zur Vorwoche über 30 Prozent an Wert eingebüßt haben. Aus dem Esel macht man kein Reitpferd, man mag ihn zäumen, wie man will: So ist bei undurchsichtigen Fonds wie ‹Suppengrün› Vorsicht geboten, da dem Anleger hier die genaue Zusammensetzung des Pakets verschwiegen wird. Voll im Trend sind hingegen heimische Produkte: Trotz des hohen Kaufpreises von 2,99 Euro pro Kilo sind momentan keine Bio-Karotten mehr im Markt.»

Vielen Dank, Valerie Haller, für diese Informationen, heinzwolfe ich dann geistesgegenwärtig und investiere meistens in den Gewinner der Woche, da dessen Kurs vermutlich weiter nach oben klettert und ich mich dann beim nächsten Einkauf freuen kann, rechtzeitig eingestiegen zu sein.

Ich merke, dass ich noch immer in den Vorratsschrank starre und unterbewusst bereits verschiedene Möglichkeiten durchspiele, wie ich mir die Ekelkörner wenigstens halbwegs schmackhaft machen kann. Gefüllte Paprika? Dauert zu lange. Was mit Curry und Kokosmilch? Die Kokosmilch ist seit vier Wochen abgelaufen. In die Pfanne mit angebratenen Gambas? Bräuchte man Gambas für. Ich gebe es auf, mich zu überwinden, und schiebe mir eine Tiefkühlpizza in den Ofen. Bei so viel Reis im Markt auch mal antizyklisch handeln. Valerie wäre stolz auf mich.

45 Minuten und einen Kioskbesuch später stehe ich mit einem Sixpack Kölsch vor einer Klingelschildarmada am Kölner Ring und suche «Hober». Ganz egal, wie oft ich hier schon war: Mein Gedächtnis widersetzt sich konsequent der Idee, sich den Ort der Klingel auch nur ungefähr zu merken. Nach dem ersten Überfliegen des babylonischen Namengewirrs bin ich sogar meistens noch der festen Überzeugung, dass da kein «Hober» dabei war. Heute auch. Petroschek, Janzen, Csikszentmihalyi, Schulze, Hoogdal, Möhrenschläger.

«Klingelbingo!», stößt es freudig aus mir heraus, was mir verstörte Blicke eines vorbeigehenden Pärchens einbringt. «Hober» habe ich zwar noch nicht gefunden, aber einmal mehr Lennys magisches Dreieck deutscher Hausgemeinschaften. Seine Drei-Namen-Theorie besagt nämlich, dass man beim Betrachten der Klingelschilder eines jeden Hauses mit mehr als zehn Parteien immer auf die gleichen drei Bewohner stößt: erstens den mit einem der fünf häufigsten deutschen Nachnamen, zweitens den mit einem für Mitteleuropäer unaussprechlichen Namen und drittens den mit einem völlig absurden, nicht ernstzunehmenden Namen. Müller – N'dy Letsholonyane – Bömmelburg. Schmidt – Tharmakulasingam – Kotze. Meier – Stamatiadou / Fragkiadaki–Schniedel. Oder eben Schulze – Csikszentmihalyi – Möhrenschläger.

Gefühlte Minuten später entdecke ich endlich den Hober-Schriftzug. Mir wird klar, dass man den auch früher hätte finden können – schließlich ist es der einzige Name, der nicht in Standardschrift auf vergilbtem Papier modert, sondern in schicker Designschrift auf weißem Hintergrund glänzt. Andererseits sind die Buchstabenlinien so fein, dass man froh sein kann, überhaupt etwas lesen zu können.

«Ja?», meldet sich Lennys Stimme aus der Sprechanlage.

«Juten Abend, Ordnungsamt Köln. Die Buchstaben Ihres Klingelschildes verstoßen leider jejen die Türschild-, Klingelknopf- und Briefkastenverordnung», kölsche ich, so gut es geht.

«Bitte? Um was geht's?»

«Zum Beispiel um dat O, dat ist zu eckisch. Und Sie überschreiten durschjängisch die Buchstabenmaximallängen, da sind jetzt 0,77 Zentimeter vorjeschrieben. Außerdem ...»

«Max? Du hast doch echt en Schaden.»

Das karge Treppenhaus sieht weniger nach Design aus als vielmehr nach Petroschek. Doch im obersten Stockwerk angekommen, weiß ich mich wieder in Lennys schöner neuer Welt: Durch die halbgeöffnete Wohnungstür erspähe ich ein frisch erworbenes Möbelstück, das ich für einen Holzklotz halte, das sich mir bei näherer Betrachtung jedoch als wandmontiertes Hängemodul aus schwarz gebeiztem Eichenfurnier vorstellt. Wär ich selbst nicht drauf gekommen, aber das noch nicht entfernte BoConcept-Produktetikett spielt Visitenkarte. Mitten im Raum beugt sich Lenny oberkörperfrei über ein wohl gerade geöffnetes Großpaket, aus dem er verschiedene T-Shirts hervorholt, die alle mit auffälligem *Abercrombie & Fitch*-Schriftzug benäht sind. Als er mich sieht, jauchzt er mir sogleich das Hober'sche Halleluja entgegen:

«Alter!»

Niemand kann diese kumpelhafte Anrede so zelebrieren wie Lenny. Es ist nicht das runtergerotzte Alta, das Souley-G zu MC Frauenfänger auf dem Weg von Sunpoint zum Hiphop-Battle im Jugendzentrum raunt. Es ist ein kultiviertes, weltoffenes, auf beiden Silben gleich begeistert betontes, beinahe gesungenes Alll-teer.

«Was sollte denn das mit der Klingel?», beschwert sich Lenny, «ich find Alien League total geil.»

»Was hat das mit der Klingel zu tun, dass du jetzt Online-Fantasyspiele zockst?»

«Das ist die Schriftart, du Penner.»

«Könntest du dir vielleicht was anziehen? Dein Oberkörper macht mir ein schlechtes Gewissen.»

Genüsslich spannt Lenny noch einmal sämtliche Muskelgruppen an, bevor er sich eines seiner importierten Amishirts überwirft.

«Cuba Libre?»

«Ich hab Bier dabei.»

«Ja, egal, ich mach uns jetzt erst mal zwei Cuba Libre.»

Bevor Lenny den Raum verlässt, klickt er noch auf eine futuristische Fernbedienung, wodurch beatlastige Musik startet, der passende Videoclip auf dem Fernseher erscheint und bunte Lichter angehen.

«Geil, oder? Ich hab auch noch 'ne App gebastelt, über die ich das dann auch unterwegs mit dem iPhone machen kann.»

«Du kannst, während du in der Bahn sitzt, die Lichtstimmung in deinem Wohnzimmer ändern? Glückwunsch!»

«Ach, leck mich, Alter», sagt Lenny im Rausgehen, und es ist dieses Mal kein Lenny-Alter. Mein Blick wandert von dem Flachbildungeheuer mit tanzenden Blondchen über eine grazile schwarze Stehlampe mit Alien-League-verdächtig dünner Stele hin zu einem weiß lackierten Schreibtisch, der bei IKEA vermutlich *Stabil* oder *Lasse* heißen würde, Lenny in seinen Einrichtungstempeln aber wohl eher als *Portofino* oder *Rustique* verkauft wurde. Doch dann lande ich wieder bei den bunten Lampen, die ihre Farbe stets dem Farbspektrum des

Fernsehbildes anpassen. Wahnsinn, was es heutzutage alles gibt. Ich fühle mich irgendwie loungemäßig. Trendy, aber nicht hip.

Als ich plötzlich eine Türklingel höre, überlege ich kurz, ob das vielleicht auch zu Lennys Heimtheatershow gehört, merke dann aber, dass es wirklich nur an der Tür geläutet hat. Stimmt, Wilhelm wollte vor der Party ja auch noch vorbeikommen. Ich drücke auf das Schlüsselsymbol der Gegensprechanlage.

Auf dem Rückweg zur Couch erspähe ich auf einer der Einkaufstüten in Lennys Postpaket eine äußerst attraktive Miss Fitch, die vor ländlichem Seenpanorama einen lasziv an eine Säule gelehnten Mister Abercrombie bewundert. Er ist oberkörperfrei, muskulös und sehr verschwitzt, was mir vermutlich sagen soll, dass er gerade vom Kanufahren, der Cranberry-Ernte oder einer freundschaftlichen Rauferei unter kernigen Countryboys kommt. Auf jeden Fall lässt die Atmosphäre des Schwarzweißbildes keinen Zweifel, dass Mister Abercrombie die nächste seiner zahlreichen sportlichen Aktivitäten mit Miss Fitch unternehmen wird. Und dass man das alles auch haben kann, wenn man sich deren Shirts anzieht. Ich lasse mich von solchen Marketingtricks natürlich nicht beeinflussen. Aber andererseits ist es schon unfair, dass ich mich größtenteils mit Toilettendeckeln und Zylinderkopfschrauben beschäftige, während der Typ sich im Lake Michigan Karpfen angelt. Und Miss Fitch. Ich ziehe mir mein T-Shirt aus und greife in die Tüte der baumwollenen Heilsversprechen. Doch noch bevor ich mir die Coolness meines amerikanischen Natur- und Frauenfreundes überstreifen kann, fällt mir Lennys magische Fernbedienung auf dem Couchtisch ins Auge. Wir sind momentan tatsächlich im Einstellungsmodus «Lounge». Nacheinander drücke ich mich auch durch die anderen gespeicherten Programme: Bei «Stadion» geht der Dolby-Surround-Sound an, bei «Film» zusätzlich das Licht aus, und bei «Morgen» rattert die Kaffeemaschine los, und das Fernsehprogramm springt auf n-tv.

Am meisten beeindrucken mich jedoch die Optionen «Romantic 1–3». Nicht nur, dass Lenny offensichtlich die Atmosphäre seines Vögelnests in drei wählbaren Abstufungen standardisiert. Nein, er betitelt dies darüber hinaus auch noch euphemistisch mit «Romantic». Bei «Romantic 1» wird das Licht grellblau, und auf dem Fernseher beginnt ein Videoclip, in dem Frauen mit sehr kurzen Röcken zu schnellen Housebeats Saxophon spielen. Der Mann hat wirklich ganz eigene Vorstellungen von Romantik. «Romantic 2» taucht den Raum in ein gedimmtes, warmes Gelb, der Fernseher bleibt aus, und es ertönt Musik von Buena Vista Social Club. Und bei «Romantic 3» geht das Licht ganz aus, und R. Kelly haucht *I believe I can fly*. Ich bin wirklich mit dem durchgeknalltesten Frauenheld Kölns befreundet. Da ich grundsätzlich für Transparenz und Ehrlichkeit bin, wähle ich das Feld «Umbenennen» an und mache aus «Romantic 1» «Sportsex», «Romantic 2» wird zu «Sex on the Beach», und «Romantic 3» darf ich wegen der Zeilenlänge nicht «Wie beim ersten Mal» nennen und entscheide mich daher für «Langweilige Alte».

In diesem Moment kommt Lenny mit zwei Cuba Libre in der Hand zurück. Mir wird klar, dass ich oberkörperfrei im Halbdunkeln sitze, während R. Kelly mir seine Flugwünsche vorweint. Und dass das wohl komisch wirken muss.

«Alles klar bei dir?»

«Ja sicher. Gib mir erst mal den Cuba Libre.»

Ich halte Lennys entgeisterten Blick einen Moment lang für einzigartig, muss mich jedoch korrigieren, als einige Augenblicke später eine braunhaarige Frau den Raum betritt. Offensichtlich habe ich nicht Wilhelm die Tür geöffnet. Sie starrt mich an, dann die Lautsprecher und dann Lenny, der mir gerade einen Cuba Libre reicht.

«Stör ich euch?»

«Wir machen grad Romantic 3», scherze ich, ohne die erfrorenen Mienen der beiden auftauen zu können, und schiebe ein «Hi, Max» hinterher.

«Hi, Sandra, ich hatte hier nur was vergessen, ich bin ...»

«Können wir das vielleicht kurz draußen klären?», funkt Lenny dazwischen.

«I believe I can touch the sky», singe ich kurz mit, ziehe mir dann aber schnell wieder mein Shirt an und beame uns zurück in die Lounge, um keine weiteren Missverständnisse aufkommen zu lassen.

Wenig später höre ich die Wohnungstür zufallen, bevor Lenny sichtlich angespannt zurückkommt.

«Alter, wieso läufst du hier oberkörperfrei rum?»

«Bist du bis vor fünf Minuten auch.»

«Ich wohne hier.»

«Ich wollte mal eines deiner schicken Shirts probieren.»

«Die sind nicht schick, die sind casual.»

«Aso.»

«Alter, du kannst doch nicht einfach irgendwelche Frauen hier reinlassen!»

«Wer war das denn?»

«Irgendeine, die hier letztens ihre Ohrringe liegengelassen hat.»

«Die sah im Vergleich zu deinen anderen Hasen eigentlich ziemlich sympathisch aus.»

«Ja, Sarah ist auch echt 'ne Nette.»

«Sandra.»

Als es in diesem Moment erneut klingelt, erteilt mir Lennys

Blick absolutes Bewegungsverbot. Als Türsteher wird er mich nicht mehr einstellen. Erst als klar ist, dass der Klingler nicht für die Türschild-, Klingelknopf- und Briefkastenverordnung kämpft und auch kein One-Night-Stand auf der Suche nach vergessenen Accessoires ist, sondern Wilhelm, sieht Lenny etwas entspannter aus.

Wilhelm schafft es schon durch sein Erscheinungsbild, den Gegenpol zu Lenny im Lenny-Wilhelm-Magnetfeld einzunehmen, in dem ich mich ständig widerstrebenden Kräften ausgeliefert sehe. Ich weiß nicht, welche Wünsche Wilhelm gewöhnlich seinem Friseur gegenüber äußert, aber wenn er das nächste Mal «Ich muss morgen als Vogelscheuche zu einer Mottoparty» sagt, würde das vermutlich zu keinem wesentlich anderen Ergebnis führen. Das Positivste, was man über seine Kleidung sagen kann, ist wohl, dass sie warm hält und vor Regen schützt. Er trägt das, was vor fünf bis zehn Jahren uncool war, damals aber wenigstens noch verkauft wurde. Wilhelm schafft es sogar, dass die Löcher in seiner Jeans weder «used» noch «vintage» aussehen, sondern einfach nur scheiße. In Lennys Showroom passt er ungefähr so gut wie ein Thunfisch in die Kalahari. Oder eben wie eine Vogelscheuche in einen *BoConcept*-Katalog.

Als wir zwei Sixpacks und einige Drinks später in die Bahn steigen, erkundigen wir uns bei Abendgestalter Lenny, auf wessen Party er uns da eigentlich lotst.

«Ich hab's euch doch schon gesagt: Ich kenn da Mona und Lynn, die studieren Zahnmedizin, und die sind heiß.» Er weiß es offensichtlich auch nicht.

«Und woher kennst du die?», versuche ich die dürftige Faktenlage etwas anzureichern.

«Ach, lange Geschichte. Die saßen neulich im Café Claveau am Nebentisch, und ich hab mitbekommen, wie die eine meinte, auf ihrem Ersatzhandy sei ein Virus. Bin ich hin, hab zu der gesagt, dass ich mich damit auskenne und gerne drum kümmer, weil ich diesen Virus kenne und da jetzt ein Programm geschrieben habe, das den wegmacht.»

«Wer hat denn bitte ein Ersatzhandy?», fragt Wilhelm verächtlich, dessen Handys eigentlich immer wie Ersatzhandys aussehen.

«Wer hat denn bitte einen Virus auf seinem Handy?», interessiert mich viel mehr.

«Ach, hab die doch verarscht. Da war nur aus Versehen Albanisch als Menüsprache eingestellt, aber hab ich der ja nicht gesagt.»

«Sollen wir nicht vorher noch ein gemütliches Bier im *Stutzen* trinken?» Selbstverständlich prallt Wilhelms Vorstoß ab.

«Wer früher gräbt, hat länger Sex!», zwinkert Lenny und wechselt nach einer Pause betretenen Bahnschweigens scheinbar das Thema: «Wie läuft's bei euch eigentlich gerade beim F-Manager 3000?»

Wenn Lenny seine 3000 nicht hätte. Bei irgendeinem Geburtstag hat mir einer seiner ehemaligen Klassenkameraden verraten, dass es vorher immer die 2000 war, dass «Spickzettel 2000» und «Snack-Automat-Knacken 2000» dann aber mit dem Millennium abgelöst wurden. Wieso auch immer Lenny diese Zahl obligatorisch hinter jede seiner Ideen hängt, der F-Manager 3000 gehört noch zu den besseren. Seit sich unsere Millionen heimliche Bundestrainer in Fußballmanagerspielen austoben können, sind Konversationen über den eigenen Verein und interessante Spieler auf dem Markt ja so alltäglich geworden, dass sie in der Öffentlichkeit keinerlei Aufsehen erregen. Und wenn Lenny den F-Manager 3000 ins Spiel bringt, folgt tatsächlich jenes scheinbar oberflächliche Fußballgeplänkel, das Unbeteiligte sofort auf Durchzug stellen lässt. Doch in Lennys Welt steht F für Frauen. Der F-Manager 3000 ist sein Codewort, um auch in der Öffentlichkeit ungehemmt über das eigene Liebesleben reden zu können – ein Bedürfnis, das meistens er allein verspürt.

«Also, ich würd an eurer Stelle heute unbedingt mal auf den Transfermarkt schauen. Ich glaube, da sind einige Granaten dabei», heizt Lenny daher auch das Gespräch an. Wie erwartet verlässt ein weißbärtiger Mithörer, dem man seinen kölschen Dialekt ansieht, ohne je ein Wort aus seinem Mund gehört zu haben, das Gespräch in Richtung Zeitung.

«Und was ist für dich eine Granate?», fragt Wilhelm gelangweilt, und ich sehe am Horizont schon die Grundsatzdiskussion aufziehen.

«Spieler mit hohem Marktwert, die dennoch leicht zu haben sind», antwortet Lenny mit so überheblicher Selbstverständlichkeit, als hätte sich Wilhelm nach der Farbe von Schnee erkundigt.

«Solche Spieler sind aber selten vereinslos», kontert Wilhelm.

«Dann muss man sie eben auf Leihbasis verpflichten», zwinkert Lenny, «da spart man sich die hohen Vertragskosten, und in der kurzen Zeit, in der der Spieler bei dir ist, gibt der 180 Prozent.»

«Man muss nur aufpassen, dass der dann nicht irgendwann wieder vor der Tür steht, weil er seine Stutzen vergessen hat», werfe ich ein und zwinkere demonstrativ in bester Lenny-Manier.

«Ihr müsst halt einfach ein bisschen offensiver in die Vertragsverhandlungen gehen», lenkt der ab und wendet seinen Blick zu Wilhelm. «Und da dann nicht mit der vereinseigenen

Bibliothek werben, das sind immer noch Fußballer. Ich würd sowieso als Mittelklasseverein immer darauf setzen, entweder junge Spieler zu bekommen, die sich bei deinem Club weiterentwickeln wollen, oder alte, die ihre Karriere langsam ausklingen lassen. Die haben nicht so hohe Ansprüche.» Wilhelm dreht sich kopfschüttelnd weg, und Lenny bemerkt, dass ich meine Aufmerksamkeit gerade dem Weißbart widme, der jetzt schon verdächtig lange die Titelseite des Kölner *Express* studiert. «Oder Max?»

«Ich hab eigentlich keinen Bock mehr auf das ganze Hier und Da. Ich will einfach einen Spieler, der wirklich zu mir passt. Mit Spielkultur und Charakter. Einen, der nicht kommt, um Geld zu verdienen, sondern einfach weil es passt. Und auch wenn er mal was anderes probiert, will er immer wieder zu meinem Verein zurück, weil er hier zu Hause ist. Einen Poldi eben», sage ich und fühle mich an Ralf Richters Man-braucht-ein-Auto-das-man-lieb-hat-Monolog in *Bang Boom Bang* erinnert. Wenn der jetzt mit der Kiste zu Tuning-Messen fährt, scheint er aber doch eher der Lover zu sein, der sein Baby bei der ersten Falte gleich zum Botox-Spritzen beim Schönheitschirurgen abliefert.

An der nächsten Station steigt unser Gegenüber aus, lehnt sich aber kurz davor noch einmal zu uns:

«Mer saache hier immer: Mit dä Schüss janz schnell, im Kopp nit wirklich hell. Merkt eusch dat ma.»

Lenny, der das offensichtlich für eine treffende Beschreibung Lukas Podolskis hält, grinst mich an und scheint sich zu freuen, dass der Code schon wieder nicht entschlüsselt wurde. Ich hingegen bin mir da nicht so sicher, weil mir einfällt, dass «dä Schüss» auf Kölsch synonym für attraktive Frauen verwendet wird, will aber Lenny seine gute Laune 3000 nicht vermiesen.

Bei der Ankunft entpuppt sich unser Ziel als WG-Party zweier Sportstudenten, was die vielen flachen Bäuche und Gespräche erklärt. Gastgeber Chris weist uns darauf hin, dass ein Zimmer tabu ist, da seine Mitbewohnerin Patricia «bisschen stresst» und vor der Party zu ihren Eltern geflohen ist. Ansonsten seien wir herzlich willkommen, denn Freunde von Mona und Lynn seien auch seine Freunde. Lynn bezahlt mit einem Schmatzer auf die Backe. Lenny, Wilhelm und ich kämpfen uns zum Kühlschrank vor, der von Gemüse- bis Gefrierfach mit Kölschflaschen gefüllt ist.

«Auf unseren Urlaub», prostet Lenny in unsere Dreierrunde. Scheiße. Hatte ich ja ganz vergessen.

«Ach so, ja, ähm, der Urlaub. Da wollt ich eh noch mal ...», stottere ich mich zum Thema, werde aber sogleich von Lenny unterbrochen.

«Ich bin ja für Cala Ratata. Oder so 'nen schönen Singleclub.» Das kann Wilhelm natürlich so nicht stehen lassen.

«Lass doch lieber irgendwohin, wo es ein bisschen entspannter ist. So 'ne Apartment-Geschichte fände ich super. Im Osten ist es zum Beispiel total ...»

«Ich kann nicht mit.» Jetzt ist es raus. «Wir kriegen da so 'nen neuen Workflow bei der Arbeit.»

Wenn einer der *Flippers* seinen Schlagerbrüdern die Teilnahme an der *Träume-Liebe-Sehnsucht*-Jubiläumstour absagen würde, weil er an der Volkshochschule einen Excel-Kurs machen möchte, würden die vermutlich genauso schauen wie Lenny und Wilhelm jetzt.

«Wie? Das kannst du doch nicht machen. Du brauchst den Urlaub am allerdringendsten. Schau dich doch mal an.» Womit Lenny selbstverständlich vollkommen recht hat.

«Es tut mir leid, ich hätte auch wirklich Lust, aber mein Chef ist kurz davor, mich rauszuwerfen, da war kein Verhandlungsspielraum. Aber trotzdem prost!», strecke ich mein Bier in die Mitte, warte aber vergeblich auf klirrende Zusammenkunft. So langsam realisiere ich, dass die *News* keine wirklich schöne Alternative zu Urlaub sind. Vor den klaren Himmel mit Sonne schieben sich graue Gewitterwolken, das türkisfarbene Meer färbt sich rot, da Walfänger versehentlich die springenden Delphine abmetzeln, und am Strand verendet ein leichtbekleidetes Bikinimädchen, das sich an einem Minzblatt im Mojito verschluckt hat. Es war niemand da, der ihr auf den Rücken klopfen konnte.

Ich modifiziere Lennys «Das erste Bier ist zum Genießen, das zweite Bier immer auf ex»-Regel, indem ich Teil 1 weglasse, dafür Teil 2 aber auf die ersten drei Biere anwende. Lenny hat sich inzwischen Mona und Lynn zugewandt, und als ich «Und dann die Szene mit dem Tiger im Badezimmer» höre, weiß ich auch, was er vorhat. «Nimm eine Komödie, die jeder kennt, und such dir die witzigste Szene raus. Flirt started!», hatte er mir irgendwann einmal als einen seiner Flirttipps 3000 präsentiert. Ich fand bei *Hangover* den Tiger im Badezimmer zwar genauso wenig witzig wie den ganzen Film, aber Lennys Mädels brechen in gackerndes Gelächter aus.

Dummerweise ist Wilhelm auch beschäftigt, da er einer Gruppe von Sport-auf-Lehramt-Studenten die Nachteile des dreigliedrigen Schulsystems erklärt. Die Jungs scheinen sich nach einem Unitag, der vermutlich aus zwei Stunden Jo-Jo-Grundkurs und einem Aufbaumodul Tischtennis bestand, wirklich über den theoretischen Input zu freuen.

Ich habe auf Kommunikation gerade irgendwie wenig Lust und versuche, mich möglichst cool gegen eine Wand im Flur zu lehnen. Ist aber nicht wirklich cool, alleine auf einer Party rumzustehen, merke ich und hole ich mir erst einmal ein neues Bier. Auch die nächste Taktik geht schief: Im gedankenverlorenen In-die-Ferne-Schauen muss ich mich Bismarck, Barkeepern und Bahnschalterbeamten klar geschlagen geben. 2,50 Meter Abstand zur nächsten Wand relativiert den Begriff Ferne erheblich. Ich hole mein Handy raus und täusche vor, eine SMS zu schreiben, surfe in Wahrheit aber durch mein Telefonbuch. Als ich bei Z angekommen bin, fürchte ich, dass mein monotones Scroll-Tasten-Gedrücke vielleicht verdeckte Beobachter stutzig gemacht hat. Kurz entschlossen tippe ich daher wahllos Tasten auf meinem Handy und halte dabei meine Umgebung im Auge. Als ich wieder auf das Display schaue, sehe ich noch die Optionen «1 Ausgewählt» und «2 Alle», kann mir aber keinen Reim drauf machen, schaue kurz hoch und drücke irgendwas. Es war wohl die 2. Zumindest piepst das Ding kurz darauf und vermeldet: «Alle Nummern gelöscht.»

«Och nööö! Das ist doch zum Kotzen!», bricht es aus mir heraus, und innerlich küre ich diesen Moment zum absoluten Tiefpunkt eines beschissenen Tages. Die Goldene Himbeere geht an Max Plättgen für die Literaturverfilmung «Als Thomann den türkisfarbenen Urlaub stahl», vor allem für die Szene mit dem Handy im Flur, grgrgrgrgr!

«Alles okay?», höre ich eine Frauenstimme hinter mir und bin mir nicht sicher, ob ich wirklich Lust habe, mich umzudrehen. Aber 180 Grad später pressen bombastische Adrenalinwallungen jeden Zweifel aus meinem Körper. Was da vor mir steht, hab ich so noch nicht gesehen. Dieses Wesen ist von einem handelsüblichen Menschen so weit entfernt wie Nazans Ferrari von einem handelsüblichen Fahrrad. Ach was, von einem handelsüblichen Stöckelschuh. Sie ist ... sie hat ... alles. Haut, Haare, Augen, Zähne, Brüste. Braun, schwarz, braun, weiß, groß. Selbst wenn die Erbinformationen von Eva Mendes, Heidi Klum und Gisele Bündchen in einen Genpool springen würden, das Ergebnis könnte meinem Gegenüber nicht das Wasser reichen. Oh nein. Ich muss etwas sagen. Wären wir doch in einem Film, dann könnte ich in so einem Moment wenigstens noch mit der Zeitlupe einige Sekunden schinden.

«Ich brauch Telefonnummern.» Oh mein Gott, habe ich das wirklich gesagt? Houston, wir haben ein Problem. Die Außerirdische setzt offensichtlich zum Angriff an und hat mein Sprachzentrum schon vollständig zerstört.

«Du bist ja sehr ... äh ... man sagt direkt?» Sie hat auch noch einen Akzent. Das wird ja immer wilder. Aber gut, ist auch wenig wahrscheinlich, dass die auf Planet Amor Deutsch sprechen.

«Nee, jetzt nicht deine. Also auch gerne, aber ich ... äh ... mein Telefonbuch ist gelöscht.»

«Ach so, ich habe schon gesehen, dass du die ganze Zeit sehr nervos geklickt hast in dein Handy», lächelt sie mich an. Sie lächelt mich wirklich an! Sie kann auch noch lächeln. Und sie hat mich beobachtet. Ich befürchte, in Kürze weitere Gehirnareale aufgeben zu müssen.

«Jaja, ich hab versucht, diesen albanischen Virus wegzuprogrammieren.»

«Es gibt Virus in ein Handy?»

«Nee, eigentlich nicht.» Logikzentrum meldet schwere Verluste und bittet um Soforthilfe. «Meistens nur bei Ersatzhandys.» Zu spät, Logikzentrum hisst die weiße Flagge. Ihr verwirrter Blick macht klar, dass auch in ihrer Galaxie ein Mindestmaß an Sinn die Regel ist. Aber sie lächelt schon wieder. Sie lacht schon fast. Ich gebe es auf, mich irgendwie noch halbwegs verständlich aus der Handynummer rauszureden, und lache ein bisschen mit. Dieses Gespräch darf nie enden. Ich brauche irgendein neues Thema. Schnell.

«Und dann die Szene mit dem Tiger im Badezimmer!»,

prustet es völlig übertrieben aus mir heraus. Mit ihr würde ich jetzt sogar über einen platten Hollywoodstreifen plaudern. Wo immer im Kopf solche Ideen entstehen, das Zentrum des guten Geschmacks erklärt diese Areale zu verlorenen Gebieten.

«Was für ein Tiger?» Flirt not started.

«*Hangover.* Nicht gesehen?»

«Nein, aber was hat es mit dein Handy zu tun?»

Handy. Virus. Albanien. Tiger. Badezimmer. Alle noch übrigen Denkreserven versuchen krampfhaft, irgendeine sinnvolle Verbindung zu bauen. Es gibt keine.

«Nix, war nur ein Scherz.» Was genau war jetzt der Scherz? Egal, Miss Universe lacht schon wieder. Ich löse meinen Blick für einen Moment von ihrem Gesicht und lasse ihn über ihren Körper wandern. Sofort merke ich, dass das keine gute Idee ist. Könnte schnell dazu führen, dass sich die Space Invaders bis zur Gürtellinie vorarbeiten und auch die Kontrolle über meinen Unterleib erlangen.

«Ich nicht verstehe sehr gut.» Du verstehe sehr gut, aber ich nicht spreche sehr gut.

«Ach was ... wie heißt du eigentlich?»

«Anna.» Anna. Ein Name so weich und warm wie schmelzende Schokolade in der Südseesonne. Und dann auch noch von vorne wie hinten lesbar. Heißt Palindrom. Ob ich ihr das sagen soll? Letzte Veteranen der Einheit Kommunikation widersprechen mit dem Hinweis, dass das besserwisserisch klingen könnte. Das ebenfalls noch halbwegs intakte Langzeitgedächtnis hilft mit einer passenden Songzeile aus den neunziger Jahren aus.

«Ich bin Max aus dem Schoß der Kolchose.» Oje. So 'ne Katastrophe, das ging mächtig in die Hose. Die positive Reaktion meines Gegenübers bleibt aus.

«Von wo?» Sieh da, Anna ist kein Hip-Hop-Fan.

«Kennst du nicht mehr? Freundeskreis. ‹Du bist von hinten wie von vorne A-N-N-A›?»

«Ich kenne das nicht, ich komme aus Spanien. Und es ist nur eine Enne. A-N-A.»

«Aso. Und was machst du in Deutschland?»

«Ich studiere Übersetzungen und arbeite so ein bisschen in ein Bar. Und du?»

«Ich arbeite beim Fernsehen, in einer Nachrichtenredaktion. Bei den *News*.»

«Ah, cool.» Perfekt, sie kennt die *News* nicht. «Und was machst du da?»

Soll ich ihr die Wahrheit sagen oder irgendeinen Quatsch?

«In ihrer Kindheit vergewaltigte Eisbärenbabys aufspüren, die Justin Bieber und/oder einen tanzenden Obama oben ohne während eines Tornados von einem Helikopter aus gefilmt verfolgen, und am Ende nach einem tragischen Busunfall BH-Mode testen. In einem brennenden Wald.» Ehrlich währt am längsten. Wobei ich einen so komplexen Satz in meinem momentanen Zustand, von Alkohol und einem Alien außer Gefecht gesetzt, nicht hinbekommen hätte, wenn ich das nicht wortwörtlich heute Mittag in der Mitarbeiterbefragung in das Feld «Tätigkeit innerhalb der Sendergruppe» geschrieben hätte. Ana findet es offenbar lustig. Zumindest lacht sie so sehr, dass sie sich verschluckt und für einen Moment entschuldigt.

Ich mache mich derweil auf die Suche nach Schnaps. Anders kann ich diese Schlacht nicht länger durchhalten. Die Außerirdische hat schon einige wichtige Funktionen des Organismus lahmgelegt. Wenn das so weitergeht, kriegt auch das Herz noch Probleme.

In der Küche finde ich Gin und eine Flasche Tonic, die aber leider leer ist. Egal. Udo Lattek hat auch mal Wodka Feige ohne

Feige als sein Lieblingsgetränk bezeichnet. Dann gibt's bei mir jetzt eben Gin Tonic ohne Tonic. Ich sehe Lenny in einer inzwischen größer gewordenen Runde stehen und nehme ihn beiseite.

«Lenny, ich hatte gerade einen der großartigsten Momente meines Lebens», flüstere ich ihm zu.

«That's what she said!», schreit Lenny durch die halbe Küche, womit er offensichtlich einige Jungs zum Lachen bringen kann.

«Was?»

«Das ist ein neues Spiel. Das machen die in den USA, hat Chris erzählt, der hat da ein Jahr studiert. Wenn jemand was sagt, das genauso gut 'ne Alte im Bett sagen könnte: That's what she said! Punkt für dich», berichtet Lenny freudig wie ein 14-Jähriger, der von dem Streich mit dem sezierten Schweineauge aus dem Biounterricht in der Geldrückgabe des Getränkeautomaten schwärmt. «Ich denk, ich werde es ‹That's what she said 3000› nennen.»

«Aber ich dachte, das Spiel gibt's schon?»

«Ja, aber nicht hier. Oil of Olaz heißt in den USA auch Oil of Olay. Und in England sogar ...»

«Ehrlich gesagt ist mir das gerade völlig egal. Ich habe meine absolute Traumfrau gefunden. One in a million, once in a lifetime. Ich bin betrunken und verliere in ihrer Anwesenheit die Kontrolle über sämtliche Hirnfunktionen. Was soll ich tun?»

Lenny überlegt kurz.

«Wär die was für unseren Dreier?»

Ich weiß nicht, wie ich diese Idee jemals wieder aus seinem Kopf bekomme. Man kann ja vieles mit Freunden teilen, aber ich habe nicht und hatte nie vor, das auch mit einer Frau zu tun. Auf Lennys Liste der wichtigsten vor dem Tod noch zu erledigenden Dinge hingegen steht *Dreier mit Max* an erster

Stelle – weit vor *Kobe-Rind-Steak essen* und *Mini-Quadrocopter mit Kamera bauen und durchs FKK-Bad fliegen lassen*.

«Nein, Mann, das ist immerhin meine zukünftige Frau!»

«Dann solltest du euren Flirt auf jeden Fall irgendwohin verlegen, wo dir nicht alle zwei Minuten eine deutsche Olympiahoffnung die Tour vermasseln könnte.»

Ich sehe, dass Ana von der Toilette zurückgekommen ist, nehme meine Gin-Flasche und bahne mir sofort den Weg Richtung Flur. Bei diesen hungrigen Sportlern sollte man seine Beute wirklich keine Minute aus den Augen lassen.

Ungefähr in diesem Moment entfaltet der Gin seine volle Wirkung. Jedenfalls speichert mein Gedächtnis Informationen von da an nur noch bruchstückhaft ab.

Ich hätte eine super Idee, wo wir uns ein bisschen in Ruhe unterhalten könnten. Denn hier sei es ja so laut, brülle ich. Sogar die Partygäste am anderen Ende des Flures drehen sich nach dem Schreihals um, was meine Behauptung prompt widerlegt. Ana nickt trotzdem.

Schwarzbild.

Wir sitzen allein in einem Zimmer und lachen. Sie erzählt mir, dass sie keinen Freund hat. Wie selektiv das Gedächtnis doch auswählt, welche Informationen bei Speicherkapazitätsproblemen Vorrang haben. Ich solle sie doch mal in der Bar besuchen, in der sie arbeitet.

Schwarzbild.

Auf einem Nachttisch drehen sich mehrere leere Gin-Flaschen im Kreis. Für die meisten meiner Fehlermeldungen war bis dahin Anas irritierende Schönheit verantwortlich – das plötzliche Herunterfahren des gesamten Betriebssystems hingegen ist allein dem Alkohol zuzuschreiben.

Schwarzbild. Schwarzbild. Schwarzbild.

Ana. Wo ist Ana? Hell. Zu hell. Sonne. Kopf. Wo bin ich? Oh Mann, brennt der Schädel. Ich liege in einem Bett. Wo ist Ana? An der Wand hängt ein Foto von zwei küssenden Menschen mit der Bildunterschrift «Patty und Marc in love». Meine Hände sind hinter meinem Kopf und lassen sich nicht bewegen. Auf dem Nachttisch steht eine leere Flasche Gin. Die kenn ich. Ich bin noch immer im Tabu-Zimmer der Party-WG. Was ist mit meinen Händen? Die sind irgendwie ans Bett gebunden. Aha. Mit einem ... was? Das ist doch nicht!? Meine Hände sind mit einem BH an einer Querstrebe des Bettes festgemacht. Wow. Mein Kopf. Was ist hier los? Ana? Ich schaue im Liegen an mir runter und sehe, dass ich kein T-Shirt anhabe. Es liegt mitten im Raum. Dafür klebt auf meinem Oberkörper irgendetwas Schaumähnliches, sofern ich das von hier oben richtig sehe. Ich versuche mich wenigstens ein bisschen aufzurichten. Irgendwie tut alles weh. Da liegt noch was im Bett. Eine Dose Sprühsahne. Das hab ich also auf der Plauze. Ich muss weg.

Es dauert mehrere Minuten, bis ich den Doppelknoten um meine Handgelenke mit den Zähnen gelöst habe. Den BH nehme ich sicherheitshalber als Beweisstück mit. Statt sämtliche Spuren des unerlaubten Zimmerfriedensbruchs zu verwischen, sprühe ich in großen Sahnelettern «Langweiler» auf Patricias Bett. Vor einer WG-Party zu den Eltern fliehen ist ja mal das Allerletzte. Dann putze ich mir mit dem Kopfkissen die Sahnereste vom Oberkörper, binde mir den BH um den Bauch, weil er nicht in meine Hosentasche passt, ziehe mein T-Shirt drüber und wanke zurück ins wahre Leben.

Ich schleiche mich langsam aus der Wohnung, in der Hoffnung, nur bitte niemandem zu begegnen.

«Morgen», raunt es aus der Küche. Pech gehabt. Chris sitzt

mit einer Blondine, die Lynn sein könnte, am Tisch und versucht zwischen 30 Bierflaschen zu frühstücken.

«Morgen», sage ich und gehe unbeirrt weiter zur Tür. Noch ist nicht die Zeit, mit den Ermittlungen zu beginnen. Im besten Fall hat er gar nichts mitbekommen.

«Starker Auftritt gestern», ruft er mir nach. Die Vielleicht-Lynn lacht laut auf. Was immer er meint, ich will es vermutlich lieber nicht wissen.

«Jo, ciao.»

Ich trage mich huckepack zur nächsten Haltestelle. In der Bahn wird mir der letzte freie Sitzplatz von einer Frau weggeschnappt, die ich als Lennys Ohrring-Affäre identifiziere. Ich halte mich für wenig vorzeigbar, stelle mich von ihr abgewandt in den Gang und leide. Die adretten Geschäftsleute nerven. Die kreischenden Kinder nerven. Und vor allem nervt die blöde Computerstimme der Kölner Verkehrsbetriebe, die so schlecht betont, dass sogar HAL 9000 aus *2001 – Odyssee im Weltraum* das rote Kameraauge verdreht hätte.

«Diese FAHRT endet DORT. WIR möchten SIE bitten, DORT auszusteigen», krächzt es aus den Lautsprechern.

Endlich. Es ist inzwischen so heiß in der überfüllten Bahn, dass ich spüre, wie eine Schweiß-Sahne-Suppe langsam meinen Oberkörper abwärts fließt. Ich muss stinken wie ein Iltis. Als mir auch von der Stirn dicke Tropfen in die Augen zu laufen drohen, kann ich nicht anders und wische mir kurz mit dem T-Shirt mein Gesicht ab. Noch im gleichen Moment wird mir klar, dass das keine gute Idee war. Bitte lass Sandra das nicht gesehen haben, denke ich, und schaue verschämt über die Schulter. Sie schenkt mir einen Blick, der mir von unserer gestrigen Begegnung noch bestens bekannt ist. Genauer gesagt starrt sie mir auf den unteren Rücken, der eben durch meine ungeschickte T-Shirt-Aktion für eine Sekunde lang unbedeckt war. Also fast. Bis auf den BH, den ich trage. Ich könnte bei unserer nächsten Begegnung mit vier Frauen im Arm erscheinen – keinen Ohrring würde die mehr auf meine Heterosexualität verwetten.

Irgendwie krieche ich zum nächsten Kiosk, wo ich «Wasser, bitte, Wasser» flehe, als hätte ich die Rallye Paris–Dakar auf dem Fahrrad hinter mir. Als ich bezahlen möchte und in meine Hosentasche greife, finde ich neben meinem Portemonnaie einen kleinen Zettel. «W84U Ana.» Was immer das bedeuten soll, Ana war keine Fata Morgana. Ich kippe mir 1,5 Liter Wasser in den Rachen, schleppe mich die letzten Meter zu meiner Wohnung und lege mich aufs Bett.

Wie viel Uhr ist es eigentlich? Ich drücke mich in den Videotext und stolpere über eine TED-Umfrage zum Thema «Sollte Mallorca deutsches Bundesland werden?». 1,4 Prozent, was freundlicherweise direkt als sieben Menschen übersetzt wird, sagen: «Weiß nicht.» Das ist natürlich nicht viel, aber trotzdem komisch. Sieben Menschen in Deutschland zahlen 25 Cent, um SAT.1 mitzuteilen, dass sie zu diesem Thema keine Meinung haben. Und sie können weder was gewinnen, noch ist das Geld für Afrika. Was machen solche Leute sonst noch? Gehen die auch zu McDonald's und sagen: «Also heute nehme ich nichts, ich mache mir gleich ein Butterbrot zu Hause»?

Mist, jetzt habe ich Hunger bekommen. Ich bin völlig verschwitzt, mir ist schlecht, ich habe Kopfweh, und auch sonst tut mir alles weh. Aber ich bin unendlich zufrieden. Ich hatte wilde Fessel-Sahne-Spiele mit der schönsten Frau, die unsere Erde je besucht hat. Plötzlich habe ich Lust auf Reis.

W84U

Als ich zwei Stunden später zum zweiten Mal an diesem Tag aufwache, ist mein erster Gedanke erneut «Ana». Was hat die Frau nur mit mir angestellt? Und ich meine jetzt nicht nur die etwas außergewöhnliche Nachtgestaltung. Mein Arbeitsspeicher scheint seit zwölf Stunden zur Hälfte mit dem Prozess «An Ana denken» ausgelastet zu sein. Und auch beim zweiten Neustart wurde dieser wieder automatisch und vor allen anderen Systemstartelementen ausgeführt. Ich *muss* die wiedersehen.

In der Hoffnung, dass sie mir vielleicht ihre Nummer gegeben hat, drücke ich die Telefonbuch-Taste meines Handys. Dort werde ich jedoch freundlich darauf hingewiesen, dass «keine Einträge vorhanden» sind. Stimmt ja. Ich habe nicht nur Anas Nummer nicht, ich habe gar keine mehr. Dann kann ich jetzt nicht mal mit der Zeugenbefragung beginnen, denn auswendig weiß ich nur die Nummer meiner Eltern. Die können hoffentlich keine sachdienlichen Hinweise zum Thema Fesselsex geben.

So muss eben das bisher einzige Indiz genauer unter die Lupe genommen werden. W84U Ana. W84U. Eine Koordinatenangabe auf dem Kölner Stadtplan? Ein Geheimcode? Ich hätte gerade gerne eines dieser FBI-Profilerteams um mich, die in amerikanischen Krimiserien in 60 Sekunden Schlagabtausch ohne Pause Ideen entwickeln wie Sherlock Holmes auf Koks.

Chefermittler: «Es wurde ein Zettel in der Hosentasche gefunden mit der Aufschrift W84U.»

Superbrain (durch Brille oder Pullunder als Freak stigmatisiert): «Das W entstand im Mittelalter ursprünglich als Ligatur.»

Quotenschwarzer (verantwortlich für flotte Sprüche und ergänzende Einwürfe): «Und zwar als Verdopplung des U.»

Superbrain: «Genau. Und ebenso, wie das W ein verdoppeltes U ist, ist die 8 eine Verdoppelung der 4.»

Psychoexperte: «Deuteroische Eskalation. Meinen Sie, es handelt sich um eine psychopathische Ekstase?»

Chefermittler: «Nein, die Schriftführung ist linear. Das deutet auf ein systematisches Vorgehen hin.»

Gutaussehende Frau (stellt nur informationsleere Phrasen in den Raum): «Da weiß jemand genau, was er tut.»

Alter Weiser: «Das Jahr 84 war im chinesischen Kalender das Jahr des Holz-Affen.»

Psychoexperte: «Affen haben in den meisten Fällen ein komplexes Sozialverhalten entwickelt, Einzelgänger sind selten.»

Gutaussehende Frau: «Ein Schrei nach Liebe. Die Absenderin möchte nicht mehr länger alleine sein.»

Superbrain: «Monophobie.»

Quotenschwarzer: «Die ist eben heiß auf den Typen.»

Alter Weiser: «Sie will aus U W machen, aus 4 8. Sie sucht den Mann an ihrer Seite.»

Chefermittler: «Higgins, stellen Sie eine Übersicht aller ledigen Frauen im Zielgebiet zusammen. Mill, kümmern Sie sich um die mikrochemische Analyse der Tinte. Ich fliege mit Inspector Toddner nach China, um mehr über diese Holz-Affen herauszubekommen.» 45 Minuten später wäre der Fall gelöst.

Mein Handy reißt mich schlagartig wie eine Werbepause aus der fiktionalen High-Speed-Welt des FBI.

«Ja?»

«Max? Ich bin's, Lenny. Alles klar bei dir?»

«An sich schon. Ich glaube, ich habe eine ziemlich heiße Liebesnacht mit der Spanierin hinter mir.»

«Ist das dein Ernst?»

«Lust auf ein Rätsel?»

«Hä?»

«Ein Mann liegt mit Sahneresten auf dem Oberkörper allein in einem fremden Bett, an das seine Hände mit einem BH gefesselt sind. In seiner Hosentasche befindet sich ein Zettel mit der Aufschrift ‹W84U Ana›. Was ist passiert?»

«Alter, bist du fertig. Du weißt nichts mehr?»

«Hab ein totales Blackout, seit ich mit der aufs Zimmer gegangen bin. Du musst mir unbedingt helfen, die wiederzufinden. Frag doch mal deine Mona, wer das war.»

Lenny zögert einen Moment mit der Antwort. Ein so entschlossenes Vorgehen meinerseits ist er offensichtlich nicht gewohnt.

«Du bist ja echt krass drauf.»

«Lenny, die Frau ist der Hammer. Ich würde ans Ende der Welt laufen, um die noch mal zu sehen.»

Lenny zögert wieder. Sich dermaßen auf eine Frau zu fokussieren ist Mister Romantic 1–3 vermutlich so fremd wie einem jemenitischen Hirsebauern der Gedanke an die Homo-Ehe.

«Okay, dann frag ich jetzt mal Mona.»

Ich bin mir nicht ganz sicher, ob er sich dafür zum Telefon bewegen muss oder nur auf die andere Seite des Bettes, frage aber lieber nicht nach.

«Ach so, und hast du eine Idee, was W84U heißt?»

«Kein Plan, haste schon gegoogelt?»

Ich mache mir wenig Hoffnung, dass mir Superbrain Google in diesem Fall weiterhelfen kann. Trotzdem tippe ich das kryptische W84U in die Suchleiste unter den bunten Buchstaben. Zu meiner Überraschung bekomme ich mehrere tausend Treffer. Gleich einer der ersten führt mich zur Seite der Zeitschrift *Eltern*. Ein Banner möchte mich auf das neue Heft mit dem Titelthema «Konflikte offensiv angehen!» aufmerksam machen. Dann entdecke ich den Artikel mit der Überschrift «LOL, OMG und Co: Die Netzsprache unserer Kids». Schon der einleitende Satz «Wenn Kinder das Internet für sich entdecken, stellen sich Eltern viele Fragen» macht mich aggressiv. Solche selbsterfüllenden Prophezeiungen züchten jene Angst-Eltern heran, die sich ständig zu viele Fragen stellen und stupide Erziehungsratgeber kaufen. Aber in einer Liste unter dem Artikel finde ich tatsächlich «W84U». Oh Mann, das kann man auch ohne FBI rausbekommen. Es steht für «Wait for you».

Da auch die anderen Treffer, von einer rumänischen Dating-Agentur bis zu einem ominösen Anbieter von Familiengruften, alle auf dem gleichen Wortspiel fußen, gibt es keinen Zweifel: Ana wartet auf mich. Mein Herz schlägt plötzlich so schnell wie das einer besorgten Mutter, die bei ihrer 12-jährigen Tochter einen Knutschfleck entdeckt und sich viele Fragen stellt. OMG. Oder sogar wie das der Tochter eine Stunde zuvor. LOL.

Minutenlang pfeife ich den Triumphmarsch aus Aida, während ich mir in der Küche Milchreis zum Frühstück zubereite. Eine Horde rot-weiß verkleideter Männer unten auf der Straße greift die Melodie auf, ergänzt sie jedoch um einen merkwürdigen Text, in dem mich einige Wörter dazu bewegen, das Fenster lieber zu schließen. Der 1. FC Köln hat heute Heimspiel. Als irgendwann endlich mein Handy klingelt, begrüße ich Lenny mit einem euphorischen «Alter», das dem des Meisters in nichts nachsteht.

«W-8-4-U. Wait for you. Wegen Eight, acht! Und der vier, four! Die wartet auf mich!»

«Ist nur die Frage, wo», lautet Lennys kühle Reaktion.

«Wieso?»

«Also keiner kennt die Spanierin so wirklich, aber Mona hat herausbekommen, dass die heute nach Valencia fliegen wollte.»

«Was? Aber die kommt dann wieder?»

«Da war sich Mona nicht so sicher. Ihr Auslandssemester ist wohl schon vorbei.»

Auch durch die geschlossene Scheibe höre ich die Brüllbande vor dem Fenster noch immer den Triumphmarsch grölen. Ob denen auch was einfällt, wenn ich ihnen jetzt Chopins Trauermarsch vorpfeife?

«Max?»

«Ja, aber das kann doch nicht sein. Die wartet doch auf mich.»

«Vielleicht hast du ihr in deinem Delirium ja auch versprochen, sie am Flughafen zu verabschieden.»

«Keine Ahnung. Aber ich muss die wiedersehen!»

«Ich hab jedenfalls mal geschaut. Der einzige Flug nach Valencia von irgendwo hier aus der Gegend wäre um 16:15 Uhr von Düsseldorf Weeze. Check-in ist bis Viertel vor vier.»

«Das ist ja schon in zweieinhalb Stunden. Wie kommt man denn nach Weeze?»

«Eigentlich mit einem Shuttlebus, aber den wirst du nicht mehr kriegen ...»

Tu es, Lenny, tu es! Erinner dich daran, dass ich damals genickt habe, als die mit dem Arschgeweih wissen wollte, ob deine Rolex echt ist. Und als die zwei Schwedinnen zweifelten, ob du tatsächlich Filmproduzent bist. Und als die Internatsmädels vom Zuckerhut auf der Domplatte wissen wollten, ob du wirklich die Organisation «Rioconciliation» für die Wiedergutmachung der langen und unbarmherzigen deutschen Kolonialzeit in Brasilien gegründet hast.

«... aber wenn dir die Frau so irre viel bedeutet ... wir könnten es natürlich mit meinem Auto versuchen.»

«Das kann ich eigentlich nicht annehmen ... wann kannst du da sein?»

«Viertelstunde.»

«Perfekt! Eine Sache noch: Wurde heute Morgen von Chris mit einem ‹Starker Auftritt gestern› begrüßt. Hast du eine Ahnung, was der meint?»

«Mehr hat der nicht gesagt?»

«Nee.»

«Ich erzähl's dir später.»

Manche Dinge eignen sich hervorragend für einen Nachmittag, an dem der FC ein Heimspiel hat. Friseurbesuche zum Beispiel. Oder Spaziergänge durch die Fußgängerzone. Mit dem Auto aus der Stadt rauskommen gehört definitiv nicht zu diesen Dingen. Mühsam krebsen wir in Richtung A 57. Auf dem Weg packen wir auch noch Wilhelm ein. Wenn man sich sonst so selten sieht, muss eben auch eine nachmittägliche Flitztour in die niederrheinische Pampa zum gemeinsamen Event gemacht werden.

Ich starre im Minutentakt auf die Uhr und merke, dass mein Arbeitsspeicher inzwischen fast komplett mit Ana-Prozessen ausgelastet ist.

Was soll ich der eigentlich sagen? «Hey, ich bin der Typ, den du gestern Nacht ans Bett gefesselt hast. Willst du mich heiraten?» Und was, wenn sie wirklich für immer nach Spanien fliegt? Warum hat die das dann gestern nicht gesagt? Und warum schreibt sie mir, dass sie auf mich wartet? Vielleicht wird sie auch alles abstreiten. Aber da habe ich ja mit dem BH vorgesorgt, der sich inzwischen in einer unauffälligen Einkaufstüte neben mir befindet.

«Habt ihr gestern Nacht eigentlich irgendwas mitbekommen? Jetzt wegen Ana und mir. Oder wo wart ihr noch?»

Lenny und Wilhelm schauen sich kurz fragend an.

«Ich war noch länger in der Küche, aber ich hab von euch nichts mitbekommen. Wollte nicht stören und bin dann heim», berichtet Wilhelm.

«Also ich bin irgendwann mit Chris und den zwei Zahnis noch feiern gegangen», erinnert sich Lenny.

«Lief was mit Mona?»

«Nee.» Aha. So einsilbig ist er bei der Berichterstattung seiner Frauengeschichten sonst nicht. Aber da hat Lenny sich wohl zur Abwechslung mal eine Abfuhr geholt.

«Wäre schon, wenn ich gewollt hätte.» Er scheint meine Gedanken lesen zu können.

Auf der Autobahn geht es auch nur stockend voran. Zu viele Familien sind mit ihren Wohnmobilen auf dem Weg nach Holland, um dort die letzten Ferienwochen zu verbringen. Das nennt man dann wohl Eulen nach Athen tragen. Ich konzentriere mich weiterhin auf die Uhr. 14:36 hat sich sehr lange gezogen, 14:37 ging verhältnismäßig flott, aber bei 14:38 wurden mit Sicherheit 20 Sekunden nachgespielt.

Dass der Airport Weeze von Ryanair offiziell als Düsseldorf (Weeze) bezeichnet wird, ist eine mittlere Unverschämtheit. Irgendwo im Nirgendwo nahe der holländischen Grenze gelegen, sind die nächsten größeren Städte Duisburg, Oberhausen oder Eindhoven – nur nicht Düsseldorf. Das ist 85 Kilometer entfernt. Wenn man so anfängt, dann darf man demnächst auch vom Oktoberfest in der Nähe von Augsburg und der Frauenkirche in Chemnitz (Dresden) sprechen. So haben sich wohl schon manche geschnitten, die sich auf den sympathischen Flughafen-Slogan «Kurze Wege – Entspannt starten» verlassen haben. Wir zählen auf jeden Fall dazu.

Es ist schon halb vier, als wir endlich den Bungalow mit Rollfeld erreichen. Beim Flughafenquartett könnte man mit der Weeze-Karte höchstens in der Kategorie «Freie Parkplätze» punkten. Aber um die Nadel im Heuhaufen zu finden, ist es ja nur von Vorteil, wenn der Heuhaufen möglichst klein ist. Und da die Nadel ja auch noch funkelt, strahlt und überaus heiß ist, sollte es eigentlich klappen. Und Spanier checken ja bestimmt nie überpünktlich ein.

Fünf Minuten später müssen wir einsehen, dass sich Ana wohl über alle landestypischen Klischees hinweggesetzt hat. Sie ist definitiv nicht im sporthallengroßen Flughafenterminal. Vermutlich kauft sie gerade dreißig Meter Luftlinie von uns entfernt im Travel-Value-Shop einen neuen BH. Oder einen Gin, den sie beim Abheben sanft küsst, während sie leise flüstert: «Ich werde dich lieben für immer, Max.» Nein! Noch ist es nicht zu spät! In Gedanken renne ich auf die Sicherheitsschleuse zu und boxe mir meinen Weg zu Ana frei; in Wahrheit renne ich in die andere Richtung und boxe mich zum Ryanair-Schalter durch. Eine freundlich lächelnde Frau mittleren Alters mit kurzen rot getönten Haaren fragt mich, was sie für mich tun kann.

«Mich da kurz reinlassen.»

«Wo wollen Sie denn rein?»

«Da hinter die Sicherheitskontrolle.»

Die Frau schaut mich ungläubig an.

«Hören Sie, ich muss unbedingt jemanden sehen, der offensichtlich schon eingecheckt hat. Wenn ich die nicht sehe, dann wird es ein bis zwei Menschen sehr schlecht gehen.»

Sie blickt mich mitleidig an wie eine Gastmutter, der ein Austauschschüler einen Tag vor der Abreise gesteht, sich in ihre Tochter verliebt zu haben. Süß, aber da bist du wohl zu spät. Glücklicherweise scheint Mama Ryanair nicht die *Eltern* abonniert zu haben. Sonst würde sie jetzt wohl nicht so schön mitleidig schauen, sondern sich viele Fragen stellen.

«Oh, Herzschmerz?»

«Ja. Äh. Nein. Indirekt. Es geht um ... es geht um eine Herztransplantation.» Es gibt wenige Menschen, die so schlecht lügen können wie ich. Lenny schafft es immer wieder, vollkommen erfundene Geschichten so zu erzählen, dass sie niemand in Frage stellt. Ich hingegen schaffe es nicht mal, meiner Bäckerin ein überzeugendes «Leider nicht» zu entgegnen, wenn sie mich fragt, ob ich zwei Cent klein hätte, und ich zu faul bin nachzuschauen. Wenn Lenny der Politiker unter den Lügnern ist, dann bin ich der Soap-Darsteller.

Mama Ryanair schaut mich an, als hätte der Austauschschüler gerade gefragt, ob er die letzte Nacht im Zimmer der Tochter schlafen darf. Netter Versuch, aber vergiss es.

«Was würde passieren, wenn ich sage, dass ich einen Terroristen kenne, der gleich in die Valencia-Maschine steigt?»

Sie verändert ihre Mimik nur minimal.

«Also, wenn Sie Ihre Freundin oder wer immer das ist, wirklich unbedingt noch sehen wollen, dann müssen Sie sich bei meiner Kollegin da drüben wohl ein Ticket kaufen. Wenn Sie unsere Reiseversicherung wählen, dann kriegen Sie bei Nichtantritt des Fluges immerhin 50 Prozent erstattet.»

«Und was kostet mich das dann?»

«Der Flug kostet regulär 49,99 Euro.»

A man has to do, what a man has to do. Ich gehe zum benachbarten Schalter und erkläre einer jungen Kollegin von Mama Ryanair mein Dilemma. Laut ihrem gelb-blauen Schildchen heißt sie Zissy van Heekern und sieht auch genauso aus. Wenn ihr der Tresenjob hier irgendwann mal zu langweilig wird, könnte sie es problemlos als Pornostar versuchen.

«Also, Sie wollen das Ticket nach Valencia für 49,99 Euro?»

«Ja, ich nehme das Ticket, gehe da jetzt kurz durch diese Tür, komme gleich wieder und bekomme meine 50 Prozent, ja?»

«Ja. Wollen Sie ein Gepäckstück aufgeben?»

«Bitte?»

«Sie können 15 Kilo für 15 Euro oder 20 Kilo für ...»

«Ich will da nur kurz rein! Wenn Sie darauf bestehen, zahl ich Ihnen die 50 Tacken, aber dann beeilen Sie sich bitte ein bisschen, der Flug geht in einer halben Stunde!»

Fräulein Ryanair mustert mich so intensiv, als kontrolliere sie gerade innerlich die Liste «Verdächtige Flugpassagiere erkennen», die bei der letzten Sicherheitsschulung im Bildungszentrum Kevelaer ausgeteilt wurde.

«Wollen Sie unsere Priority Boarding-Option buchen, um nicht in der Schlange stehen zu müssen?»

Ist das eine Provokationstaktik? Schafft man es so, islamistische Extremisten zu überführen?

«Nein, das möchte ich nicht», antworte ich mit übertrieben sanfter Stimme, während ich innerlich explodiere. «Ich möchte nur kurz, trippel, trappel, da vorne in den Bereich gehen, wo die ganzen kleinen Menschen in die großen Flugzeuge steigen. Dann komme ich wieder, trippel, trappel, hierhin zurück.»

«Ach so, also wollen Sie vermutlich auch keine Sportausrüstung, Musikinstrumente oder Gegenstände für Kleinkinder mitnehmen?»

Sie scheint es tatsächlich allmählich zu begreifen.

«Bingo!», rufe ich freudig aus. Während sie meine Personalausweisdaten eingibt, werfe ich einen Blick auf die Abfluganzeige. Es ist schon gemein, einen Tag nach einer Urlaubsabsage auf einem Flughafen zu stehen. Die Welt ruft, und du darfst nicht antworten. Wobei man, sofern Ryanair den Düsseldorf-Weeze-Trick global anwendet, vermutlich nicht in Venedig, sondern in Slowenien, nicht in Agadir, sondern in der Sahara, und nicht in Oslo, sondern am Nordpol landet. Aber immer noch besser als bei Kratzklaus in Köln-Deutz. Ich sehe Wilhelm in einiger Entfernung schon nervös auf eine imaginäre Armbanduhr zeigen. Jetzt druck mir das Ding aus, Mädel! Sie schaut angestrengt auf ihren Bildschirm.

«Eine Frage noch: Wünschen Sie für Ihre Buchung eine SMS-Bestätigung mit Buchungsnummer und Flugdetails?»

Nach allem, was ich über das Verhältnis von Redeanteil und Handlung in Pornofilmen weiß, nehme ich meine Zweitjob-Prognose für Zissy van Heekern augenblicklich zurück.

Wilhelm wartet alleine. Er erzählt mir, dass Lenny sich inzwischen hinter einen unbesetzten Tresen in unmittelbarer Nähe des Info-Schalters gesetzt habe und so tue, als würde er sich nur für die dort liegengelassene *Bild*-Zeitung interessieren. Eigentlich spekuliere er aber darauf, von gelandeten Ortsunkundigen – vor allem von Flug FR7212 aus Stockholm und Flug FR4331 aus Rom – für einen Flughafenmitarbeiter gehalten und angesprochen zu werden. Flirt started.

Ich erkläre Wilhelm meine Storno-Taktik, bitte ihn, mit Lenny in der Halle zu warten, und stelle mich an der Sicherheitskontrolle an.

Als ich an der Reihe bin, zweifle ich an der Notwendigkeit meines Vorhabens, den Beweis-BH mitzunehmen. Aber jetzt ist es zu spät. Ich lege die Plastiktüte auf das Fließband und sehe, wie sie langsam in die Durchleuchtungseinheit fährt.

Der Blick eines dicken Schnauzbarts springt zwischen seinem Kontrollmonitor und mir hin und her. Na und? Selbst wenn er was sagen sollte: «Meine Freundin ist Unterwäschemodel auf dem Weg zu einem Shooting und hat den vergessen.»

«Entschuldigung, ist das Ihre Tüte?»

«Tüte? Ja, äh, meine ... meine Freundin ist Unter... ach so, die Tüte, nee, die ... die ist nicht.»

Glücklicherweise hat Ryanair die Boarding-Time des Valencia-Fluges um eine halbe Stunde verschoben, und so sitzen die meisten Fluggäste noch in den polsterlosen Sitzreihen vor Gate 2. Nur ein paar Voreilige haben sich schon in einer Warteschlange vor dem unbesetzten Tresen zusammengefunden. Das sind vermutlich genau diejenigen, die nach der Landung immer euphorisch klatschen und dann sofort von ihren Sitzen aufspringen, nur um sich die folgenden zehn Minuten bis zum Erreichen der endgültigen Parkposition sinnlos mit eingezogenem Kopf unter der Gepäckablage zu verrenken. Und morgen früh stellen sie sich den Wecker auf sechs Uhr und ziehen mit einem Handtuch bewaffnet Richtung Pool.

Ich gehe Reihe für Reihe durch, finde fünf schnuckelnde Pärchen und sieben gestresste Familienväter, nur nicht Ana. Auch im Travel-Value-Shop steht keine Spanierin vor dem Spirituosenregal. Als ich sie nicht einmal in der Streberschlange entdecken kann, gebe ich verzweifelt auf. Sie ist nicht da.

Traurig wate ich wieder zurück in das Flughafenterminal, wo Lenny und Wilhelm mich bereits empfangen.

«Jungs, die ist nicht da. Die fliegt nicht mit der Maschine.»

«Was? Das kann doch nicht sein», empört sich Lenny und widmet sich seinem iPhone.

«Und was willst du jetzt machen?», fragt Wilhelm.

«Ja, was schon? War wohl nix. Vielleicht fährt sie mit dem

Auto nach Spanien. Vielleicht hat sie uns auch alle angelogen und fliegt weder nach Valencia, noch wartet sie auf mich. Vielleicht wurde sie aber auch auf ihren Planeten der Schönheit zurückgebeamt.»

«Oder sie fliegt in einer Stunde von Köln-Bonn», sagt Lenny und blickt von seinem Display auf. «Tut mir wirklich leid, aber den Flug habe ich vorhin wohl komplett übersehen. 17:05 Uhr geht einer nach Valencia.» Das kann der nicht ernst meinen. Da hat sich Super Mario aus einer rot-weißen Fußballhölle gekämpft, jedes Wohnwagenhindernis umkurvt und sogar den Endgegner Zissy van Heekern gemeistert, steht am Ende aber mit leeren Händen da, Game over. Und jetzt kommt raus, dass Daisy die ganze Zeit in Level 1 gewartet hätte? Wo ist der Reset-Knopf? Ich wünsche Lenny alle Kampfschildkröten, Höhlenspinnen und Feuerbälle, die Nintendo je programmiert hat, an den Hals.

«Du Idiot!»

«Es tut mir wirklich leid.»

«Ich hätte die Nacht meines Lebens aufklären und die Frau aller Frauen wiedersehen können. Aber du lotst mich an die holländische Grenze, sodass ich jetzt die Zeit runterzählen kann, bis die in Köln in den Flieger steigt und auf Nimmerwiedersehen weg ist!» Mama Ryanair scheint meine Wutattacke aus der Ferne zu beobachten und setzt wieder ihren Mitleidsblick auf.

«Ja, aber vielleicht siehst du die ja irgendwann ...»

«Lenny, die Frau ist weg. So eine wartet nicht zweimal auf einen. Der Zug ist abgefahren.» Blöder Satz in einem Flughafenterminal.

«Ich hab grad die Nummern von Alessandra und Enrica aus Rom bekommen, die wollen heute Abend in Köln ...»

«Lass mich in Ruhe!»

«Na ja, eine Möglichkeit gäbe es natürlich noch», schaltet sich Wilhelm ein. Ich halte es für unrealistisch, dass Lenny seinen scheiß Quadrocopter 3000 schon gebaut hat und mich ferngesteuert nach Köln zurückfliegt, zumal ich dann vermutlich den Umweg über irgendein FKK-Bad nehmen müsste. Daher lasse ich Wilhelm nicht ausreden.

«Ich kann auf keinen Fall mehr rechtzeitig in Köln sein!»

«Aber in Valencia.»

Ich starre ihn an.

«Der Flug von Weeze landet eine Dreiviertelstunde vor dem aus Köln in Valencia. Wenn Ana in dem anderen Flugzeug sitzt, würdest du sie dort am Flughafen mit Sicherheit abfangen können.»

Einen Moment lang denke ich ernsthaft darüber nach. Immerhin habe ich das Ticket schon. Dann wird mir die Absurdität seines Vorschlags wieder bewusst.

«Ich kann nicht einfach so mal eben nach Spanien fliegen. Ich muss morgen um zehn arbeiten, Nachrichten gibt's auch sonntags.»

«Dachte ja nur, weil dir die Frau so viel bedeutet ...»

Natürlich tut sie das. Aber wenn man ins Casino geht, sollte man sich am besten auch ein Limit setzen. Egal, wie viel Lust man hat weiterzuspielen.

«Ich kenne die seit gestern Abend. Das war eine coole Nacht, und ich hätte die wirklich gerne wiedergesehen. Ich opfere dafür auch meinetwegen einen Samstagnachmittag, aber extra nach Spanien fliegen? Das ist mir 'ne Nummer zu verrückt.» Wir schweigen einen Moment lang, dann füge ich hinzu: «Lass gehen.»

«Max, eine Sache müssen wir dir wohl noch sagen», hält Lenny mich auf. «Du wolltest doch vorhin wissen, was Chris mit deinem Auftritt in der Küche meinte.»

«Ja», sage ich, auch wenn es mich gerade überhaupt nicht interessiert.

«Na ja, du kamst gestern Nacht irgendwann in die Küche gewankt und hast in die Runde gefragt, ob jemand ein Kondom dabeihat.»

«Was?»

«Hatte nur leider keiner. Hast dich mit einem ‹Ach, scheiß drauf› umgedreht und bist wieder in euer Liebesnest zurück.»

Ich entscheide mich spontan, dem schon gekürten Verlierer des Jahres Max Plättgen die Goldene Himbeere für «Als Thomann den türkisfarbenen Urlaub stahl» abzuerkennen. Stattdessen geht der Award, oh Überraschung, erneut an Max Plättgen, allerdings für den Streifen «Ich weiß noch immer nicht, was ich letzte Nacht getan habe». Ich stehe tatenlos in der Pampa, während die Frau meiner zukünftigen Träume mich am Kölner Flughafen erwartet. Und statt einer Gin-Flasche aus dem Travel-Value-Shop nimmt sie nun vielleicht ungewollt einen kleinen Maxi als Erinnerung in die Heimat mit. Wenn es vorher mein Herz war, das darauf brannte, Ana wiederzusehen, erwärmt sich jetzt auch mein Geldbeutel für diese Idee. Jeden Monat Alimente an die spanische Küste zu überweisen ist mit meinem Lohn als *News*-Volontär schlecht vereinbar. Und das an eine Frau, deren Nachnamen ich nicht einmal kenne. Eine Frau, die ich meiner Erinnerung nach dreißig Minuten in meinem Leben gesehen habe.

«Ich flieg hin.» Rien ne va plus.

Einige Sekunden herrscht absolute Stille. Lenny und Wilhelm wissen offensichtlich selbst nicht so genau, ob sie das für eine gute oder schlechte Entscheidung halten sollen. Lenny findet als Erster die Sprache wieder.

«Es tut mir echt leid. Ich hab dich zu der Party geschleppt, ich hab dir den Tipp mit dem ruhigen Ort gegeben, und das mit dem Flug geht auch auf meine Kappe. Max, ich bin es dir schuldig:» Was kommt jetzt? Er zahlt mir den Flug? Er übernimmt den Job als Maxis Patenonkel? Er fliegt mit dem Quadrocopter 3000 eine Pille danach nach Valencia?

«Ich komm mit.»

«Was?» Der Mann schafft es doch immer wieder, mich zu überraschen.

«Ich lass meinen besten Kumpel doch nicht im Stich. Wir ziehen das zusammen durch.»

«Genau», bestätigt Wilhelm. «Wir machen das zusammen. Wenn wir schon keinen gemeinsamen Urlaub haben, dann wenigstens eine Minireise nach Spanien.»

Ich weiß nicht genau, was ich von den beiden Vögeln halten soll. Aber irgendwo haben sie natürlich recht. Wenn schon die Last-Minute-Woche wegfällt, dann starten wir jetzt eben einen Last-Second-Tagestrip. Da in zehn Minuten Boarding Time ist, die beiden noch kein Ticket haben und Zissy van Heekern immer noch Dienst hat, dürfen wir jetzt keine Zeit verlieren. Lenny will kurz zum Auto zurück, um sein Survival-Kit 3000 zu holen, Wilhelm und ich rennen zum Ryanair-Schalter. Ich klatsche die Personalausweise von Lenny und Wilhelm auf den Tresen, schaue Zissy tief in die Augen und rattere meinen Text in einer Geschwindigkeit runter, die man sonst nur aus Besprechungen des Fernseh-FBI kennt:

«Fräulein van Heekern, ich schätze es sehr, dass Sie Ihren Job gewissenhaft ausführen und mir als Fluggast keine der vielen hervorragenden Zusatzoptionen des breitgefächerten Ryanair-Angebots vorenthalten wollen, aber wären Sie so freundlich, den beiden Inhabern dieser Personalausweise ganz schnell zwei Flugtickets für die gleich startende Maschine nach Valencia auszustellen? Ohne Gepäck, ohne Priority-Boarding-

Option, ohne Sportausrüstung, ohne Musikinstrumente, ohne Gegenstände für Kleinkinder und ohne SMS-Bestätigung?»

Zissy nimmt die Pässe, tippt und schweigt. Sie sieht so aus, als würde sie meine schwierige Aufgabe wirklich bewältigen wollen. Komm schon, du schaffst es, ich glaub an dich! Aber man kann einem Kassettenrekorder noch so gut zureden, ins Internet kommt man damit doch nicht. Nach einer Weile sieht sie mich ratlos an.

«Zwei Flugtickets für jeden von den beiden oder insgesamt?»

Ich bemitleide sie mit einem astreinen Mama-Ryanair-Blick. Ihre Mutter hat sich in ihrem Leben vermutlich schon mehr Fragen gestellt als Zissy ihren Kunden. Und das ganz ohne Ratgeber.

BODENHAFTUNG

Unser Flug erinnert mich irgendwie an eine Kaffeefahrt. Es ist eng und stickig, alle paar Minuten werden Produkte verkauft, und am Ende landet man vermutlich in einem Kaff. Statt Rheumadecken und Schuh-Gel-Einlagen suchen bei uns erst Sandwiches und Baguettes, dann Parfüms und Zigaretten und am Ende Rubbellose ihre Abnehmer. Gleich in der vordersten Reihe springt ein Typ nach dem Kauf eines Loses jubelnd auf, was die Glücksspielbegeisterung der anderen Fluggäste erheblich steigert. Ich würde meinen hoffentlich noch in zehn Monaten ungeborenen Nachwuchs verwetten, dass das eine verkaufsfördernde Maßnahme der Ryanair-Marketingabteilung ist. Bei Kaffeefahrten sitzen auch immer die Eltern des Moderators in der ersten Reihe, bewerten die Rheumadecken als «flauschig-warm» und werfen ein, dass sie die Schuh-Gel-Einlagen im Geschäft zum doppelten Preis gesehen hätten. Irgendwann nicke ich von der Verkaufsshow ermüdet kurz weg, werde aber wenig später von einer Durchsage des Piloten geweckt. «Rufen Sie Ihre Familienangehörigen oder Freunde an!» Ich zucke erschreckt zusammen. Was ist passiert? Wir stürzen ab und sollen uns verabschieden? «Mit dem neuen Ryanair Handy-Service.»

Lenny hingegen scheint den Air-Shop regelrecht zu genießen. Er hat wohl noch Platz in seinem Survival-Kit 3000, einem edlen schwarzen Kulturbeutel von *Porsche Design*, den er demonstrativ auf sein Klapptablett stellt.

«Was willst du denn kaufen?», frage ich Lenny.

«Max, es geht hier nicht ums Kaufen. Es geht um die Aufnahme in den Mile High Club Gold.» Seiner Betonung nach handelt es sich dabei um eine legendäre Institution.

«Ist das das Bonusprogramm von Ryanair?»

«Im Mile High Club ist jeder Mitglied, der auf 1852 Metern Höhe Sex hatte. Für den Bronze-Status reicht die eigene Freundin, für Silber darfst du die Sexpartnerin frühestens am Flughafen kennengelernt haben, und für Gold», er macht eine Pause, schaut sich um und beginnt zu flüstern, als würde er mir verraten, dass er das Bernsteinzimmer in seinem Survival-Kit 3000 versteckt hält, «für Gold musst du eine Stewardess rumkriegen.»

Jetzt verstehe ich seine plötzliche Flug-Shopping-Begeisterung. Jede neue Verkaufsphase bietet ihm eine neue Möglichkeit, mit den Ladys in Blau-Gelb in Kontakt zu treten. Er erzählt mir von einer Umfrage in der *FHM*, laut der mehr als ein Drittel aller Flugbegleiterinnen schon mal Sex über den Wolken hatte. Es sind drei an Bord, Lennys Chancen stehen gut.

In der Snackphase erkundigt er sich, ob gesichert sei, dass das Thunfisch-Baguette keine Spuren anderer Fische enthalte. Er sei bei einer Tauchexpedition der World Ocean Foundation vor den Malediven in 200 Metern Tiefe von einem Rochen gebissen worden und seither auf verschiedene Kleinfische stark allergisch. Mehrere Male muss die besorgte wie beeindruckte Alexandra nachfragen, bis sie Lenny freundlich lächelnd Entwarnung gibt.

In der Bordshop-Phase fragt Kollegin Johanna nach Lennys Wünschen. Er möge ja gerne ab und zu eine Zigarre, gerade bei Sonnenuntergang in seinem kubanischen Ferienhaus. Aber leider könne er momentan nicht rauchen, da er sich in einer Trainingsphase für das Kuba-USA-Distanzschwimmen befinde. Stattdessen kauft er nach längerem Beratungsgespräch ein *Davidoff*-Parfüm und das Rasierset *Holiday*, die er sogleich im

Survival-Kit 3000 verstaut. Ich versuche zu erspähen, was er da sonst noch drin hat, kann außer Kabeln, die wohl zu seinem Handyladegerät gehören, einer Zahnbürste und einer Zehnerbatterie Kondome jedoch nicht viel sehen.

In der Rubbellos-Phase erzählt er Yasmin, dass er das Glück eigentlich nicht noch einmal herausfordern wolle, seit er in Monte Carlo an einem Abend einen mittleren sechsstelligen Betrag gewonnen habe, von dem er sich sein beschauliches Ferienhaus auf Kuba und die dreijährige Schwimm- und Tauchausbildung an der Elitetiefseeakademie Jacques-Yves Cousteau geleistet habe. Er kauft ihr dann doch zwei Lose ab, gewinnt dieses Mal nichts, bekommt aber offenbar plötzlich starke Magenschmerzen.

«Der Fisch», röchelt er und rutscht in seinem dunkelblauen Sitzsessel nach unten. Er schaut mich intensiv an, womit er mir wohl den Einsatz zum Mitspielen gibt.

«Oh nein, er hat ja diese Kleinfischallergie, seit er ...», stimme ich ein, und Lenny presst hinterher:

«Ich muss mich hinlegen, sonst könnte meine Magenschleimhaut reißen.» Gekrümmt schleppt sich Lenny mit Yasmin und der hinzugeeilten Alexandra in den hinteren Teil des Flugzeugs. Doch noch bevor ich weitere Details erkennen kann, zieht Alexandra schon den gelben Vorhang zum Passagierraum zu.

Ich drehe mich zum Fensterplatz, wo Wilhelm seit geraumer Zeit gedankenverloren nach draußen schaut. Sein MP3-Player sorgt dafür, dass er von Marktschreiern und Elitetauchern nichts mitbekommt. Nur bei der angedeuteten Fischvergiftung hat er seine Ohrhörer kurz abgenommen, sie aber nach meiner geflüsterten «3000»-Entwarnung, sofort wieder eingesetzt. Auf ein bisschen Entspannung hätte ich gerade auch Lust. Ich frage ihn, ob ich mithören darf, und ich mache mich auf alles zwischen südamerikanischem Untergrund-Hip-Hop und Free Jazz aus den Sechzigern gefasst. Stattdessen höre ich eine sonore Schauspielerstimme:

«Er hatte begonnen zu fühlen, dass die Liebe seines Vaters, und die Liebe seiner Mutter, und auch die Liebe seines Freundes, Govindas, nicht immer und für alle Zeit ihn beglücken, ihn stillen, ihn sättigen, ihm genügen werde. Er hatte begonnen zu ahnen, dass sein ehrwürdiger Vater und seine anderen Lehrer, dass die weisen Brahmanen ihre Fülle schon in sein wartendes Gefäß gegossen hätten, und das Gefäß war nicht voll, der Geist war nicht begnügt, die Seele war nicht ruhig, das Herz nicht gestillt. Die Waschungen waren gut, aber sie waren Wasser, sie wuschen nicht Sünde ab, sie heilten nicht Geistesdurst, sie lösten nicht Herzensangst.»

Dann schon lieber Rubbellose.

«Macht der das die ganze Zeit?», frage ich Wilhelm.

«Was meinst du?»

«Ich ahne, dass der Autor, der Schreiber, der Rastlose nicht ruht, sich nicht begnügt, nicht pausiert, bis er nicht in jedem Satz mehrere, meistens drei, manchmal auch vier inhaltsgleiche Dinge aneinanderreiht, verbindet, zusammenklatscht.»

«Das ist der Hesse.» Bei hoher Kunst hört für Wilhelm offensichtlich der Spaß auf. Zeit, ihn zu ärgern.

«Roland Koch? Maddin Schneider?»

«Hermann Hesse. Siddhartha. Geht um das Leben von Buddha.»

«Kann ja sein, aber ich glaube, der Typ war beim Schreiben voll wie ein Brahmanengefäß.» Wilhelm schaut mich mit einem Ach-du-hast-doch-keine-Ahnung-Blick an, den man sich nach 16 Semestern Studium wohl zwangsläufig von seinen Professoren abschaut. Der wird von den Erstsemestern vermutlich ohnehin schon für einen Jungdozenten gehalten.

Nach Kleidung und Aussehen für Geschichte. Ob der jemals aus der Uni rauskommt? Vor drei Semestern wollte er das erste Mal mit seiner Abschlussarbeit anfangen, war aber wegen der Proteste gegen die Studiengebühren zu stark eingespannt. Vor zwei Semestern hatte er sich schon fast angemeldet, fand dann aber einige Seminare am ostasiatischen Institut, die er unbedingt noch mitnehmen wollte. «Kann ich mir nicht anrechnen lassen, sind aber wirklich interessant.» Und seit letztem Semester gilt die Prämisse, unbedingt noch so lange dabei zu bleiben, bis die Studiengebühren abgeschafft sind, um ein letztes Semester «in Freiheit» zu studieren.

Mir wird klar, dass mein noch vom Vorabend degeneriertes Gehirn mit Hermann Hesse gerade nicht klarkommt, und verzichte auf weitere multiple Pleonasmen. Kurz darauf kommt Lenny bestens gelaunt zu seinem Platz zurück.

«Muss ich dich jetzt His Airness nennen?»

Lenny zwinkert mir nur zu. Der Mile High Club scheint ein neues Goldmitglied aufgenommen zu haben.

Der Flughafen von Valencia befindet sich tatsächlich in unmittelbarer Nähe von Valencia. Während wir auf die Maschine aus Köln warten, erkundigt sich Wilhelm nach möglichen Rückflügen. Er hat damals nach dem Abi ein freiwilliges soziales Jahr in Ecuador verbracht und kann daher Spanisch. Lenny und ich leider nicht. Noch. Denn dann holt Lenny eine zusammengefaltete Zeitungsseite aus seiner Hosentasche, die der Überschriftengröße nach nur aus dem *Franziskanerstift Seniorenblatt* oder der *BILD* stammen kann. «Hab ich vorhin zufällig gefunden», sagt er und zeigt auf eine zweispaltige Tabelle, die mit «Spanisch für den Urlaub» überschrieben ist. Stimmt, die *BILD* diente Lenny ja am Flughafen Weeze als Tarnkappe auf der Pirsch.

Nach zehn Minuten intensiven Studiums können wir zwar immer noch nicht nach dem Weg fragen, dafür aber problemlos mitteilen, dass wir eine gute Brustmuskulatur haben und uns die Kante geben wollen. Die *BILD* denkt eben auch beim Sprachunterricht zielgruppig. Ich stolpere über den Satz «El bebé era fruto de un error». Das Kind war nicht gewollt. Wo ist Ana?

Zum vierten Mal an diesem Tag spüre ich dieses Kribbeln in der Magengegend, weil ich glaube, Ana gleich wiederzusehen. Vorhin am Gate, davor schon bei der Ankunft in Weeze und einen Augenblick lang auch heute Morgen beim Aufwachen.

Konzentrierter als ein Scharfschütze beobachte ich die Kölner Urlauberschar schon beim Verlassen des Flugzeugs. Zielobjekt noch nicht identifiziert. Wilhelm ist inzwischen wieder da und meint, wir könnten morgen zurückfliegen. Zu dritt machen wir uns auf, das Gepäckband des Köln-Fluges zu umstellen, noch bevor die Reisenden die Halle erreicht haben. Als ein Pulk lachender, redender und vor allem lauter Menschen durch die Schiebetüren kommt, wird mir wieder bewusst, wieso Köln als nördlichste mediterrane Stadt gilt. Doch es sind die Passagiere des Inlandfluges aus Madrid, die vom Geräuschpegel her aber problemlos als Rheinländer durchgehen könnten. Dann öffnen sich die Türen erneut, und herein strömen meine Landsleute – mit hoffentlich mindestens einer Ausnahme. In Zeitlupe wie die Astronauten auf dem Rollfeld in *Armageddon* schreiten sie unserem Gepäckband entgegen.

Natürlich ist ganz vorne die obligatorische Frauenausflugsgruppe mit dabei. Es gibt kein Verkehrsmittel, das im Großraum Köln startet, ohne sie: Fünf bis zehn Frauen zwischen 30 und 70, die ihre Männer zu Hause gelassen haben, um mal wieder richtig die Sau rauszulassen. Das äußert sich zumeist in derben Späßen und Kleinen Feiglingen, die die Damenbande im Gegensatz zur Mehrheit der Bevölkerung tageszeitenunabhängig, gerne auch schon um sieben Uhr morgens, produzieren bzw. konsumieren kann. In einer Gruppe dieser Größe macht man normalerweise ja schnell ein oder zwei Wortführerinnen aus – die brabbelnde und prustende rheinische Frauenmeute besteht dagegen meist aus vier bis sieben Wortführerinnen mit starkem kölschen Dialekt. Wenn ich Produzent einer Sitcom wäre und noch Einspiellacher bräuchte, ich würde in die nächste Regionalbahn Richtung Eifel steigen.

Die Gruppe stellt sich am Gepäckband direkt neben mich, was für meine Aufmerksamkeit spätestens dann eine große Herausforderung wird, als der erste Koffer mit einer La-Ola-Welle begrüßt und gackernd vom Band genommen wird. Für den herzlichen Empfang bedankt sich der Koffer mit einer Runde *Schierker Feuerstein Kräuter-Halb-Bitter*. In den folgenden Minuten empfangen die mannsentledigten Feierweiber auch die anderen fünf Koffer euphorisch, was diese mit *Köhler Liesel Waldbeere, Wildbrunner Jagdbitter, Strothmann Waldmeister Sahne, Altenburger Schwarzgebrannter* und *Schlumpkönig Zielwasser* belohnen. So kann man seinen Urlaub auch einläuten.

Von Ana fehlt hingegen weiter jede Spur. Als nur noch ein Dutzend Fluggäste auf seine Koffer wartet, wird klar, dass uns Ana entweder durch die Lappen gegangen ist oder auch in diesem Flugzeug nie saß. Sofern die echt noch in die nächste Apotheke muss, geht es um jede Stunde. Am zweiten Tag wirkt die Pille danach nur noch halb so gut. Hat mir zumindest damals das Rentier am Morgen nach der Karnevalsparty «Schunkelschuppen» in der Vadruper Mehrzweckhalle erzählt.

Ich wäre jetzt gerne Jack Bauer in *24*. Der kriegt seine Probleme auch immer an einem Tag gelöst. Und irgendwie spektakulärer. Wenn die Katastrophe so gegen halb vier nachts passiert ist, steht meine Uhr jetzt etwa bei 16:08:21. Da! Am anderen Ende der Halle läuft irgendetwas Schwarzhaariges mit braunen Oberarmen Richtung Ausgang. Vielleicht sollte ich es auch mal mit mehr Action probieren.

Ich setze zu einem Sprint an, rutsche aber auf den leeren Fläschchen des Frauenpower-Kleinschnapssortiments aus und finde mich auf dem kalten Flughafenboden wieder. Ich mache kurz die Augen zu in der Hoffnung irgendwie neben Ana aufzuwachen. Als ich sie wieder öffne, lächelt mich aber nur ein trottelig aussehender Schütze mit Armbrust an. 25 Jahre erste Sahne? Verfolgst du mich bis nach Spanien, Dieter? Nein, es ist kein Werbeplakat, sondern nur das Etikett des *Schlumpkönigs*, das auf dem Glasfläschchen neben mir klebt. Zielwasser habe ich bei meiner Jagd auf Ana jedenfalls nicht getrunken. Drei Schüsse ins Nirgendwo. Lenny beugt sich inzwischen über mich: «Alter, du hast ja losgelegt wie 'ne Rakete!» – «That's what she said. 1–0», stöhne ich und mache noch mal kurz die Augen zu.

In der Metro Richtung Innenstadt ist es zwar noch heißer als in der Straßenbahn heute Vormittag in Köln, dafür kann ich dieses Mal sitzen und mein Bauch etwas freier atmen. Viele andere Körperteile geben mir hingegen durch regelmäßige Schmerzstöße zu verstehen, dass die wilde Spanierin und der harte Flughafenboden nicht zu ihren besten Freunden gehören. Wenn jemand in Vitali Klitschkos Anwesenheit dessen Blinis als grauenhaft bezeichnet und weder Wladimir heißt noch eine Milchschnitte zur Versöhnung dabeihat, wird er sich die folgenden Tage vermutlich genauso fühlen.

«Was ist denn jetzt der Plan?», fragt Lenny, und mir fällt auf, dass wir in den letzten Minuten kein Wort gewechselt haben. Ich weiß gerade nicht, über wen ich mich am meisten ärgern soll. Über den Gin, der mein Gedächtnis ohne Vorwarnung ausgeschaltet hat. Über mich, der ich vermutlich ungeschützten Geschlechtsverkehr mit einer Außerirdischen hatte. Über Lenny, der in seinem Smartphone gleich vielleicht eine weitere übersehene Reiseroute findet. Über Wilhelm, der auf die absurde Idee mit dem Präventivflug nach Valencia kam. Über das Rheinland, das seinen Töchtern diese überbordende Feierlaune vererbt, die im heutigen Fall zu Glaschaos vor dem Gepäckband geführt hat. Oder über Ana, die uns das alles erspart hätte, wenn sie einfach ein bisschen länger liegen geblieben wäre, statt mit einer Geheimbotschaft diese Schnitzeljagd auszulösen.

«Ich hab keinen Plan», antworte ich ernüchtert.

«Lass uns doch heute ein paar Studenten-Bars abklappern. Entweder wir finden sie zufällig, oder wir haben einen lustigen Abend. Und morgen fliegen wir zurück», schaltet sich Wilhelm ein. Auch wenn ich bei seinen Vorschlägen inzwischen etwas vorsichtiger bin, klingt das vernünftig. «Die da vorne mit dem schwarzen Oberteil war vorhin schon in der Köln-Maschine, liest aber gerade ein spanisches Buch. Vielleicht ist die von hier», fügt er hinzu und deutet auf eine Mittzwanzigerin, die aussieht wie Mireille Mathieu in jungen Jahren.

«Nä, weiß ich jetzt nicht, ob die uns weiterhilft», wirft Lenny ein. Wie ich ihn kenne, meint er damit aber in erster Linie die seiner Meinung nach zu wenig enge Hose und das zu locker sitzende Top. Ich stimme daher zu, dass Wilhelm seine Spanisch-Kenntnisse auspackt.

Aus der Ferne beobachten Lenny und ich, dass die beiden offensichtlich gut ins Gespräch kommen. Mit unserem *BILD*-Spanisch wäre uns das bei der bestimmt nicht gelungen. Nach zwei Stationen kommt Wilhelm mit ihr zusammen zurück. Noch bevor er sie uns vorstellen kann, raunt Lenny mir zu:

«Oh nee, jetzt bringt der uns hier so 'ne ranzige Spanierin, mit der wir uns auch noch null verständigen können.»

«Können schon, ob ich das mit dir möchte, ist die andere Frage. Tanja», sagt die Doch-nicht-Spanierin, ohne Lenny anzuschauen, und streckt mir die Hand entgegen. «Eigentlich gibt's hier nur Küsschen zur Begrüßung, aber damit seid ihr als Deutsche wahrscheinlich erst mal überfordert.»

Lennys Gesichtsausdruck erinnert mich an einen australischen Nacktnasenwombat. Habe ich zwar noch nie gesehen, aber stelle ich mir ungefähr so vor. Tanja studiert Kunstgeschichte, hat schon das Sommersemester in Valencia verbracht, wird aber noch das Wintersemester dranhängen. Kein Wunder, sie studiert eigentlich in Duisburg.

«Da kannst du ja gleich Deutsch in Leipzig studieren.» Tanja reagiert nicht auf Lennys Spruch. «Oder Architektur in Castrop-Rauxel.» Bei der ist er untendurch. «Oder ...» Ich unterbreche ihn, um ihn vor größerer Schmach zu bewahren. Drei Witze in Folge ohne Lacher gibt es nur beim SAT.1-Fun-Freitag.

«Wo geht man denn hier so weg?»

«Hm, es gibt hier viele so kleinere Bars, die sind alle in einer Straße ... Tucan, Rumbo, Whitehouse. Kann ich euch nachher aber auch zeigen. Bisschen außerhalb ist auch noch das Bananas, aber das ist so ein Prollschuppen, würd ich nicht hingehen.»

«Oder katholische Theologie in St. Pauli!» Nichts.

Tanja lädt uns ein, gemeinsam mit ihren WG-Mitbewohnern abendzuessen, und so schlendern wir wenig später über einen großen Boulevard in der untergehenden spanischen Augustsonne. Obwohl es schon kurz nach neun ist, sind die großen Plätze mit ihren Springbrunnen und die gepflasterten Seitengassen mit ihren kleinen Cafés voller Menschen. Doch anders als bei uns wirkt das hier weder überfüllt noch hektisch. Kinder rennen umher, ohne dass ein Vater aufspringt und «Aristid, jetzt will auch mal die Maya-Sophia auf den Balance-Stepper!» schreit. Kellner nehmen Bestellungen entgegen, ohne dass eine Mutter «Für die Kleine bitte die Rahmsauce nur mit laktosefreier Sahne» bestellt. Und Rentner unterhalten sich lachend auf Parkbänken, ohne dass einer das obligatorische «Es geht halt jeden Tag ein bisschen schlechter» klagt. Gut, könnte natürlich sein, schließlich verstehe ich kein Wort, aber die entspannte Abendstimmung auf der Gran Via del Marqués de Turia lässt mich beinahe glauben, dass die Wörter «Balance-Stepper», «laktosefrei» und «schlechter» im spanischen Wortschatz nicht existieren.

In Köln ist momentan wohl die halbe Stadt mies gelaunt, weil sie keine Heimniederlagen erträgt, und die andere Hälfte, weil sie keine Fußballfans nach Heimniederlagen erträgt. Und es regnet. Zum ersten Mal sehe ich in unserem Spontantrip so etwas wie Sinn. Dieser Brahmanen-Hesse würde feststellen, dass hier in Spanien das Gefäß voll zu sein scheint, der Geist begnügt, die Seele ruhig, das Herz gestillt. Vielleicht kann man sich ja auch bei einem Tagestrip ein kleines Stück davon einpacken und wieder aus der inneren Tupperdose holen, wenn in zwei Wochen das ausgedruckte Excel-Sheet «Workflow-Koordination» auf dem Schreibtisch liegt.

Wir machen bei einem Supermarkt halt, der den fast heilig anmutenden Namen Mercadona trägt. Muss ich mir auf jeden Fall für den brasilianischen Fußballspieler merken. Ein Blick auf die Obst- und Gemüseregale genügt, um zu sehen, dass meine Marktanalystin Valerie Haller kurz vor dem Herztod stehen muss. Die Kurse sind im Keller: Zucchini für 1,10 Euro das Kilo, Tomaten im Sechserpack für 77 Cent. Mit sofortiger Wirkung wird das ZDF-Krisenbarometer wieder eingeführt.

Nach dem Einkauf darf ich endlich mal wieder eine Plastiktüte tragen, für deren Inhalt man sich nicht schämen muss. Obwohl Semicurado, Chorizo, Boquerones und Bacalao a la marinera nach genauso viel Sex-Appeal klingt wie Fessel-BH. Zumindest geiler als mittelharter Käse, Paprikawurst, Sardinen und eingelegter Stockfisch.

Tanjas Vierer-WG befindet sich in einem Haus mit mehr als zehn Parteien, und dennoch hat Klingelbingo hier keine Chance. Statt Namen können wir nämlich nur Zahlen von eins bis sechs in Kombination mit den Kürzeln IZQD oder DRCH auf den kleinen Schildchen entdecken. Bevor ich mein inneres FBI-Team mit der Dechiffrierung beauftragen kann, verrät uns Tanja, dass die Zahlen das Stockwerk angeben und *izquierda* links, *derecha* rechts bedeutet. Da ich normalerweise schon Probleme habe, Lennys Klingel trotz Namensangabe zu finden, bin ich mir sicher: Wohnte ich in Spanien, ich würde einer der vermutlich verhassten Verdachtsklingler sein.

«Hat natürlich den Vorteil, dass One-Night-Stands es schwieriger haben, den Ort der vergessenen Ohrringe wiederzufinden», zwinkere ich Lenny zu, während wir auf den Aufzug warten. Anders als er vorhin achte ich darauf, dass Tanja das nicht hört. Aber Lennys Laune ist bereits auf –1 IZQD-Kellerniveau gesunken.

Als Erstes lernen wir Tanjas italienischen Mitbewohner Mauro kennen. Er steht in Boxershorts und Unterhemd in der Küche und macht auf der einzigen Herdplatte, auf der kein dreckiger Topf steht, Rührei. Über seiner rechten Schulter hängt ein Spültuch, das sich offensichtlich seit mehreren Monaten einen Besuch in der Waschmaschine herbeisehnt. Auch wenn die Tageszeit nicht dafür spricht, sieht Mauro aus, als sei er gerade aufgestanden. Und dennoch verraten sein gepflegter Dreitagebart und die deutlich hervortretenden Bizepskonturen, dass er vermutlich selten alleine frühstückt.

Als er unsere volle Einkaufstüte sieht, versucht er uns freundlicherweise neben der Spüle eine Ablagefläche zu schaffen. Er stopft acht Eierschalenhälften in eine am Boden liegende Plastiktüte, die eigentlich schon voll ist und vermutlich den Mülleimer ersetzt. Erwartungsgemäß scheitert sein Vorhaben, und aus einem Loch an der Unterseite der Tüte ergießt sich eine vielfarbige Suppe auf den Küchenboden, die nach allem riecht, nur nicht nach «gut». Er flucht irgendetwas mit «cazzo» und zündet sich erst mal eine Zigarette an. Dass er Umwelt- und Ressourcenmanagement studiert, halte ich nach dieser Müllshow zunächst für einen Witz, stimmt laut Tanja aber wirklich.

Im Wohnzimmer treffen wir Marta, die wesentlich älter aussieht als die anderen. Sie kommt ursprünglich aus Kolumbien, arbeitet jetzt aber in einem Fordwerk zwanzig Kilometer südlich von Valencia im Procurement Management. Lenny übersetzt uns das als Beschaffungsmarketing, Tanja als Zulieferer-über-den-Tisch-Ziehen. Der Sessel, in dem Marta sitzt und eine Ingwerknolle über einer kleinen Schüssel schält, stammt wie die gesamte Einrichtung aus einer Zeit, in der Ingwer in Europa vermutlich noch nicht bekannt war. Tanja erzählt, dass der Eigentümer ein netter Opa ist, der die möblierte Wohnung quartalsweise vermietet. Einmal im Monat kommt er vorbei und sammelt das Geld ein, Mietverträge gibt es nicht.

Vom Laptop auf dem Wohnzimmertisch aus kämpft Manu Chao vergeblich gegen einen spanischen Fußballkommentator an, der aus einem alten Röhrenfernseher in der Holzschrankwand schreit. Mitbewohner Nummer drei, Álvaro, liegt auf der Couch und sieht sich gerade ein Spiel des FC Valencia an. Anders als mit Mauro und Marta klappt die Kommunikation mit ihm auf Englisch eher schlecht, dafür behauptet Tanja, dass er einige Brocken Deutsch könne.

«Nein, nein, ich solo habe estudiert un poquito, a little bit, alemán», relativiert Álvaro, und die folgenden unverständlichen Sätze bestätigen dies. Ich bin froh, als wir vom Fußballschreihals im Fernsehen darauf aufmerksam gemacht werden, dass eine spannende Spielsituation bevorsteht. Ich verstehe zwar kein Wort von dem, was er in doppelter FBI-Geschwindigkeit herunterrasselt, aber alleine Redefluss und Lautstärke geben exakten Aufschluss darüber, wo sich der Ball gerade befindet. Je lauter und schneller er spricht bis singt, desto näher kommt der Strafraum. Das hat einerseits den integrativen Vorteil, dass auch blinde Pinguine hier problemlos Fußball schauen könnten. Andererseits erlaubt es, während des Spiels unbesorgt zum Kühlschrank zu gehen und Bier zu holen. Spätestens beim unüberhörbaren einminütigen «Gooool! Gol! Gol! Gol! Gol!» sitzt man wieder vor dem Fernseher – sofern man nicht bewusstlos in der Küche liegt, weil man in Müllsauce ausgerutscht ist.

SCHLUMPKÖNIGS RACHE

Beim Abendessen schlägt Tanja vor, gleich einen *botellón* zu veranstalten, was ein gemeinsames Vorglühen im Freien sein soll. Bezeichnend, dass die Spanier für so etwas einen eigenen Ausdruck haben. Wir haben stattdessen «laktosefrei», «Bodenfrost» und «Zylinderkopfschraube» – das müssen die dann wohl umschreiben.

Lenny fühlt sich in der engen Studentenbude sichtlich unwohl. Und das nicht nur, weil es sich bei der Schrankwand ganz bestimmt nicht um schwarz gebeizte Eiche Furnier handelt. Menschen, die nicht bei Facebook sind, Bärte tragen oder wissen, in welchem Jahrhundert Picasso gelebt hat, sind ihm grundsätzlich suspekt. Er wirkt geradezu erleichtert, als irgendwann sein Handy klingelt.

«Hey, alles klar bei euch?» Seine Eltern? Mona und Lynn? Seine Möbel?

«Nee, ich hab dann nur noch ein paar Bahnen im Hotelpool gemacht. Aber morgen wollte ich zu dieser Insel schwimmen.» Der Mile High Club!

«Doch, doch, da gibt's so eine Insel», sagt Lenny, hält kurz den Hörer zu und zischt in die Runde «Sagt mal schnell eine Insel hier vor der Küste!» Bewusst laut flüstert Tanja ihm «Mallorca» zu, woraufhin Lenny genervt den Raum verlässt. Die werden keine Freunde mehr.

Als er kurz darauf zurückkommt, hat sich seine Laune offensichtlich stark gebessert. Strahlend zieht er Wilhelm und mich zur Seite und verkündet:

«Kleine Planänderung, Jungs! Wir – gehen – ins – Bananas!»

Lenny sieht uns mit so erwartungsvollem Blick an, als würde dort heute die jährliche *Victoria's Secret Fashion Show* stattfinden und er hätte VIP-Karten besorgt.

«Aber Tanja meinte doch, dass der Laden nicht sooo cool ...»

«Ja, Max, dann lieber mit diesen Zottelmenschen auf einer Wiese chillen, Dosenbier trinken und das neue Album von System of a Down diskutieren?», ätzt Lenny, und das meines Erachtens wieder ein bisschen zu laut.

«Was machst du denn so schlechte Stimmung? Hier ist es doch total entspannt!», entgegnet Wilhelm energisch, als wir auf einmal «Cuida! Cuida!» aus Richtung des Tisches hören. Wir drehen uns blitzartig um, was zumindest Lenny vielleicht besser gelassen hätte. Dann wäre die in Kräuteröl eingelegte Olive wenigstens nur auf seinem Rücken eingeschlagen und hätte sein weißes Hemd nicht auf Brusthöhe getroffen. Mauro entschuldigt sich mit einem kurzen «Sorry», widmet sich dann aber schon einer neuen Olive. Mit dem Finger versucht er sie in ein Tor zu schnipsen, das von Bacalao-Glas und Sardinendose begrenzt und von Álvaros Händen gehütet wird.

«Das ist ein *Drykorn*-Hemd!», empört sich Lenny und übersetzt in seiner Aufregung: «That is a Threecorn-Shirt!» Den Tischkickern scheint das herzlich egal zu sein, Marta ist in ihren Ingwertee vertieft, und Tanja merkt an: «Wenn das jetzt eh schon dreckig ist, kannst du damit ja vielleicht das Zeug auf dem Küchenboden wegwischen?»

«Max?», fragt Lenny. Ich spüre, dass das dem «Schatz?» der Partnerin entspricht, wenn sie keine Lust mehr auf Champions-League in der Kneipe hat und nach Hause möchte.

«Lenny, es gibt eine ganz kleine Chance, dass ich Ana noch irgendwie finde. Aber bestimmt nicht in so einem Laden!»

«So einem Laden?»

«Ja gut, Tanja meinte doch, dass das eher so, ich sag mal ...»

«Prollschuppen», wirft Tanja ein. «Ich weiß ja nicht, wer Ana ist, aber wenn die irgendwas kann, dann geht die da nicht hin.»

«Sie kann alles», rutscht es mir reflexartig heraus.

Lenny sieht mich an, als hätte ich ihm gerade den Laufpass gegeben, sagt kurz: «Okay», und trabt dann in Zeitlupe Richtung Tür. Er scheint auf ein «Nein, warte auf mich, ich komme mit!» zu hoffen, doch stattdessen bekommt er nur ein «Cuida! Cuida!». Er dreht sich dieses Mal nicht um, die Olive prallt auf seinen Rücken, und Álvaro grölt: «Goooool! Gol! Gol! Gol! Gol!»

Der Chinese scheint der Türke Spaniens zu sein. Wie Dönerbuden in deutschen Großstädten reihen sich hier seine Tante-Emma-Läden aneinander. Oder Tante Hong. Alleine auf dem Weg zu unserem Trinkpicknick im Park kommen wir an *Shop Beijing*, *Tienda 1 Euro* und *Catay Bazar* vorbei. Im letzten kehren wir von drei winkenden Plastikkatzen im Schaufenster begrüßt ein, um uns für den *botellón* zu rüsten. Tanja klärt Wilhelm und mich auf, dass offiziell ab 22 Uhr kein Alkohol mehr verkauft werden darf, man aber bei den Chinesen mit ein bisschen Hartnäckigkeit immer noch etwas findet. Kurz darauf wird klar, dass sie das mit dem «Finden» wörtlich gemeint hat. Da die Polizei vor einigen Wochen angeblich sieben der Läden wegen Verstößen gegen das Betäubungsmittelgesetz dichtgemacht hat, haben sich die verbliebenen – schätzungsweise 173 – nun überlegt, den Alkoholkauf deutlich zu erschweren. Vorher habe ein durstiges Lächeln genügt, damit Tante Hong unter den Tisch griff und die gewünschten Flaschen in eine blickdichte Plastiktüte des Spielwarengeschäfts von gegenüber packte. Jetzt sei es eher wie Ostereiersuchen, erzählt Tanja, und beim Anblick ihrer Mitbewohner kann ich den Vergleich durchaus verstehen. Mauro wühlt im Chipsregal, während Marta unter dem Gemüse nachsieht und Álvaro den Boden der Gefriertruhe inspiziert. Tante Hong stehen schon die Schweißperlen im Gesicht. «Mucha policía, mucha policía», nuschelt sie und scheint zu befürchten, dass sie das Schild «abierto 364 dias», das offensichtlich die Öffnungstage im Jahr angibt, bald aus dem Schaufenster nehmen muss.

«Here!», ruft Álvaro plötzlich wie ein Siebenjähriger beim Verstecki. Als er drei Tetra-Pak-Rotwein-Klötze hervorholt, fühle ich mich in meinem Verdacht bestätigt: Für Getränke, die man bevorzugt flüssig zu sich nimmt, gibt es geeignetere Aufbewahrungsorte als eine Tiefkühltruhe. Aber da ich heute ohnehin auf Alkohol so viel Lust habe wie der Kölner Fußballfan auf die Tabelle im *Aktuellen Sportstudio*, kann es mir nur recht sein. Mein Körper hat gestern seine Heimniederlage erlitten, besser er kassiert jetzt nicht auch noch auswärts eine Klatsche.

Die sommerlichen Temperaturen im Parque del Turia verhelfen dem *vino tinto* schnell, in seinen gewöhnlichen Aggregatzustand zurückzufinden. Wir sitzen im Kreis auf einer Wiese, die auch jetzt gegen Mitternacht noch angenehm warm ist wie das orangefarbene Licht der Parklaternen. Álvaro beginnt sogleich mit der Zubereitung von Calimocho, einem Getränk, das gerade Wilhelm und ich unbedingt probieren müssten. «Du have to drink das!», fordert er und spricht das h in have eher wie ein hartes ch aus. Ich persönlich finde einen Ein-Liter-Plastikbecher mit einer Mischung aus Rotwein und Cola zwar eher ein mittelgutes Getränk, halte mich aber mit Kritik zurück. Vertreter eines Volkes, das hier größtenteils dafür bekannt ist, Sangria aus Eimern zu saufen, sollten mit Kommentaren zur Trinkkultur wohl besser vorsichtig sein.

«Heißt du eigentlich wirklich Wilhelm?», höre ich Tanja fragen. Da muss er mal wieder die Bombe platzen lassen. Wenn er wenigstens ein spießiger Krawattenträger mit adligem Nachnamen wäre. Aber einem linken, autoritätsfeindlichen Weltverbesserer nimmt nun wirklich niemand den Namen Wilhelm ab. Daher nervt ihn wohl noch mehr als sein Spitzname an sich, dass er dauernd erklären muss, wie es dazu kam. Dass er eigentlich Constantin heißt. Dass er bei einem Schullandheimaufenthalt in der elften Klasse Streit mit dem Herbergsvater bekam, «einem ganz üblen Nazi», weil der den ganzen Speiseraum mit Kaiserreichsdevotionalien geschmückt hatte. Dass er mit einem Kumpel eines Nachts einige Sammlerstücke aus Protest abnahm. Dass neben der Erstausgabe der *Ueberall – Illustrierte Zeitschrift für Armee und Marine* und der Postkartenserie *Grüße aus dem Togoland* auch eine säulenförmige Büchse mit eingraviertem Relief Kaiser Wilhelms II. dabei war. Dass diese zwar ungewöhnlich schwer, aber keinesfalls als Granatenhülse erkennbar war, als sie mit dem Lagerfeuer hinter dem Haus begannen. Dass plötzlich mitten im Bayerischen Wald eine Stielhandgranate, die später vom Herbergsvater als seine geliebte «OHL Viktoria: Wilhelm lebe hoch!» identifiziert wurde, in ein verlassenes Waldstück einschlug. Dass er dafür letztlich eine saftige Rechnung der Feuerwehr Thannenberg und eine Nominierung für die «rosa Rosa» des antifaschistischen Magazins *Linkskräftig* bekam. Und dass er eben seither Wilhelm genannt wird. Erwartungsgemäß findet Tanja das alles «cool».

Ich bin in Gedanken weit weg vom Bayerischen Wald. Eigentlich bin ich genau hier. Nur nicht mit Calimocho und gutgelaunten Gaststudenten, sondern mit ihr. Wir liegen in der gleißenden Sonne. Eine einzelne Schweißperle läuft ihren braunen, unbedeckten Rücken herunter. Ich küsse den bittersüßen Tropfen weg. Sie dreht sich kurz zu mir, haucht: «Gracias», und gibt mir einen Luftkuss. Ich habe auf einmal irgendwoher einen Eiswürfel und fahre damit über ihren heißen Rücken, die Arme, die Beine. Sie flüstert: «Me pones a cien, mi vida» – hat die *BILD* mit «Du machst mich total an, Schätzchen» übersetzt, geht bestimmt aber auch so, dass es nicht nach Siebziger-Jahre-Klamotte klingt. Doch dann fährt sie erschreckt zusammen und erinnert mich daran, dass ich Maxi noch vom Kindergarten abholen wollte. Bitte, lieber Gott: Lass diesen Knilch an mir vorübergehen!

Unsere Gruppe wird allmählich größer. Aus allen Ecken des langgezogenen Grünstreifens kommen Freunde und Freundesfreunde unserer *auberge espagnole*. Wo immer Lenny gerade steckt, entspannter ist es mit Sicherheit hier. Gestern Abend zur gleichen Zeit unterhielt man sich über Fußball, Wetter und Kinofilme – und heute? Na gut, auch über Fußball, Wetter und Kinofilme, aber durch das internationale Flair bekommt jedes Gespräch gleich eine weltmännische Note. Selbst als ich «¡Y después la escena del tigre en el baño!» höre, verdrehe ich nicht die Augen, sondern wünsche dem pickligen Spanier, dass er mit den Flirttipps 3000 bei der hübschen Französin neben sich punkten kann.

Jede Konversation zwischen Mann und Frau erinnert mich seit gestern zwangsläufig an Ana. Ich frage in die Runde, ob wir nicht langsam mal unsere Kneipentour starten sollten, es sei schließlich schon spät. Allgemeines Gelächter. Tanja klärt mich auf, dass die Spanier vor zwei eigentlich nicht in Bars gehen – dafür dann aber auch oft bis sieben oder acht bleiben. Langsam verstehe ich, warum Mauro abends frühstückt.

Proportional zur Lautstärke wächst auch der Müllberg leerer Colaflaschen, Weinpackungen und Plastikbecher. Genau diese unnatürlichen Erhebungen in öffentlichen Gartenanlagen sind wohl der Grund, warum solche *botellóns* inzwischen verboten wurden, wie mir Tanja wenig später erzählt. Oder besser gesagt entgegenkeucht. Denn nachdem Álvaro das Anrücken einer Polizeipatrouille mit einem Warnruf in Gol-Gol-Gol-Lautstärke ankündigt, springen alle auf und rennen Richtung Parkausgang. Ich fühle mich irgendwie jung, wild und gut, als wir außer Atem den sicheren Hort der Hauptstraße erreicht haben. Mein Handy klingelt. Lenny.

«Ja?», japse ich. Schon paradox, meistens ist *er* außer Atem, wenn wir samstagnachts telefonieren. «Wie ist es im Bananas?»

«Bin nicht mit.»

«Und wo bist du?»

«Im Bett.»

«Klar, His Airness.»

«Nee, ich liege gerade alleine in einem Dreibettzimmer im NH Center Hotel. War mit den Flugzeugtanten was trinken, aber hatte keine Lust mehr auf die und hab wieder den Fischallergiker rausgeholt.»

«Beim Trinken?»

«Ja, die blicken doch nix. Hab Alexandra gefragt, ob da zufällig Guavensirup in dem Cocktail war, von dem ich vorher unbedingt probieren sollte. Und dann erzählt, dass der oft mit einem Ausscheidungsprodukt von Forellen gestreckt wird, weil die Guaven so teuer – ach egal, wollt ihr vorbeikommen?»

«Du hast die alleine feiern geschickt und willst jetzt deren Hotelzimmer verwüsten?»

«Na ja, so viele seid ihr jetzt ja auch nicht, und deren Disco-Shuttle fährt eh erst wieder ab fünf. Bis dann sind wir ja weg.»

Ich müsste ihn an dieser Stelle eigentlich unterbrechen und darauf hinweisen, dass unsere Gruppe inzwischen auf gut zwanzig Personen angewachsen ist. Aber ich spüre, dass das einen legendären Abend im NH Center Hotel verhindern könnte, und keuche: «Bis gleich!»

Wir sind noch so anständig, das zentral gelegene Hotel in Kleingruppen und über verschiedene Zugangswege zu betreten. Als wir im dritten Stock angekommen sind, steigen dann aber nur wir aus dem Aufzug – unsere guten Sitten fahren in die Tiefgarage.

Mit einem zünftigen spanischen Torschrei poltert Álvaro gegen Zimmer 312. Er scheint sich gemerkt zu haben, was Lenny gefällt. Dessen Kinnlade fällt beim Öffnen der Tür fast auf den roten Flurteppich. Egal. Wer sich in bester Schwiegermutter-Manier im fremden Haushalt an allem und jedem stört und dann beleidigt abzieht, kann froh sein, dass die Großfamilie überhaupt noch zu Besuch kommt.

Man sagt, Studenten lernen während eines Auslandssemesters nicht wirklich viel. Die Kunst, eine Party in wenigen Minuten aus dem Boden zu stampfen, offenbar schon. Selbst Hollywoods erfahrenste Szenenbildner hätten es vermutlich nicht geschafft, die 30 Quadratmeter in so kurzer Zeit in eine filmreife Feierkulisse zu verwandeln.

Zwei kräftige Polen schaffen sofort mit einem auf Kante gestellten Bett einen abgetrennten Dancefloor, die Italiener gruppieren in der Zwischenzeit Bett zwei und drei zu einer L-förmigen Sitzecke. Die Minibar ist bis auf zwei Flaschen *San Pellegrino* geplündert, bevor die Letzten im Zimmer angekommen sind. Zur Kühlung der vielen mitgebrachten Getränke dient fortan die eilig gefüllte Badewanne. Lennys Regel «Smoking only on the balcon, please» gilt genau 14 Sekunden, dann gibt er den Dreifrontenkrieg gegen Frankreich, Polen und Tanja auf. Er konzentriert sich stattdessen darauf zu verhindern, dass ein Franzose mit Nerdbrille Alexandras Gucci-Etui als

Aschenbecher benutzt. Der nimmt als Kompromiss wenigstens die Sonnenbrille raus. Die Spanier haben sich bereits um den Schreibtisch postiert und pokern. Ein offener Koffer und der Flugkapitän auf der Königskarte lassen vermuten, dass das Spiel aus dem *Crew Entertainment Set* stammt, das Tanja eben schon auf der Suche nach Zigarettenfiltern durchwühlt hat. Wie ich Ryanair kenne, war das für die Stewardessen vermutlich umsonst, zuzüglich Steuern und Gebühren.

Ich höre, dass heftig gegen die Badezimmertür geschlagen wird, sehen kann man wenig. Spätestens seit eine Gruppe Südamerikaner um Marta angefangen hat, einen Joint nach dem anderen zu rauchen, verringern dichte Rauchschwaden die Sichtweite auf wenige Meter. Mauro erzählt mir, dass sich irgendwer im Bad verbarrikadiert habe und man daher momentan nicht an die Getränkereserven komme. Ob es denn okay sei, in den Schränken und/oder Koffern nach Alkoholhaltigem zu suchen. Ich freue mich, dass man mir dieses Weisungsrecht zugesteht, und bejahe im Gegenzug. Die Aufnahme neuer Flüssigkeiten ist jedoch nur die Hälfte des Problems. Dass es auch um die Abgabe alter Flüssigkeiten geht, wird mir klar, als ich vermehrt angespannte Jungs aus Richtung des Bades zum Balkon laufen sehe. Die Wassertemperatur des Hotelpools im Innenhof beginnt allmählich zu steigen.

Lenny bittet die Disco-Polen, die Musik einen Tick leiser zu drehen, erblickt dann aber einen wesentlich akuteren Krisenherd. Die Kifferkombo ist dabei, mit Edding Kreise und Kreuze auf die Tapete zu malen. Sieben Drei-gewinnt-Spielfelder sind schon gefüllt. Plötzlich geht die Toilettentür doch auf, und der picklige Flirt-Spanier kommt grinsend mit der stark angetrunkenen Französin raus. Sein Gesichtsausdruck sagt: «Im Badezimmer bin ich ein Tiger», ihrer eher: «Hangover.» Als ich mich umdrehe, steht Álvaro in einem Stewardessen-Outfit vor mir. «Sorry, I have to do. Ich habe verliert en el Poker.» Marta und ihre Freunde sind inzwischen dazu übergegangen, abwechselnd Rotwein auf das Bettlaken zu kippen und die Flecken gemeinsam zu interpretieren. Halte ich erst für die mit Abstand bekiffteste Idee überhaupt, aber Bleigießen ist gar nicht so weit davon entfernt. Was hat man denen allen hier in den Calimocho gemischt?

Die Italiener um Mauro grölen nun seit mehreren Minuten ihr Ohhh-oh-oh-oh-oh-ohhhhh-oh auf die ersten Gitarrenriffs von *Seven Nation Army* von den White Stripes. Eine zusammengefaltete *Vogue* dient einem Glatzkopf als Megaphon, in das er in regelmäßigen Abständen Namen von italienischen Fußballnationalspielern brüllt. Das können die Spanier nicht auf sich sitzen lassen und kontern mit ihrer Nationalhymne, was aber innerhalb der spanischen Gruppe zu einer lautstarken Unterredung führt, in der auch Wilhelm aktiv wird. Er erklärt mir, dass das Lied eigentlich als Franco-Hymne verschrien ist und nicht gesungen werden sollte. Am Ende einigt man sich auf *We are the champions*, wo auch die Italiener mitsingen können, die Brasilianer sowieso, und irgendwann stimmen auch Lenny, Wilhelm und ich mit ein.

Und dann auf einmal poltert es wieder gegen eine Tür. Doch dieses Mal ist es nicht die Badezimmertür.

«Mach du das, Max, mich kennt der Portier wegen dem Fisch!», bittet Lenny und versucht mit lautem Pst-Zischen den Lärmpegel zu senken.

«Hallo! Hallo!», dröhnt es von draußen. Moment: Hallo, nicht Hola! Das sind doch nicht etwa ...

«Machens dä Dür op!»

Doch. Eine Deutsche! Und auch noch eine Kölnerin! Wie selbstverständlich wir im Ausland doch immer wieder versuchen, unsere Wünsche und Verbesserungsvorschläge in unserer eigenen Sprache zu äußern. Ich erinnere mich an einen Beitrag über Auswanderer, den wir neulich in der Sendung hatten. Bettina und Uwe aus Dinslaken, jetzt Mallorca, wollten bei den spanischen Behörden ihren Gastronomiebetrieb «Bierbrunnen» anmelden, konnten sich mit der zuständigen Beamtin aber nicht verständigen, da diese merkwürdigerweise kein Deutsch sprach. Als sich die arme Spanierin mit Hilfe eines Wörterbuches ein «Sie müssen zahlen Gebühr de Konzession» abrang, wandte sich Bettina genervt zur Kamera: «Nicht richtig Deutsch können und dann noch Forderungen stellen.» Eigentlich könnte ich diesen Satz auch dem Eindringling vor der Tür entgegenschmettern.

Lenny ist dabei, sämtliche Partygäste ins Badezimmer zu pferchen. Er signalisiert mir, den Poltergeist vorerst nicht reinzulassen. Ich überlege kurz, wie man ein Gespräch in die Länge ziehen kann, und denke an Zissy van Heekern.

«Haben Sie Priority Boarding gebucht?» No Time for Losers.

«Wat? Bisse noch jescheit?», krächzt die heisere Frauenstimme draußen.

«Haben Sie Sportausrüstung, Musikinstrumente oder Gegenstände für Kleinkinder dabei?»

«Wat jitt dat dann? Jetz maach dä Dür op, du Tünn!»

Lenny verstaut noch gerade die Marihuanafreunde auf dem Balkon, wo die jetzt in Ruhe Sternenformationen interpretieren können.

«Wünschen Sie nach dem Öffnen der Türe eine SMS-Bestätigung?»

«Leck misch en dä Täsch. Jetz is ävver joot, suns hull isch dä Polizei!»

Lenny streckt mir einen nach oben gerichteten Daumen entgegen, verschwindet auf dem Balkon, und ich drücke die Türklinke.

Ich sehe vermutlich ähnlich überrascht aus wie Lenny, als er uns vorhin aufgemacht hat. Dabei steht dieses Mal kein zwanzigköpfiges internationales Verwüstungskommando vor der Tür. Nur eine faltige, blondierte Mittvierzigerin. Wenn ich es nicht besser wüsste, würde ich schätzen, dass sie schon zwei Wochen Strand hinter sich hat. Aber ich weiß es besser. Der braune Teint stammt nicht von der spanischen Sonne, sondern eher von der *Solarium World Köln Porz*. Denn diese Frau ist erst heute hier gelandet. Es ist eine der Schlumpfköniginnen, die mir am Flughafen mit ihrem Absturz meinen Sturz beschert haben.

«Jetz hömma zo. Mer han ene ansträngende Daag jehat un mösse in aller Herrjottsfröh eruss, weil et murje op en Usfloch jeht. Mach op dä Stell dä Musick us, suns rappelt et em Kardung.»

Anstrengenden Tag! Wenn man sich schon am Gepäckband die Lichter ausschießt, ist klar, dass man den Rest des Tages im Dunkeln tappt.

«Okay, kein Problem», sage ich und bemerke, wie die Beschwerdebotin an mir vorbei das in dichten Nebelschwaden liegende Schlachtfeld mustert. Das Bett auf Kante, das rot befleckte Leintuch, die Zeichen an der Wand. Bitte stell jetzt keine Fragen.

«Das ... das ist so eine Art Kunstinstallation», sage ich und lehne mich gegen einen Wandschrank, um ihr freie Sicht auf die Exponate zu geben. Konflikte offensiv angehen. Ich hätte es lieber gelassen. Denn im nächsten Moment geht die Schranktür auf, und Stewardess Álvaro kommt mir schreiend entgegengeflogen. Er hat wohl nicht mehr ins Bad gepasst und sich im Schrank versteckt. Rock und Bluse sitzen gut, wenn auch eng, nur die blaue Haube ist etwas verrutscht. Das blondierte Faltenmonster überlegt, glaube ich, kurz, ob das hier wirklich passiert oder halluzinative Spätfolgen des *Altenburger Schwarzgebrannten* sind, sagt dann aber trocken:

«Es dä och Kunst?!»

«Performance ... Kunst», stammele ich.

«Jedde Jäck es anders», sagt sie mit unversöhnlicher Miene und macht sich auf den Rückweg ins Nachbarzimmer. Lennys Sandra ist wohl nicht mehr die Einzige, die mich für eine perverse Tucke mit seltsamen Vorlieben hält.

Wir tun den ausnüchternden Feierbiestern den Gefallen und beenden unsere Spontanparty. Ein letzter Blick in Raum 312 macht klar: Charlie Sheen wäre stolz auf uns. Wir sind aber doch so anständig, sämtliche leeren Flaschen, Packungen und Plastikbecher mitzunehmen. Um direkt danach jeglichen Anstand vermissen zu lassen und 12 Tetra-Paks Rotwein, 2 Flaschen Wodka, 8 Dosen Bier, 6 Flaschen Cola, das gemischte Sortiment der Minibar und 23 Plastikbecher vor Zimmer 311 abzulegen. Der Schlumpkönig hat zurückgeschossen.

Dann ziehen wir von einer Bar zur nächsten, und jedes Mal durchforste ich den Laden bis in die hinterste Ecke. An einem Samstagabend wird man doch wohl nicht zu Hause bleiben. Gerade wenn man nach langer Zeit wieder in der Heimat ist. Oft sehe ich fröhliche Gruppen, in deren Mitte ich mir eine strahlende Ana bestens vorstellen könnte. Aber sie ist nie dabei. Jetzt komm schon. Wenn du heute nicht ausgehst, kannst du bald vielleicht gar nicht mehr ausgehen mit deinem Babybauch! Je später es wird, desto intensiver bemühe ich mich. Irgendwann fange ich an, willkürlich Menschen anzusprechen. Ob sie eine Ana kennen. Ich muss feststellen, dass der Name in Spanien unwesentlich seltener vorkommt als in Deutschland. Aber keine von denen hat gerade in Köln studiert, was meine wachsenden Hoffnungen immer schnell wieder niedermäht. In den wenigen Bars mit Eintritt gehe ich gegen Abgabe meines Personalausweises auf zweiminütige Blitzsuche. Als ein Türsteher mein Pfand nicht akzeptiert, zahle ich sogar die fälligen acht Euro. Am Ende brülle ich ihren Namen durch die engen Gassen der Altstadt in den wieder hellen Morgenhimmel Valencias. Oppositionspolitiker würden mir blinden Aktionismus vorwerfen.

Gegen sieben Uhr sind wir wieder in Tanjas WG. Lenny, Wilhelm und ich schnicken um das Sofa, Lenny gewinnt. Was ist mit Pech in der Liebe, Glück im Spiel? Hast du Scheiße am Fuß, hast du Scheiße am Fuß! Ich lege mich neben Wilhelm und mehrere Oliven in Kräuteröl auf den Wohnzimmerfußboden und schlafe ein. Hoffentlich träume ich nicht von Andi Brehme.

THE RED ADVENTURE

Am nächsten Morgen beziehungsweise zwei Stunden später werde ich vom SMS-Ton meines Handys geweckt. Einen besonders tiefen Schlaf scheint man auf einem kalten Steinfußboden nicht zu haben. Da war es ja sogar vor dem Gepäckband gemütlicher. Die Nachricht ist von einer unbekannten Nummer, was nach dem Telefonbuch-Harakiri nur bedeutet, dass sie nicht von Lenny oder Wilhelm ist. Wenig überraschend. Als ich sie lese, fällt mir dann aber fast das Handy aus der Hand:

«Hi, Max, ich bin in Barcelona. Komm mich doch besuchen! W84U, Ana.»

Schon wieder attackiert die Außerirdische meinen Körper. Dieses Mal zwar per Langstreckenrakete, aber mein Abwehrsystem zeigt sich wenig funktionstüchtig. Die Pumpe rast mit höchster Taktzahl, der Puls schießt auf 220, es fließt viel Blut. Ana! Plötzlich bin ich so wach wie ein Falschparker, den US-Militärs beim Waterboarden aus Versehen mit Red Bull foltern. Wieso ist die in Barcelona? Was mache ich jetzt? Und warum hat Wilhelm seine Ohrhörer an? Es läuft Hesse. Gut, was Besseres kann man zum Einschlafen natürlich nicht hören. Ganz leise verstehe ich den Satz: «Hatte er je irgendeinen Menschen so geliebt, so blind, so leidend, so erfolglos, und doch so glücklich?» Buddha kennt das Problem also auch.

Jack Bauer nicht. Der hätte sich aus Scham schon vor vier Stunden selbst zu Tode gequält, weil er die Mission «Postkoitale Empfängnisverhütung» nicht in 24 Stunden erfolgreich beenden konnte. Meine innere Digitaluhr zeigt 29:32:58, aber ich stehe kurz vor dem Ziel. Ich muss ihr schnell antworten. Sehr gerne hätte ich endlich die Sicherheit, nicht in zwei Jahren zum Vaterschaftstest in eine Mittags-Talkshow geladen zu werden. Oder sind die in Spanien noch bei Schattenwand und Lügendetektor?

Meine SMS klingt auch nach dem fünften Versuch noch bescheuert, was wohl an der Thematik liegt. «Hatten wir zufälligerweise ungeschützten Geschlechtsverkehr?» geht genauso wenig wie «Samma, du nimmst aber schon die Pille, nä?». Irgendwann habe ich was halbwegs Akzeptables zusammengebastelt. Ich hänge ein «Bin in Valencia, wo in Barcelona bist du denn?» dran und schicke sie ab.

Da! Ich habe noch einen Anruf in Abwesenheit. Wahrscheinlich hat die erst angerufen, und als ich nicht ran bin, die Nachricht geschickt. Verdammt! Über so was redet man wohl wirklich besser persönlich. Da mein Akku nicht mehr lange durchhält und ich kein Aufladegerät dabeihabe, gehe ich zum dunkelgrünen Drehscheibentelefon auf dem Couchtisch und wähle langsam die Handynummer. Was sage ich jetzt? Hallo? Alles klar bei dir? Wie geht's? Wo bist du? Wenn du deinen BH zurückwillst, musst du am 1.9. zur nächsten Fundsachen-Versteigerung am Flughafen Weeze? Es tutet. Was sie wohl gerade macht. Liegt sie in Unterwäsche in ihrem Bett und nascht Sahne? Geh nicht ran. Geh ran. Geh nicht ran. Geh ran.

«Thomann.»

«Ana?» Moment. Hat da gerade jemand Thomann gesagt? Uh! Ich glaube, ich muss die Visualisierung meines Telefonpartners überarbeiten: Ana trägt Hemd und Jeans und liegt nicht im Bett, sondern sitzt in der Redaktion. Und statt Sahne gibt es Dieter-Torte. Ich Idiot.

«Max?»

«Klaus?»

«Wer ist Ana?»

«Wieso hast du mich angerufen?»

«Es ist kurz nach neun! Du hast heute Frühdienst!»

Verdammt. Stimmt ja! Total vergessen.

«Ja. Äh, deswegen rufe ich an. Ich kann nicht kommen, ich bin krank.»

«Wer ist Ana?»

«Ich meinte Angina.»

«Was?», fragt Klaus schon fast amüsiert und drückt auf irgendeine Taste. Hoffentlich gibt es keine Recording-Funktion auf seinem Chef-BlackBerry.

«Ja, im ... äh ... im Rahmen einer Sommergrippe», sage ich und hüstele pro forma zweimal.

«Das muss ja wirklich etwas Schlimmes sein, wenn man dich schon in eine Spezialklinik ausgeflogen hat nach Polen, Belgien, Frankreich oder was ist 0034?»

Momentan läuft aber auch alles gegen mich. Hätten die doch Telefone mit Drehscheibe in der Redaktion! Dann wäre ich jetzt nicht in dieser Argumentationssackgasse. In der letzten konnte ich mit einem lockeren «War nur ein Scherz» den roten Querstrich überspringen. Aber da wurde ich am Ende auch an ein Bett gefesselt, das wird mir mit Klaus hoffentlich nie passieren.

«Max?»

«Ja. Klaus. Ich muss dir etwas sagen.» Was muss ich ihm denn sagen?

«Ach, wie schön!»

«Ich bin nicht krank.» Ich durchfliege das Verzeichnis alternativer Abwesenheitsursachen, finde aber nichts Passendes.

«Wirklich? Das überrascht mich sehr!»

«Ich kann da eigentlich nicht drüber reden.» Geheimprojekt!

«Ahhh. Soll ich dann vielleicht lieber Ana anrufen? Oder Angina?»

«Nein, es ...», ich beginne verheißungsvoll zu flüstern, «es gibt keine Ana. Das war ein Codewort. Ich bin gestern nach Valencia geflogen, weil ich hier an einer ganz großen Geschichte dran bin. Hab gehört, der *Express* hat auch seine Leute hier, das wird 'ne Riesenstory.»

«Was denn für eine Riesenstory? Mallorca wird deutsches Bundesland?»

«Ich ... ich kann es noch nicht sagen. Nur so viel: Es geht um Drogen, Macht und, äh, Missbrauch.»

Stille. Vielleicht hätte meine Glaubwürdigkeit den Hauch einer Chance gehabt, wenn das Gespräch in diesem Moment beendet gewesen wäre. Stattdessen wacht Lenny auf und eröffnet den Tag spontan mit einem kräftigen «We are the champions, my friend». Ich bedeute ihm, sofort damit aufzuhören, vernehme zwei weitere Sekunden Stille aus Köln, bevor am anderen Ende der Leitung zahlreiche Kehlen in schallendes Gelächter ausbrechen und vereinzelt «and we keep on fighting till the end» singen. Die Taste, die Klaus eben gedrückt hat, war wohl der Lautsprecher. Ich lege auf und bin mir nicht sicher, wie man mich für die Geschichte bestrafen wird und ob ich jemals wieder für die *News* arbeiten darf. Zwei Minuten später bekomme ich per SMS in beiden Fragen Gewissheit:

«Mister X! Auf der Suche nach dem großen Wurf vielleicht erst mal mit Tomaten werfen? Sabine ist eingefallen, dass heute in Buñol die Tomatina ist. Gute halbe Stunde von Valencia. Mach da doch bitte einen Aufsager und Bilder für die *News*. EB-Team und SNG kannst du von Telecinco benutzen, die gehören zur Gruppe. Gute Besserung, mein Name ist Hase.»

Oh, Leichen auf dem Server! Wann ersteht ihr auf und rächt euch für euer sinnloses Grab neben «Interview Wendler 1 / 10» und «Schnittbilder XXL-Familie»? Wann geht es im Newsblock endlich einmal um den Zombie-Angriff auf Nachrichtenredakteurin? Verlasst alte Dateipfade und stürmt in die Redaktion! Am besten heute. Am besten bevor Sabine auch mich auf den Server legen lässt. Eingelegt in Tomatensauce.

Es sind diese wenigen fixen Daten, die einem klarmachen: Jetzt ist schon wieder ein Jahr vorbei. Für den Normalbürger mag das der Geburtstag oder Silvester sein, andere orientieren sich an gesellschaftlich wichtigen Ereignissen wie dem elften September oder dem Beginn der neuen DSDS-Staffel. Für sie ist es der Jahrestag der Beziehung, für ihn das Erscheinen des Kicker-Sonderhefts mit Stecktabelle. Alle diese jährlichen Events haben eines gemeinsam: Sie sehen immer genau gleich aus wie im Jahr zuvor. Das gilt auch für die Evergreens, die einem Boulevardjournalisten die Vergänglichkeit der Zeit vor Augen führen. Aber die haben darüber hinaus immer mit Menschen zu tun, die Dinge auf merkwürdige Weise zweckentfremden, sich gerne Schmerzen zufügen und insgesamt schwer einen an der Klatsche haben. Obwohl das alles seit gestern Nacht auch auf Ana und mich zutrifft. Wenn CNN *US: High Heel-a-Thon* vermeldet, ist Zeit für leichtbekleidete Frauen in Stöckelschuhen, die beim New Yorker High-Heel-Marathon um die Wette trippeln. Wenn es *UK: Cheese* heißt, rollt im englischen Brockworth wieder ein Käse einen Berg hinunter, und alle stürzen hinterher. Und dann gibt es jeden August noch unter dem Titel *Spain: Tomatoes* die Bilder aus Buñol, wo Zehntausende Menschen sich gegenseitig mit überreifen Tomaten bewerfen. Normalerweise gehen einem Redakteur in diesem Moment zwei Dinge durch den Kopf: «Schon wieder ein Jahr rum» und «Gott sei Dank muss ich da nie hin».

Wilhelm hat die buddhistische Überwindung des leidhaften Daseins offenbar schon so sehr verinnerlicht, dass er zunächst darauf beharrt, auf dem Steinfußboden weiterzuschlafen. Auch Lenny hält von Aufstehen gerade so viel wie von einem zweiten Date. Stimmt, deren Adrenalinspiegel haben ja noch gemäßigte Pegelstände. Während ich nach Tsunami Ana und Sturmtief Klaus komplett überflutet bin von dem Zeug.

Ich schalte den Fernseher an und finde schnell, was ich suche: ein Fußballspiel. Das spanische Mediengesetz sieht offensichtlich vor, dass zu jeder Tageszeit mindestens zwei Fernsehsender über Fußball zu berichten haben. Ich greife meinem Kommentator mit Lautstärke 9 von 10 ein bisschen unter die Arme, dann aber schafft er es problemlos, die Jungs aus ihren Träumen von Siddharta beziehungsweise Sandra und Sarah zu reißen.

«Aufstehen, wir fahren jetzt zu einer Tomatenschlacht.»

Wilhelm schaut wie Lenny, als der der Partyhorde die Hotelzimmertür aufgemacht hat. Lenny schaut wie Lenny, als er mich oberkörperfrei auf seinem Sofa entdeckt hat. Na gut, dann versuche ich jetzt eben, zu schauen wie Lenny, als er uns den Bananas-Plan verkündet hat. Ich glaube, ich habe den Look-alike-Wettbewerb gewonnen. Zumindest ernte ich die gleiche ablehnende Reaktion wie Lenny gestern Abend.

In einer Sitcom würden an dieser Stelle beide gleichzeitig «Auf gar keinen Fall!» sagen, und einen Schnitt später säßen wir zu dritt im Bus nach Buñol. Wer auch immer dieses bescheuerte Stilmittel erfunden hat: Es ist realitätsferner als die immer halbvollen, nie bezahlten Getränke in Bars und die unzähligen Charaktere, die lautlos Türen öffnen und dadurch unvermittelt und überraschend in Räumen erscheinen können.

«Alter, nein!», interveniert Lenny, und im nächsten Moment bestätigt Wilhelm: «Nä.» Weder gleich noch gleichzeitig. Folglich kann ich mir auch keine Hoffnungen auf den direkten Schnitt zur Busszene machen. Stattdessen folgt eine lange Diskussion über den Nachrichtenwert der Tomatina, über Jobangst und darüber, wie leicht bekleidet Frauen während einer Tomatenschlacht sind. Nach intensiven Überlegungen zur letzten Frage habe ich Lenny auf meiner Seite, und der überstimmte Wilhelm erträgt die Entscheidung mit Gelassenheit, mit innerer Ruhe, mit begnügter Seele. Für irgendwas muss Hesse ja gut sein.

Mein Argument «Man kann ja im Bus noch eine Stunde pennen» erweist sich als Fehleinschätzung. Man könnte genauso gut versuchen, in einer Disco, auf einem Kindergeburtstag oder in der Sprecherkabine eines spanischen Fußballkommentators zu schlafen. Buddha Wilhelms Geist ist inzwischen schon so vollkommen, dass er sich der harten Prüfung stellt, Lenny tippt nervös auf seinem Smartphone, und ich beobachte Spanier. Der Großteil der johlenden Stadtjugend hat ausgeleierte dreckige T-Shirts an, was vermutlich ein adäquateres Outfit für eine Tomatenschlacht ist als ein feines Hemd mit Olivennote. Zumindest von der Farbe «Weiß» kann sich Lenny langfristig verabschieden. Wilhelm ist als Einziger von uns passend gekleidet, der ist aber auch 365 Tage im Jahr tomatinakompatibel angezogen. Wenn man auf den Text der Schlachtrufe achtet, fällt die überdurchschnittliche Häufigkeit von «tomate» und «eoeoeo» auf. Genau genommen setzen sich die meisten der im entferntesten Sinne als Lieder zu bezeichnenden Gesänge nur aus diesen Bestandteilen zusammen. Lenny streckt mir grinsend sein Handy entgegen.

«Alter! Lies mal, das schick ich den Mädels. Hatte heute Morgen 27 Anrufe in Abwesenheit.»

Ah, hat sich das Hotelzimmer also doch nicht von alleine aufgeräumt! Aber Jacques-Yves Cousteau hält immer eine Ausrede bereit. Er erzählt dem Mile High Club von einem plötzlichen Fieberschub infolge der Fischallergie. Dass weder das kühlende Bad noch die Getränke in der Minibar seine Körpertemperatur senken konnten. Dass er auf der Suche nach Schmerzmitteln dann sogar an die Schränke gegangen ist und unter den Betten gesucht hat. Dass er sich irgendwann nicht mehr bewegen konnte, wie am Bettlaken erkennbar auch noch zu bluten begann und den Notarzt rufen musste. Nachdem er sein Testament in einer maledivischen Zeichensprache an die Wand geschrieben hat.

«Der Arzt meinte, ich müsste euch wegen unterlassener Hilfeleistung eigentlich bei der Polizei anzeigen. Aber ich denke, ich lass das. Ihr habt die Situation ja nicht absichtlich so gnadenlos unterschätzt. Und ihr musstet das Zimmer aufräumen. Sind dann wohl quitt. Bis bald mal, ciao! PS: Würd heute nicht in den Hotelpool gehen.» Eoeoeo.

Die engen Gassen Buñols sind dermaßen übervölkert, dass wir so schnell vorankommen wie Reformen in China. Leider kann man sich nur in Deutschland mit «Lassen Sie mich durch, ich bin vom Privatfernsehen» durchs Volk schieben.

Wenn das Wort wegen unseres minimalen Tempos nicht so unangebracht wäre, könnte man gut von einem Marsch sprechen. Die kampfeslustigen Gesichter der Tomatenkrieger und die begleitende Humtata-Musik verleihen der Veranstaltung fast schon etwas Militärisches. Gerade in unseren Zeiten von Partnerstädten und Atomwaffensperrverträgen muss man seine Aggressionen ja irgendwo rauslassen. Man kann nicht mehr einfach dem Höhlennachbarn die Keule auf den Kopf hauen oder Polen überfallen. Deswegen rennen ja auch alle in Fitnessstudios und Fußballstadien. Prophylaktisch. Schön dem Lehrer der Kinder, dem Neuen der Ex oder der Mutter der Frau eine Tomate in die Visage pfeffern, und alles ist wieder gut. Wilhelm bestätigt, dass er das in einem Seminar über Friedenspädagogik auch mal so ähnlich gehört hat.

Wir ziehen mit der Truppe immer den Ohren nach in den Tomatenkrieg. Bislang scheint der noch nicht ausgebrochen zu sein. Denn selbst am zentralen Plaza del Pueblo werden die Tomaten noch nicht zu Granaten umfunktioniert – der Verkauf von Taucherbrillen verrät jedoch, dass sich das bald ändern wird. Stattdessen konzentrieren sich alle Blicke auf einen Mast, an dessen Spitze ein Schinken angebracht ist. Eine Horde junger Männer versucht ihn verzweifelt zu erklimmen, was jedoch daran scheitert, dass der Mast offensichtlich mit Seife eingeschmiert wurde. Der Anblick steht für mich in einer Reihe mit dem Robbenschlachten in Kanada und Modern-Talking-Konzerten. Anblicke, bei denen man nur hofft: Liebe Außerirdische, bitte schaut nicht gerade heute vorbei, wenn ihr etwas über uns Menschen lernen wollt – wir sind eigentlich nicht so!

Ich höre, wie ein dickbäuchiger, bleicher Mann, der mit Ausnahme einer Australienflagge um die Hüften kleidungsfrei ist, «Starts in a few moments» lallt. Bis dann sollten wir den Übertragungswagen von Telecinco gefunden haben.

Ich bin nur froh, in dem Chaos nicht nach Ana Ausschau halten zu müssen. Denn die wartet ja in Barcelona. Endlich kann ich mal mit dem sehnsüchtigen Durch-die-Menschen-hindurch-in-die-Ferne-Blicken pausieren. Damit war ich seit gestern Nachmittag auf der Suche nach Ana nämlich ununterbrochen beschäftigt.

Als ich plötzlich einen Kanonenschuss höre, sehe ich einen riesigen Laster, der sich im Schritttempo durch eine der engen

Straßen presst. Von der Ladefläche aus bombardieren kräftige Männer die johlende Masse mit Tomaten. Das war wohl der Startschuss.

Wir brauchen dringend eine Exit-Strategie aus dem Kessel von Buñol, schließlich sind wir nicht zum Spaß hier. Ich schicke Wilhelm zu einem Ordner mit orangefarbener Warnweste, damit er den Weg zum Pressegelände erfragt. Der feuert ihm im Gegenzug aber nur eine Tomate vor den Latz. Als noch weitere werfend hinzueilen, wundere ich mich zunächst über die Selbstauffassung der spanischen Sicherheitskräfte. Dann höre ich, dass die vermeintlichen Ordnungshüter Englisch sprechen, und sehe, dass auf den Warnwesten *Stag Party Bryan: Cancun – Buñol – Munich* steht.

Kurz darauf läuft uns ein Polizist über den Weg; und nachdem wir nach ausgiebiger Musterung seines Umfeldes sicher sind, dass es sich nicht um einen Junggesellenabschied, eine verlorene Wette oder die Village People handelt, muss Wilhelm noch mal ran. Mir schwant nichts Gutes, als der schwitzende Mann seinen Arm hebt und in die Richtung zeigt, aus der inzwischen ein ganzer Zug von Tomatenlastern kommt. Es ist ja schon fast unmöglich, sich durch die Menschenmassen zu kämpfen – gegen die 38-Tonner hätte Don Quijote mit seinen beiden Sancho Pansas mit Sicherheit keine Chance. Und Wilhelm bringt noch eine zweite schlechte Nachricht mit: Das Spektakel dauert genau eine Stunde. Ab Punkt 13 Uhr herrscht Waffenstillstand. Dann ist die Stadt hier für die *News* noch ungefähr so interessant wie ein MP3-Player für den späten Beethoven. Oder ein Fußballstadion nach Abpfiff. Und mit Stimmen zum Spiel werde ich es nicht rausreißen können, da ist schätzungsweise außer «Tomate! Tomate! Eoeoeo!» nicht viel zu holen.

Lenny sieht mich besonnen lächelnd an, und ich bereue,

gerade kein Wurfgemüse zur Hand zu haben. Mir geht der Job flöten, und der erfreut sich wohl gerade an irgendeiner Tomatentina oben ohne.

«Jetzt reiß dich mal zusammen! Wir müssen sofort irgendwie zu Telecinco, sonst kannst du mich morgen von Weeze direkt zum Arbeitsamt fahren.»

«Alter, cinco heißt doch fünf, oder?», grinst mich Lenny an.

«Ja, und capullo heißt Sackgesicht. Aber das hilft uns beides hier nicht wirklich weiter.»

«Was bekomme ich, wenn ich dich in weniger als einer Minute zu Telecinco bringe?»

Ich lasse meinen Blick schweifen und kann beim besten Willen nichts erkennen, das nach Telecinco oder einer extrem schnellen Fortbewegungsmöglichkeit aussieht. Und einen Maxi-Quadrocopter wird er im Survival-Kit 3000 nicht dabeihaben.

«Ich geb dir ein Bier aus?»

«Ein Bier?»

«Komm mir jetzt nicht wieder mit der Geschichte, dass du mit deiner Handynummer auf einem Riesenplakat durchs Bild laufen willst!»

«Quatsch, natürlich nicht. Mail-Adresse?»

Lenny drückt eine Klingel hinter sich. Ich schaue ihn fragend an, er zeigt mit dem Finger nach oben. Auf einem Balkon im zweiten Stock steht ein bärtiger Mann mit einer Kamera auf der Schulter. Darauf klebt auf rotem Grund eine große weiße 5.

Carlos hält uns zunächst für verrückte Touristen, die unbedingt ins Fernsehen wollen, und will uns schon wieder wegschicken. Man kann es ihm nicht verdenken. Drei völlig übermüdete, ungewaschene Gestalten in stinkenden Klamotten sehen nicht unbedingt aus wie Korrespondenten der größten privaten Sendergruppe Europas. Eher wie eine IT-Abteilung auf Betriebsausflug. Verärgert, dass man sich wegen der Tomatenpampe wohl nachher duschen muss, obwohl das eigentlich erst wieder im Oktober auf der To-do-Liste steht.

Ich flehe Carlos an, seinen Chef anzurufen, was er irgendwann genervt tut. Zu seiner Überraschung erfährt er, dass da tatsächlich jemand aus Deutschland angerufen und einen Reporter angemeldet hat. Er sieht einigermaßen verwundert aus. Ich fühle mich zufrieden und bestätigt wie Justus Jonas, wenn jemand seine Detektivtätigkeit angezweifelt hat und von Kommissar Reynolds erfährt, dass die *Drei Fragezeichen* ehrenamtliche Junior-Assistenten der Polizeidirektion Rocky Beach sind.

Carlos fährt sich einmal durch die Mähne und bemerkt wohl, dass ich die tellergroßen Schweißflecke auf seinem schwarzen T-Shirt mit Spiderman-Aufdruck begutachte. Jedenfalls entschuldigt er sich auf Englisch für die defekte Klimaanlage. Die Wohnung sei nur angemietet, um gute Bilder von der Straße zu bekommen. Heute sei ohnehin alles improvisiert, da die Tomatina eigentlich schon am letzten Mittwoch stattfinden sollte. Weil Unbekannte den Mast mit Schinken geklaut hätten, sei sie auf Sonntag verlegt worden. Er fragt, was wir genau von ihm wollen; und ich erkläre ihm, dass ich mich nur kurz vor die Menge stellen und zehn Sekunden Text runterbeten möchte. Ein tiefes «No is a problem» stimmt mich hoffnungsfroh.

Durch die inzwischen mehrere Zentimeter hohe Tomatensuppe waten wir in die nächste Seitengasse. Ich versuche, die weiße 5 des Telecinco-Logos auf dem Mikrophon der Hintergrundfarbe Rot anzugleichen, indem ich es kurz durch die Pampe auf der Straße wälze. Carlos weist mich mit einem schnellen Satz voller Rrrrs und Lispellauten energisch zurück. Ich würde ihm gerne klarmachen, dass unsere Zuschauer durch die 5, die sie bisher nur als beste Note im letzten Zeugnis vor dem Schulabbruch kannten, sehr irritiert werden könnten. Und dass sie dann vielleicht völlig überfordert umschalten – zum ersten Mal seit dem Ende von *Mitten im Leben* am Freitagnachmittag. Aber gefühlte vierzig Grad im Schatten lassen meine Widerworte schmelzen. Augen zu und durch.

Da Carlos keinen Assistenten dabeihat, zieht sich Lenny die Kopfhörer auf, um den Ton zu kontrollieren. Dann kann es losgehen. Als das rote Licht an der Kamera angeht, wird mir bewusst, was für ein erbärmliches Bild ich gerade abgeben muss. Spätestens morgen früh wird mich meine Oma anrufen und besorgt fragen, was mit mir los sei und ob ich es nicht lieber endlich beim Dritten Programm versuchen möchte. Oder so was wie der Hirschhausen, der sei doch so lustig. Ich hole meine Sprecherstimme aus dem Fundus und setze zum ersten Versuch an.

«Hier auf den Straßen Buñols gibt es seit zwölf Uhr kein Halten mehr. Zehntausende Menschen bewerfen sich mit überreifen ...»

«Stopp! Heißt das nicht Zehntausende von Menschen?»

«Lenny! Nein, das geht beides. Lass mich einfach reden, okay? Du meldest dich nur, wenn man irgendwas akustisch nicht versteht.»

«Okay», meint Lenny und dreht, als er Carlos' Blick bemerkt, fachmännisch an den Reglern des Tonaufnahmegeräts.

«We start again.»

«No is a problem.»

«Hier auf den Straßen Buñols gibt es seit zwölf Uhr kein Halten mehr ...»

«Stopp!»

«Lenny!»

«Du bist auf einmal ganz laut.»

Carlos stellt die Regler wieder richtig ein, und wir fangen noch mal an.

«Hier auf den Straßen Buñols gibt es seit zwölf Uhr kein Halten mehr. Zehntausende Menschen bewerfen sich mit überreifen Tomaten. Die Straßen verwandeln sich teilweise in reißende Tomatenströme ...»

«Sorry, sorry, I have to change the bateria.»

«Mein Gott, wie schwer ist es eigentlich, einen Aufsager von zehn Sekunden mit euch zu machen?»

«What happen?»

«No is a problem», antworte ich genervt und sehe, wie Carlos einen schwarzen Ersatz-Akku aus einer der vielen Taschen seiner kurzen Cargohose zieht. Nächster Versuch.

«Hier auf den Straßen Buñols gibt es seit zwölf Uhr kein Halten mehr. Zehntausende ... Samma, muss der mir hier genau vor die Linse laufen?» Ich blicke in zwei mühsam offengehaltene Augen, die mich vermutlich doppelt sehen. Es ist der Australier von vorhin, der sich inzwischen so einen reingezimmert hat, dass ihm das verrutschte Flaggenkostüm und das dadurch freigelegte Maurerdekolleté völlig egal sind. Er torkelt unbeirrt weiter, gerät dann allerdings in eine Breakdance-ähnliche Schrittfolge und liegt wenige Sekunden später im Matsch. Ich erkläre meinem spanischen Kameramann, dass er nach meinem letzten Satz auf den schlummernden Bierbauch-Aussie im Tomatenbad schwenken soll. Selbst schuld, wir sind hier beim Privatfernsehen, da gehört Schadenfreude dazu. Dann starten wir erneut.

«Hier auf ...»

«Ach und Max, man spricht das Buniol aus», unterbricht dieses Mal Wilhelm.

«Hab ich doch gesagt.»

«Ja, nee, bei dir klingt das immer so ein bisschen zu Deutsch.»

«Mensch, Wilhelm, das sind die *News*. Da sitzen so viele Spanischsprecher vorm Fernseher wie Jugendliche im Publikum des Musikantenstadls. Könnt ihr mich bitte einfach einmal ohne Unterbrechungen meinen Text sagen lassen? Danke.»

Das Aufblinken des roten Lichts gibt mir meinen nächsten Einsatz.

«Hier auf den Straßen Buñols gibt es seit zwölf Uhr kein Halten mehr.» Lenny und Wilhelm schauen entsetzt auf irgendetwas schräg hinter mir, doch dieses Mal lasse ich mich nicht aus dem Konzept bringen. «Zehntausende Menschen bewerfen sich mit überreifen Tomaten.» Da könnt ihr gestikulieren und winken, wie ihr wollt. Kein betrunkener Wackelpudding hält mich davon ab, einmal diesen Text hinzubekommen. «Die Straßen verwandeln sich teilweise in reißende Tomatenströme – und wenn man nicht aufpasst, liegt man schnell selbst im Roten Meer!»

Ich habe den Satz noch nicht fertiggesprochen, als ich die erste Tomate auf meinen Rücken klatschen spüre. Eine vertraute heisere Stimme krächzt «Dat es dä Typ! Dä hätt ons dä janze Müll vor dä Buud jelade», dann geht alles ganz schnell. Ich drehe mich um und erkenne meine kölschen Feierbiester sofort. Das ist also der Ausflug, weswegen sie so früh aufstehen mussten. Sie sind offensichtlich schon wieder auf Betriebstemperatur oder besser Ausflugstemperatur, vielleicht sogar Betriebsausflugstemperatur – jedenfalls zeugt der haargenau in meine Richtung fliegende Tomatenteppich von einigen Schlucken *Schlumpkönig Zielwasser*. Ich halte mir schützend die Hände vors Gesicht, erliege aber schon bald der Gewalt der roten Bomben. Beim Versuch auszuweichen rutsche ich auf dem glitschigen Boden der gepflasterten Gasse aus, falle, lande aber erstaunlich weich. Ich vernehme ein «Ja, dat paas däm su, dat is jo suwisu ene schwule Broder», dann merke ich, dass ich mich auf dem geräumigen Bauch des dicken Straßenschwimmers befinde. Neben mir liegt eine Australienflagge im Tomatenmatsch. Zwei zu winzigen Knöpfen geschrumpfte Augen glotzen mich ausdruckslos an, und diesmal bleibt die Warnung «Starts in a few moments» aus. Ohne zu sehr ins Detail gehen zu wollen: Mein T-Shirt lernt in den folgenden Sekunden große Teile des Mageninhalts des australischen Bierbauchs persönlich kennen. Jetzt erst merke ich, dass Carlos meine Anweisung mit dem Kameraschwenk befolgt hat und voll auf die Alkoholleiche und somit auch auf mich hält. Ich versuche gerade, mich wieder aufzurichten, als ein Wasserstrahl mich zurück auf den Boden presst. Auf einem Balkon über uns hat ein Rentnerehepaar offensichtlich Mitleid mit mir und meinem T-Shirt und beschießt mich mit einem Gartenschlauch. Ich schreie: «No, no, no», und robbe durch den Tomatensud ins Off. Lenny beugt sich lachend über mich.

«Also, das ‹No› am Schluss war, glaube ich, etwas übersteuert. Sollen wir das noch mal drehen?»

Carlos nimmt mir beleidigt das Mikrophon aus der Hand und faselt irgendwas von «micrófono» und «tomate».

Wilhelm fragt mich, ob alles klar sei.

«No is a problem», hauche ich mit letzter Kraft. Ich habe mich nach einer Dusche noch nie so dreckig gefühlt.

Selbstverständlich erlaubt mein Zustand keine weitere Wiederholung des Aufsagers. Um 13 Uhr endet die Schlacht so schnell, wie sie begonnen hat. Ich glaube, ich muss die Jungs hier mal nach Deutschland holen, damit die meinen Landsleuten eine ähnliche Disziplin für die Silvesterböllerei verklickern, unser Pendant des modernen Kompensationskrieges. Da gelten wir immer als bestens organisiert und pünktlich, und dann kann man zwischen dem 28. 12. und 4. 1. nicht einmal zum Supermarkt laufen, ohne aus irgendeinem Fenster eine *Wilde Hummel* vor die Füße geworfen zu bekommen. Hier herrscht jetzt Friede, Freude, Tomatenkuchen.

Man hätte alle großen Konflikte so lösen sollen. Augustus hat Lust auf Germanenkloppen? Ab in den Teutoburger Wald, eine Stunde austoben und komplett eingeschmiert quengeln: «Varus, gib mir meine Tomaten wieder!» Die Franzosen wollen ein freies, gleiches, brüderliches Zehntausend-gegen-Herrscherpaar-Battle? Tomatina statt Guillotine, und Marie überlegt sich, ob sie noch mal so was Unüberlegtes sagt wie «Wenn sie kein Brot haben, dann sollen sie Tomaten essen». Die Amerikaner möchten mal wieder raus? Freunde einpacken, in den Irak fahren und Handtomaten abfeuern – aber dann auch mal gemeinsam die Suppe auslöffeln und nicht den Tomaten-Mozzarella-Salat dalassen und mit dem Öl abhauen.

Bei meinen bilderreichen Schlachtphantasien merke ich, dass wir fast kein Material der wilden Wurfstunde haben. Außer den Aufnahmen, die Carlos vom Balkon aus gemacht hat, gibt es nichts, womit meine Kollegen in Köln den Rest des Beitrags bebildern könnten. Wir trotten durch die sich leerenden Gassen in Richtung des Telecinco-Übertragungswagens, als mir auf einmal die Auslage eines Souvenirgeschäfts ins Auge springt. Ich erinnere mich wieder an meinen Gedanken von heute Morgen, an die jährliche Gleichartigkeit der Tomatinabilder. Nicht mal an Kleidung, Autos oder Frisuren kann man sich zeitlich orientieren, da diese hier – wenn überhaupt vorhanden – von den Tomaten unkenntlich gemacht werden. Fünf Euro später bin ich stolzer Besitzer der DVD *The Red Adventure – Tomatina 2003.*

Der Telecinco-Transporter befindet sich am Ortsrand auf einem extra eingerichteten Pressegelände neben vielen anderen bunten Übertragungswagen mit großen Satellitenschüsseln. Carlos und ich versuchen, eine Verbindung zum Hauptschaltraum des Senders in Köln herzustellen, was uns die ersten fünf Minuten nicht gelingt. Dann scheppert ein müdes «Köln für Buñol» aus der Sprechanlage, und eine studentische Hilfskraft behauptet, eben mit hochprioritären Aufgaben beschäftigt gewesen zu sein. So ein Scheißwort kann man ja nur in der Uni lernen. Und vor allem ist damit vermutlich die Kantine oder das Fertigschreiben eines Facebook-Kommentars gemeint. Wir überspielen einige Szenen von der DVD und im Anschluss daran meinen Aufsager. Da ich mir sicher bin, nicht die ungeteilte Aufmerksamkeit meines Kölner Gesprächspartners geschenkt zu bekommen, bitte ich dreimal darum, Klaus Thomann mitzuteilen, dass er bei meinem Kommentar schon nach «reißende Tomatenströme» rausgehen soll. Mit vollem Mund und eifrig tippend, antwortet die Trantüte lässig: «Okay, ich kleb ein Post-it auf den Server.» Mit so viel Einsatz und Witz schafft der es bestimmt noch mal zum Redaktionsassistenten bei irgendeiner Pannenshow.

Zum Abschied steckt mir Carlos einen Zettel mit seiner Handynummer zu. «If you have a problem, just call me. No is a problem.» Ich wirke momentan wohl rein äußerlich schon wie eine Person, die viele Probleme hat.

Dann schleppen wir uns aus dem Telecinco-Wagen in die brennende spanische Mittagssonne. Ich spüre, wie sich die klebrigen Tomatenreste an meinem Körper abwärtsfließenden Schweißströmen anschließen. Lebensmitteltransport auf dem Seeweg. Vor allem die Routen Hinterkopf – Nacken – Wirbelsäule und Achsel – Oberarm – Ellenbogen erfreuen sich großer Beliebtheit. Eine flächendeckende Verbreitung der roten Pampe ist garantiert. In Gedanken schreibe ich «Tomaten» auf meine Anti-Einkaufsliste am Kühlschrank.

«Und jetzt?», fragt Lenny gequält.

Ana! Hat sie mir eigentlich auf meine SMS geantwortet? Ich hole mein Handy aus der Tasche und sehe: Nichts. Aus. Akku leer. Verdammt. Höchstwahrscheinlich hat sie mir inzwischen geschrieben, wo sie genau steckt. Jetzt muss ich den Jungs wohl allmählich erzählen, dass ich schon bei der Ankunft in Buñol den Busfahrplan nach Barcelona studiert habe. Konflikte offensiv angehen! Ging gestern zwar in die Hose, aber ich versuche es noch mal.

«Barcelona?»

«Was?»

«Ja, hier, diese Stadt an der Küste mit den vielen Partys und dem Strand und dem Essen und ...»

«Ja, aber wie kommst du jetzt auf die Idee?»

«Mein Handy ist leer, und ich brauche ein Aufladegerät.» Irgendwie habe ich inzwischen ein schlechtes Gewissen, meine Freunde bei dieser Schnitzeljagd noch weiter durch Spanien zu treiben. Vor allem, weil ich das Schnitzel hoffentlich alleine essen werde.

«Du willst nach Barcelona fahren, um ein Aufladegerät zu kaufen?», erkundigt sich Lenny verwirrt. «Dann lass uns vorher noch in Madrid vorbei, ich hätte Lust auf eine Cola!»

«Ana?», schaltet sich Wilhelm ein.

«Ich habe ihr wohl doch meine Nummer gegeben. Jedenfalls habe ich heute Morgen eine SMS bekommen. Sie ist in Barcelona und wartet auf mich.»

«Und wo trefft ihr euch?»

«Keine Ahnung, mein Akku ist ja leer. Wahrscheinlich hat sie mir das inzwischen geschrieben.»

Schwitzendes Schweigen.

«Ich kann verstehen, wenn ihr da keinen Bock mehr drauf habt, aber ich fahre da noch hin. Von Barcelona kann man morgen bestimmt auch nach Weeze fliegen.»

Die beiden schauen sich an.

«Also, ich bin Student, ich hab Zeit. Solange wir Lennys Kreditkarte haben, bin ich dabei», meint Wilhelm.

«Ich hab eigentlich schon einiges zu tun. Aber da der Urlaub ja ausfällt, habe ich auch noch ein paar freie Tage.»

«Geht ja nicht um Tage. Ich treff mich morgen mit Ana, und dann können wir abends zurückfliegen.»

Ich bin überrascht, dass der Barcelona-Plan so widerstandslos akzeptiert wird. Da war es ja fast schwerer, die Jungs nach Buñol zu bekommen. Aber die Aussicht auf vier Stunden Schlaf in einem klimatisierten Reisebus war wohl kein schlechtes Argument.

Natürlich ist unser Bus nicht klimatisiert. Doch wenigstens sind die anderen Schlachtenbummler genauso fertig wie wir. Oder besser gesagt wie Lenny und Wilhelm. Ich liege in der Liga des Leidens ja uneinholbar weit vorne. Die allgemeine Trägheit und Übermüdung meiner Mitfahrer sind Cherrytomaten gegen meine fleischtomatengroßen Schmerzzonen. Nach Fesselattacke von Ana, Glasteppichunfall am Gepäckband, Steinbodenmatratze bei Tanja und Bierbauchsturz auf den Aussie fühle ich mich allmählich wie Pamela Anderson nach einem Date mit Tommy Lee. Würde ich jetzt zum Arzt gehen, käme ich wahrscheinlich gleich auf Pflegestufe 2 des nächsten Seniorenheims. Oder zu *Körperwelten*. Ohnehin komisch, wieso man Schmerzen nicht abstellen kann wie einen Wecker. Eigentlich sind die ja nur ein Warnsignal des Körpers: Lass das bitte in Zukunft, das stört! Ja, danke, verstanden, ich bemühe mich. Langfristig habe ich nicht vor, auf Steinfußböden zu übernachten. Aber einmal warnen reicht doch. Der Schiedsrichter klebt dir auch nicht die gelbe Karte auf die Brust. Selbst mein Virenprogramm hat inzwischen gerafft, dass ich auf *bild.de* surfen möchte, obwohl «die Inhalte dieser Seite möglicherweise nicht vertrauenswürdig» sind. Langsam dämmere ich weg.

Plötzlich läuft eine Stewardess durch den Gang und stellt sich als unsere Reisebegleiterin vor. Sie preist Rheumadecken und Schuh-Gel-Einlagen an. Lenny ruft: «Die ist aber flauschig warm» und «Die habe ich neulich für den doppelten Preis gesehen». Ich kaufe eine Decke. Die Stewardess geht an Lenny vorbei und zwinkert ihm zu. Er ruft «Highway High Club» und folgt ihr auf die Bustoilette. Mein Handy klingelt. Es sind meine Enkel. Sie wollen wissen, wie es mir geht. «Es geht halt jeden Tag ein bisschen schlechter», will ich sagen und mich in meine eben erworbene Rheumadecke einigeln. Doch da nimmt eine alte, weißhaarige Frau mit vielen Falten meine Hand und lächelt. Es ist Ana. Sie ist wunderschön. «No is a problem», antworte ich den Anrufern, «we are the champions.» Einen Moment, wieso rede ich Englisch mit meinen Enkeln? Und ist mein Handy-Akku nicht eigentlich leer?

Als der Busfahrer «Estación de Sants» durch die Lautsprecher plärrt, reißt er das dahinsiechende Lazarett schlagartig aus seiner Lethargie. Ich habe irgendwo einmal gesehen, wie Ozzy Osbourne morgens nach dem Aufstehen an seinen Achseln riecht und «That's the smell of victory» sagt. Dem Geruch nach ist unser Bus ein Käfig voller Sieger. Dreißig stolze Veteranen mit zerfetzten, rotbefleckten Uniformen freuen sich auf das Wiedersehen mit ihren Familien. Manche werden wie Kriegsheimkehrer begrüßt. Eine junge Mutter reicht einem

Mann Blumen, und vielleicht sagt sie: «Juan, ich hatte solche Angst, dass dir etwas passiert!» Und er: «Lass uns nicht über die Hölle von Buñol sprechen. Nicht vor den Kindern.» Und weil es auf emotionale Gemüter verlässlicher wirkt als frischgeschälte Zwiebeln, ertönt Samuel Barbers *Adagio für Strings*. Kommt in jedem Hollywoodfilm bei Präsidentenbeisetzungen und Weltuntergängen. Dann nimmt er ihr die Blumen aus der Hand und steckt seine Nase hinein.

Ah nee, sie hält ihm nur ein Handtuch hin, und er wischt sich lachend das Gesicht ab. Und eigentlich sehen auch die anderen gar nicht so abgekämpft aus. Die Geigen spielen auf einmal *I'm just a dreamer*. Ich sollte an diesem schwarzen Sonntag dringend ins Bett.

ENTHÜLLUNGSDRUCK

Die Hupe eines rückwärts einparkenden Gemüselieferanten vor dem Fenster wünscht mir einen guten Morgen. Zum dritten Mal in Folge frage ich mich nach dem Aufwachen als Erstes, wo ich überhaupt bin. Wenn man den Powernap auf dem Glasbett am Flughafen Valencia mitzählt, sogar schon zum vierten. Dann sehe ich eine hölzerne Anwesenheitsliste mit vielen Namen in bunten Farben über mir und höre lautes Schnarchen. Hörsaal würde passen, aber da sind die Listen nicht aus Holz. Bleibt nur noch Jugendherberge. Stimmt, wir sind gestern Abend noch mit letzter Kraft ins Zentrum gezogen und im nächstbesten Hostel abgestiegen. Der vollgekritzelten Holzplatte nach liege ich unten in einem Etagenbett. Václav, Sonia, Peter, Mary, Stefan und Leticia were auch schon here, wieso Joel schreibt: *had the night of my life in this bed!*, möchte ich wohl lieber gar nicht wissen.

Ich klettere aus dem Bett. Außer meinem Schnarchamigo, der mit Unterhemd und Brustpelz die obere Etage beschläft, kann ich niemanden in unserem 8-Bett-Zimmer sehen. Ich erspare dem Spiegel neben der Tür meinen Anblick und wate in den Flur. Meine Bewegungen ähneln denen eines Fußballspielers, der zwei Minuten vor Abpfiff bei eigener Führung ausgewechselt werden soll und blitzverletzt zur Seitenlinie humpelt. Bis ich in der kleinen Cafeteria des Hostels bin, hätte mir der Schiedsrichter wegen Spielverzögerung schon längst Gelb gezeigt.

Lenny und Wilhelm sitzen auf Korbstühlen an einem der runden, schwarzen Tische. Sie scheinen sich über irgendetwas uneinig zu sein. Im Zweifelsfall geht es um die FDP, Zahnaufhellung oder die Frage, ob man Ritalin ohne ethische Bedenken als Aufputschmittel missbrauchen darf. Und ob Wilhelms Apotheker-Cousin das jetzt endlich mal besorgen könnte.

«Morgen.»

«Morgen, Max! Respekt, du hast den kleinen Zeiger die volle Runde fahren lassen.»

«Ähm ... bitte?»

«Lenny meint damit, du hast über zwölf Stunden geschlafen. Wir haben halb zehn morgens und er offensichtlich Flotte Sprüche 3000 gefrühstückt.»

Ich ignoriere die negativen Schwingungen und bediene mich am Büfett, das laut Schild am Empfang «kontinental» sein soll. Es gibt ein Brötchen mit einem abgepackten Stück Butter und abgepackter Marmelade. Wirkt auf mich eher subkontinental.

An manchen Tagen hat man ja irgendwie keine Lust auf das morgendliche Pflichtprogramm: Anziehen, Duschen, Zähneputzen. Das T-Shirt von der Nacht ist noch so schön warm, das Badezimmer so kalt und der Kaugummi genauso effektiv wie drei Minuten Schrubben. Von solchen Gedanken bin ich heute weiter entfernt als mein Frühstücksteller von einer Delikatesse. Jede Vorher-nachher-Show der Welt würde sich um mich reißen. Und doch lässt mich eine Sache noch schneller schlingen als die Hoffnung auf baldige Reinheit: die Hoffnung, mein Handy anschalten zu können und «Ich muss gerade aufpassen alleine auf meinem Eltern Ferienhaus am Strand. Bringst du Sahne mit?» zu lesen.

Da unsere Herberge in einer Seitenstraße der zentralen Promenade Las Ramblas liegt, müssen wir nicht lange suchen. In direkter Nachbarschaft befinden sich ein Supermarkt, eine

Massagepraxis, ein Fitnessstudio, ein Elektroshop und ein Friseur. Und ein Chinaladen, in dem man augenscheinlich alle zuvor genannten Waren und Dienstleistungen erhalten kann. Lenny und Wilhelm kaufen uns zu den Hygienestandards der Zivilisation zurück. Ich versuche einem Elektronik-Pakistani zu erklären, dass ich wenig Vertrauen in «all original» habe, wenn Simens ohne «e» geschrieben wird. Der hagere Mann schüttelt den Kopf und verweist auf «best quality». Er hat ein Fußballtrikot aus den neunziger Jahren an. Laut Aufschrift vom FC Barcellona. Ich kaufe ein «e», klaue ein «l» und möchte lösen. Als ersten Preis nehme ich einen Stecker mit Nokia-Aufschrift mit. Weder Nokkia noch Nokya. Da hatte wohl ein Kind aus gutem Hause die Nachtschicht in der Fabrik. Selbstverständlich hat der Verkäufer gerade kein Wechselgeld.

«5 neue Nachrichten», meldet mein Handy, wiederbelebt von der Steckdose in der Schnarcherstube. Der Brustpelz-Pedro ratzt noch immer und lässt sich auch von meinem überraschten «Was?» nicht stören. Wieso denn fünf SMS? Diese Spanier sind aber auch wirklich impulsiv. Ich scrolle durch meinen Posteingang.

20:22 Uhr: «Hahahaha, großer Sport! Gruß, Domi.» Hä?

20:31 Uhr: «Hi Max! Dominik hat grad erzählt, du bist in Spanien und badest in Tomaten? LG Caty.» Woher wissen die das?

20:34 Uhr: «Hallo Max, Oma hat uns etwas von einer Tomatenschlacht in Spanien erzählt? Also, Papa hat noch mal mit Eckhard gesprochen, das Angebot mit der Banklehre steht noch. Überlege es dir mal, liebe Grüße, Mama». Nä! Haben die Schweine meine Blamage doch gezeigt!

21:05 Uhr: «Kann man das eigentlich noch irgendwo sehen? Domi». Auf gar keinen Fall! Das ist der einzige Vorteil der

News: Man hat große Chancen, dass man an seinem kompletten Umfeld vorbeisendet und die das nie zu sehen bekommen.

21:07 Uhr: «Ah, nee, ist okay, habs bei Youtube gefunden». Die wollen mich doch verarschen?

Ich renne zum großen Computer vor der Hostelcafeteria und warte nervös, bis zwei Engländerinnen bei Facebook geschätzte zwanzig Fotos des Vorabends mit «sooooo cute XD XD» oder «Fiestaaaaa! ;)» kommentiert haben. Irgendwo hat neulich eine Pädagogin behauptet, dass Jugendliche durch Internet und SMS endlich wieder mehr Schreibkompetenz erlangen. Soooo cute.

Vor meinen Augen sehe ich schon die *BILD*-Überschrift «Doof-Reporter im Tomatenschlamm – DAS VIDEO!», als ich den Browser ängstlich öffne. Auf Deutschlands Bürofluren heißt es zur Stunde wohl: «Hast du schon den Typen gesehen, den es bei der Tomatenschlacht hinlegt? Muss dir gleich mal den Link schicken.» Bitte lass wenigstens Raabs Sichter gestern dienstfrei gehabt haben.

Ich bin halbwegs erleichtert, dass «German TV reporter knocked out» nur 342 Klicks bei Youtube hat. Und dass die Szene endet, bevor der Australier kotzt. Hochgeladen wurde der Clip von flottebiene_78. Kurz überlege ich, ob sich hinter diesem Usernamen Klaus Thomann verbirgt, aber der ist älter. Es kann nur eine geben. Bitte, liebe Promimagazin-Bienen, schwirrt einmal kurz in die *News*-Redaktion und knockt diese widerwärtige Sabine mit einem Stöckelschuh aus. Sie gibt sich fälschlicherweise als eine von euch aus! Und auch noch als flotte!

Überhaupt ist dieser Benutzername eklig. Und nicht nur, weil er häufiger und langweiliger ist als ein Bienenkostüm im Kölner Karneval. Es ist vor allem der Widerspruch in sich, vom Unterstrich zusammengehalten: flottebiene. 78. Diese Bestandteile sind einfach nicht kongruent. Ich kann mich ja auch nicht weiserdenker_98 nennen. Und ich meine damit nicht, dass es keine attraktiven Frauen jenseits der 30 gibt. Aber ich bin mir ziemlich sicher, dass es keine attraktiven Frauen jenseits der 30 gibt, die sich flottebiene nennen. Wer im *Brigitte*-Alter ist, aber noch den Namen aus der *Bravo*-Kontaktanzeige von vor 20 Jahren wählt, hat irgendwas falsch gemacht.

Schlagartig wird mir bewusst, was die fünf Tomatina-SMS noch bedeuten: Ich habe keine Nachricht von Ana bekommen! Dabei hatte ich sie doch gestern Morgen ausdrücklich gefragt, wo sie genau steckt.

Lenny kommt vom Duschen und hat es sich natürlich nicht nehmen lassen, den Weg nur mit einem umgebundenen Handtuch zu bestreiten. Wie ich ihn kenne, ist er erst einmal ewig durch den Flur geirrt, weil er die Duschen angeblich leider nicht finden konnte. «Soooo cute», hat die vorbeigehende Engländerin ihrer Freundin dann wohl ins Ohr gegiggelt.

«Bist du das?» Lenny zeigt auf den tomatenverschmierten Mann mit Mikrophon, der hilflos auf dem australischen Walfisch klebt.

«Ana hat mir nicht geantwortet.»

«Wie?»

«Ich hatte sie gestern Morgen gefragt, wo genau in Barcelona sie ist, und sie hat nicht geantwortet. Ich ruf die gleich mal ...»

«Mysterious Girl.»

«Was?»

«Max, du hörst wirklich nie zu, wenn ich von den Flirttipps 3000 spreche. Das ist ein Klassiker. Sich fast nicht melden und dann rätselhafte Nachrichten hinterlassen. So ähnlich wie du mit mir nach deinem Uni-Abbruch.»

«Bitte?»

«Also, ich konnte mir zumindest keinen Reim drauf machen, was ‹grad leitb.t afp betrunkn. Cd'n sctest! Studi dich nich! Katrs I.geb dich› um fünf Uhr morgens bedeuten soll.»

«Ich wollte da aber mit Sicherheit nicht Mysterious Girl 3000 mit dir spielen.»

«Aber sie tut das! Die will, dass du ihr zeigst, wie wichtig dir das alles ist. Die will gefunden werden.»

«Den Eindruck habe ich auch langsam. Aber Topfschlagen funktioniert nur, wenn ab und zu jemand ‹Heiß› oder ‹Kalt› sagt.»

«Ruf sie an. Ich glaube nicht, dass sie rangeht.»

«Wieso läufst du hier eigentlich rum wie in einem Peter-Andre-Video?»

«Bist du bescheuert?»

«Nee, aber ich glaube, du hättest dein frischgekauftes Hemd auch schon im Waschraum anziehen dürfen.»

«Und wofür mach ich dann täglich Sit-ups? Bar Refaeli läuft ja auch nicht mit 'ner Burka rum.»

«Israelis tragen keine Kopftücher.»

«Egal, die Frage ist doch: Willst du Ana noch länger suchen?» Lennys Blick wandert Richtung Empfangstresen. «Und wieso gibt der Typ der Frau da keinen Arschschlüssel?» Ich schaue auch rüber und sehe, wie eine schlanke Spanierin zu einem Spind geht.

«Arschschlüssel?»

«Max, ich habe vier Jahre in einer Jugendherberge gejobbt. Kein Schließfach wird zufällig vergeben.»

«Wovon redest du?»

«Es gibt Loserschlüssel, Arschschlüssel und Brust-und-Bauch-Schlüssel. Einen Loserschlüssel bekommen nur Bratzen: Spind auf mittlerer Höhe und auch noch außerhalb seines Sichtfeldes. Die Frau hat wenigstens einen Brust-und-

Bauch-Spind in der oberen Reihe bekommen. Da muss sie sich strecken und räkeln, um den zu erreichen, und im besten Fall verrutscht dabei das Oberteil noch ein bisschen.» Lenny sollte unbedingt aufhören, seine Ausführungen pantomimisch zu begleiten, sonst verrutscht im schlechtesten Fall sein Handtuch gleich noch ein bisschen.

«Aber die hätte auf jeden Fall ein Schließfach in der unteren Reihe verdient. Arschschlüssel. Denn um da ranzukommen, muss sie sich bücken und ...»

«Danke, Lenny, ich hab's verstanden.»

Er grinst mir zu und catwalkt Richtung Zimmer.

Ich rufe Ana an, doch leider hat Lenny recht gehabt. Sie geht nicht ran. Auf einmal sehe ich wieder die Digitaluhr vor mir. 55:12:37. Und wenn sie doch schwanger ist? Was sollte man dem kleinen Maxi später einmal antworten, wenn er wissen will, wie Babys entstehen? «Normalerweise läuft das so, dass sich Mama und Papa ganz doll lieb haben. Bei dir kannten sich Mama und Papa eine halbe Stunde, waren ganz arg betrunken und hatten ungeschützten Fessel-Sahne-Sex. So kann es auch klappen.» Vielleicht klärt sich das alles doch nie auf. Oder erst mit dem Brief in neun Monaten. Aber ich kann der auch nicht ewig durch Spanien hinterherreisen. Ich mache, was jeder Actionheld an meiner Stelle tun würde: Ich setze dem Ganzen ein Ultimatum. Wenn sie sich bis 14 Uhr nicht gemeldet hat, fahren wir zum Flughafen.

Wilhelm und Lenny sind einverstanden. Während die zwei eine Weile über die Ramblas flanieren wollen, setze ich mich noch immer erschöpft in ein kleines Straßencafé mit frischgepressten Säften und aktuellen Zeitungen. Mein Handy mit wieder halb geladenem Akku lege ich auf den Tisch.

Und was mache ich, wenn sie anruft? Klaus wird damit rechnen, dass ich spätestens morgen früh wieder auf der Matte stehe. Hier muss irgendetwas so Spannendes passieren, dass er auf keinen Fall seinen Auslandskorrespondenten abberufen kann. Prophylaktisch schnappe ich mir einen Packen Zeitungen und suche krampfhaft nach Themen, die auch für deutsche Zuschauer interessant sein könnten. Mit meinem unlängst gelernten Urlaubsspanisch komme ich aber nicht wirklich weit. Ist so komisch auch wieder nicht, auf der Titelseite der *FAZ* sind «Ich würde sterben für ein Eis» und «Guck mal, so ein Gesichtsbunker!» auch eher selten zu finden. Zumindest verstehe ich, dass das Topthema hier der zunehmende Drogenschmuggel aus Südamerika ist. Und dass Spanien als Umschlagplatz für ganz Europa vermutet wird. Ist ohne brennendes Marihuana-Gewächshaus, Verfolgungsjagd mit Drogenbossen und weinenden Müttern für die *News* aber erst einmal uninteressant.

Das Handy piept. SMS. Ich nehme einen Schluck Kiwi-Lulo-Saft und blicke auf das Display.

«Hallo Max, Marty hier. Könntest du dich bitte mit den Brasilianer-Namen ein bisschen beeilen? Wir haben schon Ende der Woche die Kundenpräsentation, und in der Agentur ist gerade ziemlich miese Stimmung. Irgendwer hat behauptet, dass ihm wegen Facebook Gehalt abgezogen wurde. Ich drehe noch durch! Grüße, Marty.» Ups.

Ich habe gerade überhaupt keine Lust auf kreative Arbeit. Aber andererseits bin ich natürlich nicht ganz unschuldig am unterkühlten Betriebsklima im Gewächshaus. Ich bitte die lässige Kellnerin mit Nasenpiercing um Stift und Papier, dann blättere ich die Zeitungen als Inspirationsquelle durch. Aus einem Artikel über neue innerstädtische Tempolimits schreibe ich mir die Wörter *marzo, rigidez* und *clave* raus. Um noch etwas Sinnlicheres zu finden, blättere ich zur Seite *Rock y Pop*. Dort finde ich *ulises, brazos* und *ángel*.

Nach einer Viertelstunde stehen «Marzinho», «Alex Rigario», «Clavo», «Ulisão», «Brazico» und «Jo Angeló» auf meiner Liste. Und natürlich «Mercadona», der Supermarktheilige. Weil ich neulich gehört habe, dass in der brasilianischen Nationalmannschaft auch ein Spieler namens Hulk spielt, füge ich «Donaldson» und «Homero» hinzu. Als verrückter Außenseitervorschlag kommt noch «Wilhelm» auf die Liste, dann stecke ich sie ein und zahle.

Ich schlendere über einen kleinen schattigen Platz voller herumtobender Kinder. Meine schweren Beine stöhnen: «Ja, das waren noch Zeiten», aber mein Kopf widerspricht. Denn eigentlich machen wir seit drei Tagen genau das. Wir sind noch einmal so wie früher. Jung, wild, unüberlegt. Wir stürzen uns in Abenteuer, rennen vor erwachsenen Spielverderbern weg, schwindeln Papa an, verwüsten Zimmer und bewerfen uns mit Tomaten. Haben kein Outlook und keine To-do-Listen. Fallen hin und stehen wieder auf. Ich wäre nur froh, wenn Ana und ich endlich mit Verstecki aufhören könnten. Das Räuber-und-Gendarme bei der WG-Party war mir wesentlich lieber. Mein Handy piept erneut. Es ist Ana!

«Hi Max, gehe heute Abend ins Luna Mar. Wir sehen uns da! W84U, Ana.»

«Yuuuuuhuuuuu! Tooooomaaaaaaaa!» Innerlich bin ich genauso enthusiastisch wie der sechsjährige Schreihals neben mir, der gerade beim Wettrennen vor allen anderen die Palme in der Mitte des Platzes abgeklatscht hat. Kind sein kann alles! *Me muero por un helado.* Ich würde sterben für ein Eis.

Lenny und Wilhelm haben nichts dagegen, eine Nacht länger in Barcelona zu bleiben. Aber was erzähle ich Kratzklaus? Wenn ich erst morgen fliege, habe ich drei Fehltage. Da muss man wahrscheinlich direkt mit der Supernanny in die Wuthöhle oder auf die stille Treppe. Ich kann ihn auf keinen Fall anrufen, ohne Themen vorzuschlagen. Rechercherereise.

Zusammen mit meinen beiden Reportern wider Willen ziehe ich los, die heißeste Metropole Europas nach verwertbaren Storys abzuklappern. Nach einem Besuch der Touristeninformation wissen wir immerhin, dass es heute keine Kinopremiere, kein großes Konzert und kein Catchmatch der europäischen Women-Wrestling-Challenge gibt. Letzteres, sofern die Frau überhaupt verstanden hat, was Lenny ihr da mitteilen wollte. Selten hat der Ausdruck «mit Händen und Füßen erklären» besser gepasst als jetzt.

Man mag bei inflationären Werbebotschaften vielleicht eher an eine Großstadt wie New York denken, wo ganze Hochhäuser mit riesigen LED-Screens tapeziert sind. Doch was penetrante Werbung angeht, steht Barcelonas Touristenmeile dem Times Square in nichts nach. Auf unserem halbstündigen Weg Richtung Strand preisen uns knapp zwanzig meist asiatische Straßenhändler ihr standardisiertes Sortiment mit dem immer gleichen Spruch an: «Beer? Cerveza? Coca-Cola? Fanta? Massage? Gulu Gulu? Hasch Hasch?» Ich stelle mir vor, Glatzen-Yul würde hier mal im lila Hemd vorbeiwerbern.

«Aber Wasim, wo ist dein USP? Deine Unique Selling Proposition? Dein Alleinstellungsmerkmal?»

«What?»

«Willst du eher über Qualität gehen oder …»

«Yes, best quality! Best quality!»

«Dann strebst du also eher über eine Präferenzstrategie die Qualitätsführerschaft an als über eine Preis-Mengen-Strategie Cost Leadership?»

«No, no, does not cost. Cheap, cheap! Really good price! Beer one euro!»

«Ja, aber Wasim, wäre es dann nicht sinnvoll, die Bereiche Erfrischungsgetränke, Dienstleistungen und Drogen als separate strategische Geschäftseinheiten zu organisieren, um auf der Grundlage kaufrelevanter Verhaltensmerkmale Preispräferenzen der Kundengruppen zu analysieren und gegebenenfalls den Absatz kurzfristig anzukurbeln durch Sales Promotion wie Two-for-one-Aktionen, um dadurch langfristig psychographische Größen ...»

«Okay, okay, I give you two beers for one euro!»

«Gut, reden wir über etwas anderes. Kann man ein homogenes Gut wie Gulu Gulu eventuell differenzieren? Kann man durch Co-Branding oder Ingredient Branding Mehrkompetenz nutzen? Und was ist eigentlich Gulu Gulu?»

Nach einer halben Stunde am Strand haben wir immerhin einen jungen Mann gefunden, der auf seinem Kopf ein Tablett mit Backwaren balanciert. Er nennt sich «Bambolino» und sprintet in seiner kurzen Badehose von einer Gruppe attraktiver Touristinnen zur nächsten. Zwar haben die wenigsten bei 32 Grad Lust auf Gebäck, aber innerlich höre ich Glatzen-Yul jauchzen:

«Hervorragend! Durch außergewöhnliche Präsentationsformen aktivierende Prozesse auslösen! Und dann dieser Name: Die Exotik von Bambus, die Heiterkeit der runden O-Vokale, die Spritzigkeit der lino-Endung – da steckt alles drin. Ist die Domain schon gesichert?»

Ich probiere einen der runden Krapfen und huste das völlig vertrocknete Zeug fast wieder aus. Egal, ich will den Kerl ja nicht für meine Konditorei, sondern für einen 1:30-Newsbeitrag. Wenn man lange genug sucht, findet man bestimmt noch ein paar andere Kasper, die hier auf ungewöhnliche Art ihren Lebensunterhalt verdienen. Mein erster Themenvorschlag steht: «Arbeiten, wo andere Urlaub machen – die verrücktesten Strandjobs des Sommers.»

Um meine zweite Story muss ich mich nicht mal selbst kümmern. Wir sitzen gerade auf einer Bank an der Promenade, als eine dickverpackte Seniorin freudestrahlend auf uns zukommt. Sie sei ja so froh, endlich jemanden aus der Heimat zu treffen, sagt sie. Hier könne ja niemand anständig Deutsch. Klar, kein Vergleich zum perfekten Spanisch, das man am Strand von Cuxhaven allenthalben hört. Ich verdrücke es mir. Und dann fragt sie, ob uns das denn auch so störe mit diesen ganzen Nacktjoggern. Mein investigativer Spürsinn ist geweckt. Belästigen Exhibitionisten mit baumelnden Bambolinos deutsche Urlauberinnen? Plötzlich finde ich es obszön, dass mein imaginärer Glatzen-Yul eben von der Spritzigkeit der lino-Endung sprach.

Als ich erzähle, für wen ich arbeite, kennt unsere Freundin fester Kleidung kein Halten mehr. Man muss den ganzen Imagebastlern, Programmplanern und Trailertonis eines lassen: Sie haben es geschafft, dass sich der größte Privatsender des Landes im Wahrnehmungsraum vieler Deutscher zwischen Mama, Polizei, Anwalt und Paritätischem Wohlfahrtsverband eingenistet hat. Die Freundin ist abgehauen? Einfach mal energisch vom mittäglichen Magazin fordern, dass die sie und/oder den gemeinsamen Hund zurückholen. In der Nudelpackung sind statt 500 Gramm nur 488? E-Mail an die Zuschauerredaktion mit Foto des Kassenzettels und Waagendisplays. Aus Versehen ’ne Oma unter die Kühlerhaube bekommen? Telefonisch beim Sender nachfragen, wie Erste Hilfe geht. Und ob man auch für Mpeg-Videos Geld bekommt.

Unsere Rentnerin poltert, dass sie selbstverständlich bereit sei, die Geschichte auch vor der Kamera zu erzählen. Sie sei ja eine anständige Bürgerin und wolle nur für ein bisschen

Ordnung sorgen. Sie begrüße es, wenn das Fernsehen endlich auch einmal über richtige Probleme berichtete. Lenny erkundigt sich, ob es denn wirklich nur männliche Läufer seien, was zu seinem Missfallen bejaht wird. Als wir tatsächlich nach einiger Zeit einen braun gebrannten Flitzer vorbeihuschen sehen, steht mein zweiter Vorschlag für die *News* fest: «Eine Stadt erregt sich: Nacktjogger belästigen Barcelona.»

Doch dann wird es dünn und allmählich Abend. Wir spazieren noch einmal den Strand rauf und runter, schlängeln uns durch die engen Gassen eines gemütlichen Künstlerviertels mit versteckten Bars und offenen Galerien. Schließlich sind wir wieder auf der Touristenmeile. Eine interessante Geschichte kann ich zwischen Gucci-Täschchen und Birkenstock-Sandalen nicht ausmachen. Vielleicht muss man wieder ein bisschen nachhelfen. Das mit der Tomatina-DVD hat ja auch keiner gemerkt.

«Alter, die sind mal heiß!» Lenny bleibt stehen und starrt auf ein Plakat mit zwanzig Cheerleadern in einer Sporthalle. Weibliche Reize sind eben immer noch das beste Mittel, um aktivierende Prozesse auszulösen. Das würde sogar Glatzen-Yul bestätigen. Laut Bildunterschrift handelt es sich um die *Dreamcheers* des FC Barcelona-Basketballteams. Makellose Körper, knappe Outfits, lange Haare. Und doch käme keine von denen auf einer Skala von 1 bis Ana auf einen Wert über 6.

«Ja, aber denen fehlt irgendwie das Feuer.»

«Feuer?» Metaphern zur Beschreibung einer Frau, die jenseits von Kirschen, Glocken und Hupen sind, scheinen Lenny zu überfordern.

«Ja, das Feuer. In den Augen.»

«Das Feuer, dem du hinterherrennst, um endlich deine olympische Fackel reinzuhalten?», grinst Lenny. Gut, sein Bildervorrat ist doch ein bisschen größer, passt aber noch in dieselbe Schublade.

«Ja, wenn im übertragenen Sinn. Also Fackel. Weil meine Fackelfackel brennt ja höchstwahrschein...», ich sollte mich besser nicht in Lennys schmutzige Bilderwelt begeben. Auswärts hat man keine Chance gegen ihn. «Nee, also, was ich meine, ist einfach diese ... Wachheit, diese Begeisterung, diese Andersartigkeit, dieses kleine Special in den Augen. Der echte USP einer guten Frau.»

Lenny schaut mich gedankenverloren an. Einen Moment lang glaube ich, er würde mich verstehen. Aber es ist wohl eher der Klassiker aus Matheunterricht und Chefgespräch: Ich habe keine Ahnung, um was es hier geht, glotze Ihnen aber selbstbewusst in die Augen und nicke ab und zu.

«Ja, immer noch besser als Wilhelm. Der ist in der Hinsicht ja noch in der Steinzeit und meint, er kommt irgendwann an Feuer, wenn er nur lange genug sein Stöckchen reibt», beendet Lenny das zumindest für wenige Sekunden ernsthafte Gespräch. Wilhelm schweigt und scheint eine Revanche so sehr zu benötigen wie ein buddhistischer Mönch einen Kamm. In irgendeiner ruhigen Minute muss ich es auch noch mal mit Hesse probieren, versuchen, wagen.

Als wir schon weiterziehen, kommt mir noch einmal das Plakat in den Sinn. Seit wann gibt es eigentlich Cheerleader beim Basketball? Habe ich noch nie von gehört. Vielleicht ist das auch nur hier so. Oder es sind gar keine wirklichen Cheerleader. Vielleicht ist es auch nur eine Schulklasse, die das vorübergehend macht, um einer Mitschülerin eine teure OP zu finanzieren. Ein Pakistani reißt mich aus meinem Tagtraum: «Beer? Cerveza? Coca-Cola? Fanta? Massage? Gulu Gulu? Hasch Hasch?»

Im Hostel frage ich als Erstes, wo das Luna Mar ist. Ich bin schon erleichtert, als der Junge hinterm Tresen einen Stadtplan hervorkramt. Ana habe ich in letzter Zeit auch dauernd irgendwo erwartet, um dann zu erfahren, dass sie gar nicht da ist. Es hätte mich nicht gewundert, wenn das Luna Mar in Sevilla wäre. Oder auf dem Mond.

Ich bekomme eine Papierkarte Barcelonas mit einem dicken Kringel direkt am Strand. Diese wilde Spanierin. Das ist doch kein Zufall, dass sie für unser Wiedersehen einen Beach Club vorsieht. Ich sehe mich schon morgen früh kopfüber von einer Palme hängen. Ohne Gedächtnis, aber mit Gulu Gulu am Bambolino.

Nervös wie ein 13-Jähriger um Mitternacht wähle ich die Kölner Festnetznummer. Bitte, Papa, lass mich noch ein bisschen bei der Party bleiben.

«Thomann.»

«Klaus, ich bin's, Max. Was war denn da mit dem Tomatina-Beitrag?»

«Ah, unser Undercover-Agent.» Seine Laune ist schon wieder so gut, dass ich seinen Finger nahe der Lautsprechertaste befürchte. «Das wollte ich eigentlich dich fragen.»

«Was?»

«Bei uns hat eine ganz verstörte Frau angerufen, die meinte, dass sie ihren spanischen Opa in dem Stück gesehen hat.»

«Ja, kommt vor. Da waren viele ältere Leu...»

«Schon, aber der schaut sich die Tomaten längst von unten an. Sie sagt, der sei seit fünf Jahren tot.»

Mit einem langgestreckten «Waaaas?» versuche ich meine vorgetäuschte Überraschung auszudrücken.

«Ich dachte ja nur, vielleicht gehört es zu deiner geheimen Mission, Tote zum Leben zu erwecken.»

«Ja, äh, nee, äh, weswegen ich anrufe: Ich bin hier auf einige super interessante Themen gestoßen, die vielleicht was für die *News* wären.» Klaus antwortet erst einmal nicht. «Ich hatte da zum einen an so was in Richtung ‹Arbeiten, wo andere Urlaub machen – die verrücktesten Strandjobs des Sommers› gedacht. Weil hier echt schräge Typen ...»

«Never. Wir hatten gestern schon die peinlichsten Nebenjobs der Welt drin, das reicht erst mal. Hast du die Sendung nicht gesehen?»

«Ja, nee, da gab es verschiedentlich technische ...»

«Noch was?»

«Ja. Und das ist wirklich eine krasse Geschichte. In Barcelona laufen mittlerweile überall Nacktjogger rum.» Keine Reaktion. «Sicher so 40 bis 50 am Tag. Und da gibt's hier massiv Protest dagegen. Wir haben auch deutsche Interviewpartner gefunden.»

«Wer sind wir und was macht ihr in Barcelona?», fragt Klaus irritiert.

«Ja ich und ein ... anderer ... investigativer Journalist, der ... auch wegen dieser großen Geschichte, von der ich dir ja ...»

«Anyways, das brauchen wir auch nicht. Mit nackten Leuten vor 22 Uhr müssen wir aufpassen. Wir haben schon genug Stress mit der Landesmedienanstalt. Sonst noch was? Oder darf ich dich morgen wieder hier begrüßen?» Scheiße. Die Kratzbürste ist auf Krawall gebürstet. Was hab ich denn noch?

«Da gibt's noch so eine andere Geschichte.»

«Ja?»

«Eine ... eine Schulklasse. Von einem Mädcheninternat. Da hat eine Krebs. Und jetzt wollen die anderen der die Herz-OP bezahlen, weil die sehr teuer ...»

«Die hat Herzkrebs?»

«Was? Äh, ja. Das ist ganz selten und ganz, ganz schwierig da ... jedenfalls haben die erst so einen Nacktkalender gemach...»

«Schon wieder Nackte?»

«Gemacht haben wollen. Haben die dann doch nicht. Wegen ... Protesten. Und dann haben die sich überlegt, Cheerleader zu werden beim Basketballteam vom FC Barcelona. Und da sind die jetzt so beliebt, dass man die gar nicht gehen lassen will, obwohl die das Geld für die OP längst zusammenhaben.»

Stille. Komm schon, Klaus. Erzähl mir nicht, dass bemalte Klodeckel mehr Newscharakter haben.

«Okay, das ist echt eine gute Geschichte.» Ich bin selbst ein wenig überrascht, wie meine blühende Phantasie doch noch den Nachrichtenfrühling hervorgelockt hat.

«Aber so was Ähnliches hatten wir letzte Woche mit den Omis, die für die Gruppenreise nach Lourdes gestrippt haben.»

«Ja, da sehe ich jetzt aber den Zusammenhang noch nicht so ...»

«Außerdem ist das schwierig, wenn die noch nicht volljährig sind. Im Ausland ist das mit den Einverständniserklärungen der Eltern komplizierter. Setz dich in den Flieger und komm her.»

«Das kann ich nicht», antworte ich reflexartig. Ich bin so kurz vor meinem Ziel. Wenn ich jetzt zurück nach Deutschland gehe, würde ich mir das mein Leben lang nicht verzeihen.

«Max, wir sind hier nicht im Dschungelcamp. Das ist keine Prüfung, die du annehmen oder ablehnen kannst. Wenn ich sage, dass du morgen kommst, dann kommst du morgen. Sonst kannst du dir gleich einen neuen Job als Cheerleader in Barcelona suchen.»

Mit leiser und gepresster Stimme setze ich noch einmal alles auf eine Karte: «Klaus, ich hab es dir doch schon gestern gesagt. Ich bin hier an einer richtig großen Geschichte dran.»

«Ja, ich weiß, und der *Express* auch. Blabla. Alles, was die über Spanien in den letzten drei Tagen im Blatt hatten, war die Meldung über einen trotteligen Tomatinareporter.» Mist. Wenn die wüssten, dass das ihr eigener Mann ist.

«Morgen.»

«Was?»

«Morgen beginnt der *Express* mit der Enthüllung.» Ich bin nervlich am Ende wie ein italienischer Pizzabäcker, der bei der Mafia um die Aufschiebung der Schutzgeldfrist bittet. Wohl wissend, dass sich bis morgen nichts verändern wird. Godfather sei Dank raunt mein schwuler Pate nicht: «Irgendwann, möglicherweise aber auch nie, werde ich dich bitten, mir eine kleine Gefälligkeit zu erweisen.» Stattdessen kratzt Klaus zum Abschied:

«Wenn morgen nichts im *Express* ist, bist du weg.»

MORZ FEETZ

Ich starre auf die Schließfächer vor mir und würde mich gerne selbst in einen Loser-Spind sperren. Für immer. Wenigstens besser, als mit Betonklötzen an den Füßen im Rhein gefunden zu werden.

In der Hostelcafeteria trinke ich einen Kaffee und mache mir existenzielle Gedanken. Ich bin in einer verdammten Zwickmühle. Die Philosophen mögen es anders nennen, für mich es ist das Von-der-Lippe-Theorem. Geld oder Liebe? Wenn ich in Spanien bleibe, verliere ich meinen Job. Wenn ich nach Köln fliege, verliere ich Ana. Wobei ich die nicht mal sicher habe. Den Job schon. Dafür ist sie wesentlich attraktiver. Aber noch mal was abbrechen geht auch nicht, und nach dem Volo im Sender bekomme ich vermutlich auch einen besseren Job. Ich kann mich nicht entscheiden. Es ist eine dieser Situationen, in denen man einfach «BEIDES!» schreien möchte. Pommes oder Farmkartoffeln? Frei-SMS oder Inklusivminuten? Geld oder Liebe?

Es gibt Dinge, die sich einfach nicht miteinander kombinieren lassen. Mit den Jungs weggehen und die Freundin mitnehmen. Lederschuhe und Tennissocken. Schmidt und Pocher.

Ich setze mich auf ein abgewetztes Sofa und lasse Ana und Klaus gedanklich um die Entscheidung spielen. Schnick-Schnack-Schnuck bis 100. Eine Schere im Kopf haben bekommt auf einmal eine völlig neue Bedeutung.

Es steht gerade 18:12 für Klaus, als der *Express* vor meinem geistigen Auge vorbeifährt. Mit dem würde ich vielleicht meine beiden Ziele erreichen. Ich müsste nur irgendwie auf den fahrenden Zug springen. Man bräuchte ein verdammt gutes Trampolin, ein kleines offenes Fenster und jede Menge Glück.

Aber womit soll ich es versuchen? Mit Nacktjoggern oder Cheerleadern könnte man das schaffen, aber das ist nicht die große Story, die Klaus von mir erwartet. Ich hatte ihm Drogen, Macht und Missbrauch angekündigt. Drogen passen ja schon mal ganz gut zu dem ganzen Klimbim, der hier in den Zeitungen um die Südamerika-Connection gemacht wird. Man müsste nur noch einen Deutschlandbezug hinbekommen. Und was Emotionales. Am besten sind natürlich Kinder. Deutsche Kinder. Aber was haben die mit ... Moment! Auf einmal wird in meinem Kopf nicht mehr Schere, Stein, Papier gespielt, sondern wild gepuzzelt.

Spanien befürchtet, Drogenumschlagplatz für ganz Europa zu sein. Das heißt, das Zeug wird von hier irgendwie weitergeschmuggelt. Bärtige Muchachos mit «I ♥ Escobar»-Shirtaufdruck sind dafür grenztechnisch wahrscheinlich eher ungeeignet. Anders als unsere Touristenteenies, die in Reisebussen an die Costa Brava verfrachtet werden und keine Grenzkontrollen zu befürchten haben. Drogendealer schieben Jugendlichen in den Partyorten an der spanischen Küste Ware unter und lassen sie bei der Ankunft in Deutschland dann von ihren Kontaktleuten in Empfang nehmen. Mächtige Drogenbosse missbrauchen deutsche Kinder für ihre üblen Geschäfte. Da ist alles drin! Drogen, Macht und Missbrauch. Kinder und Deutschland. Weinende Mütter bekommen wir bestimmt auch noch hin!

Ich stürme die Treppe zu unserem Zimmer hoch und platze mitten in Lennys und Wilhelms verspätete Siesta. Im ersten Moment sind sie nicht wirklich angetan von meinem Plan. Ob ich noch alle Tassen im Schrank hätte? Geschichten erfinden solle man Dan Brown und Angeklagten im Untersuchungsausschuss überlassen. Und ob mir klar sei, dass Nachrichten eher nach dem Prinzip «So isses» funktionieren als nach «Witzig wär, wenn»? Ich lade zu einer kurzen Redaktionssitzung in einer halben Stunde in die Hostelcafeteria. Lenny stellt sich den Wecker.

Ich nutze die Zeit, um mich auf den heutigen Abend einzustellen. Bevor ich mich in den Waschraum verdrücke, erwühle ich im Kabelsalat in Lennys Survival-Kit 3000 Rasierset und Parfüm. Kurz frage ich mich, seit wann Apple schwarze Ladekabel herstellt. Aber vermutlich hat Lennys Kaffeemaschine in Köln die Farbe per Funk der Hängemodulfarbe im heimischen Wohnzimmer angepasst.

Der Spiegel ist heute nicht so fies wie in den letzten Tagen. Eigentlich sehe ich wieder recht human aus. Der Dreierpack weiße Hemden vorhin war keine schlechte Idee. Auch wenn Wilhelm sich vollkommen over- und Lenny vollkommen underdressed fühlt. Ich bin zufrieden. Damit wird man nicht aus der Masse stechen, aber es ist solide. Und es sieht irgendwie nach Urlaub aus, ohne nach Jürgen von der Lippe auszusehen. Mit einem romantischen Strandspaziergang ist es 100 Prozent kompatibel. Und das ist das Ziel. Ich rasiere mich nur ein ganz kleines bisschen, um mir durch einen 2½-Tage-Bart eine gewisse Lässigkeit zu bewahren. Dann beschäftige ich mich mit der Frage, ob das Offenlassen des zweitobersten Hemdknopfes cool oder asi ist. Beim Anblick meiner schneeweißen Hühnerbrust wird die Frage irrelevant.

Ob Ana gerade auch schon vor dem Spiegel steht und überlegt, was mir gefallen könnte? Ich kann es mir irgendwie nicht vorstellen. Warum mache ich das eigentlich? Normalerweise denke ich keine fünf Minuten darüber nach, was ich anziehe oder wie ich mein Hemd trage. Aber normalerweise hat man ja auch nicht solche Jetzt-oder-nie-Treffen.

Und was mache ich eigentlich, wenn alles nach Plan läuft? Wenn wir bis zum Sonnenaufgang am Strand liegen und uns küssen, bis unsere abgenutzten Lippen nicht mehr können? Wenn ich mich in ihren Busen kuschele und sie mir ins Ohr haucht, dass dieser Moment nie enden darf? Zettel ich dann einen Weltkrieg in Spanien an und bleibe vier Jahre als Korrespondent in Barcelona? Könnte um einiges schwieriger werden als die Drogenteenie-Geschichte. Wenn die wirklich nicht mehr nach Deutschland zurückkommt, dann hat das Ganze hier so viel Zukunft wie eine Beziehung von Lothar Matthäus.

Und doch ist es mir egal. Ich will die wiedersehen und Punkt. Jede Minute mit ihr ist ein Hundejahr für mich. Wenn ich nur eine Nacht mit der am Strand tolle, komme ich als weiser Mann zurück in die Heimat und kann beruhigt sterben, da ich im Leben alles erreicht habe. Manchmal muss man eben doch in die Ferne schweifen, damit das Gute so nah liegt. Der Typ im Spiegel zwinkert mir zu, zeigt mit beiden Zeigefingern auf mich und sagt: «Jetzt oder nie.»

Auch nach einer halben Stunde Schlaf halten Lenny und Wilhelm meine Idee für ziemlich verrückt. Aber bei dem Quatsch, den wir in den letzten Tagen gemacht haben, kommt es auf eine weitere Absurdität auch nicht mehr an. Ich erzähle ihnen, dass ich für den Anfang einfach einen deutschen Jugendlichen brauche, bei dem Marihuana gefunden wurde. Wilhelm schlägt vor, bei der nächsten Polizeistation zu warten. Wenn auch nur zehn Käufer auf jeden «Hasch-Hasch?»-Rufer kommen, läuft hier eine mittlere Kleinstadt mit Drogen durch die Straßen. Da wird die Polizei hoffentlich auch mal einen Deutschen rausziehen. Ich suche mir die Nummer der *Express*-Redaktion im Internet, werde zu meinem Alter Ego Karl Säuler und lasse mich zum stellvertretenden Chefredakteur durchstellen. Er findet die Geschichte interessant. Auch wenn es ihn wundert, dass man davon noch nie gehört hat.

«Ja, die machen das wirklich geschickt. Aber wir sollten uns beeilen. Ich habe gehört, die Privaten haben auch schon Leute drangesetzt.»

Er meint, dass es für die Printausgabe vor Redaktionsschluss ohnehin nichts wird, er den Text aber gegebenenfalls morgen früh auf die Onlineseite stellen würde. An einem Tag wie diesem geht mir schon bei einem «Gegebenenfalls» das Herz auf. Erinnert mich an den durchgeknallten Typen, der neulich im Duden-Forum geschrieben hat, dass er persönlich das Wort «Wertebewusstsein» liebt. «Dieses Wort gibt mir so unendlich viel.» Ich werde bei nächster Gelegenheit posten, dass mich «gegebenenfalls» aus einer schweren beruflichen wie privaten Krise geholt hat und ich dieses Wort gerne adoptieren würde, sofern mir das deutsche Beamtentum, seine leibliche Mutter, das Sorgerecht überträgt.

Nachdem uns selbst in der Straße des Kommissariats zweimal «Hasch Hasch» angeboten wird, zweifele ich schon wieder, wie ernst man dort den Kampf gegen kleinere Drogendelikte nimmt. Wilhelm versucht einem Polzisten zu erklären, dass wir für eine Nachrichtensendung auf der Suche nach deutschen Drogensündern sind. Klingt gelogen, aber die *News* sind irgendwo schon auch eine Nachrichtensendung. Der Beamte, der aussieht wie die schwarzhaarige Latino-Version von Owen Wilson, grinst freundlich und macht uns allen Kaffee. Mir wäre lieber, er würde schnell eine Minirazzia vor der Haustür machen, doch dann würde den anderen im Hinterzimmer wohl der vierte Mann für Doppelkopf fehlen.

Wir setzen uns auf eine unbequeme Bank und warten. Eine zartgrüngrau gestrichene Wand fesselt unsere Aufmerksamkeit. Sie hat es nicht sehr schwer, da keine Bilder oder sonstiger Wandschmuck von ihr ablenken. Ihre ungeschmückte Wucht möchte einen fast sagen lassen: Sie steht wie eine Wand vor uns. Aber dass eine Wand wie eine Wand steht, klingt irgendwie bescheuert. Neulich hat ein Radiomoderator bei einem «Was bin ich?»-Rätsel den Tipp «Mich gibt es wie Sand am Meer» gegeben. 19 Hinweise später kam raus: Der gesuchte Begriff war Sand. Wenn der Kerl in dem Moment in meiner Reichweite gewesen wäre – meine Faust hätte auf sein Auge gepasst wie die Faust aufs Auge.

Eine Uhr und ein mit Tesa befestigter DIN-A4-Ausdruck leisten etwas Widerstand gegen die Allmachtsphantasien der zartgrüngrauen Ekelfarbe. Die Uhr schafft es problemlos, sich mir mitzuteilen: Es ist zehn, und ich muss mich beeilen, wenn dieser Abend noch im Sand am Meer enden soll. Mit dem Zettel klappt die Kommunikation nicht so gut. «Sientese y espere hasta que le llamemos.» Ich habe keine Ahnung, was das bedeutet, aber vermutlich ist es einer dieser pfiffigen Büroprüche à la «Lieber dreimal kopieren als einmal kapieren» oder «Lieber Feste feiern als feste arbeiten». Solche Weisheiten waren maximal während ihrer ersten Lebensjahre unterhaltsam, doch auch als Tattergreise hängen sie noch verlässlich in fast jeder Arbeitsstätte. Ich fand sie eigentlich immer langweilig. Bis zu dem Tag, als ich auf einer Polizeiwache drei Stunden und vier Beamte gebraucht habe, um den Diebstahl eines 20-Euro-Fahrrads zu melden, und mich die ganze Zeit der Spruch «Stress ist alles, was nicht Kaffeepause ist» von der Korkpinnwand aus verhöhnte. Seither hasse ich sie.

Nach einigen Minuten klopfe ich zaghaft an die Tür, durch die unser Kontaktmann verschwunden ist. Wenig später kommt Latino-Owen heraus und zeigt nicht mehr ganz so freundlich auf das Schild. Er hat noch immer den Kaffee in der

Hand. Haben die auf deutschen und spanischen Polizeirevieren wohl wirklich die gleichen Sprüche? Ob das eine EU-Verordnung ist? Eine selbstironische Imagekampagne der europäischen Polizeigewerkschaft?

«Max, du sollst sitzen bleiben, bis wir aufgerufen werden», verrät Wilhelm. Ah, oder so. Ist auch wirklich kein Wort in dem Satz, das nach «Kaffeepause» aussieht. Der Kaffee-Cop hat dennoch ein Einsehen und trabt mit uns einen Gang weiter, wo die identische Wand mit der identischen unbequemen Sitzbank und dem identischen Hinweisschild auf uns warten. «Ah, Corporate Design», möchte ich einwerfen. Aber dann würde er einem von uns Weißhemden wahrscheinlich seinen Kaffee über den Ranzen kippen und «You no longer Corporate Design» lachen. Und ich weiß auch schon, wem.

Er zeigt auf eine nervös fächernde Frau in einem fliederfarbenen Kleid mit Blumenmotiven, vielleicht Flieder, und sagt: «Alemana.» Ein Kopf unter Sonnenhut samt Gesicht unter Schminke schaut zu uns herauf.

«Send ir fei au aus Deitschland? I bed'Geli.»

Tanja, Schlumpkönig, Feierbiester, Nackthasser-Oma, Geli. Hätte uns unsere Exkursion nach Köln-Kalk geführt – wir hätten in den drei Tagen nicht mehr Deutsche getroffen.

«Do hauds de doch vo de Soga, etz hand di mir midda uf dr Schdros d'Handäscha gschdola ond i mess etz drei schlagene Schtond vor dera gre agschtrichana Wand sita. Do kendsch zom HB-Männle wera.»

Lenny, Wilhelm, Latino-Owen und ich schauen uns fragend an. Diese Sprache beherrscht niemand von uns. Geli scheint das zu merken und versucht es mit einer Fremdsprache, die sie damals in der Schule gelernt hat. Hochdeutsch. Liegt aber schon so lange zurück, dass es etwas holprig klingt. Und die Schwaben haben ja inzwischen bescheiden eingeräumt, alles zu können, nur das nicht. Dennoch schafft sie es, uns ihr Dilemma zu schildern: Ihre Handtasche wurde vor zwei Stunden auf den Ramblas geklaut, als sie gerade ein Foto von einem blau geschminkten Avatar-Pantomimen machen wollte. Seither sitzt sie hier auf der Wache und wartet vergeblich darauf, endlich angehört zu werden. Dabei könnte man schon längst eine Fahndung einleiten, schließlich hat sie den Täter auf ihrer Digitalspiegelreflex-Kamera festgehalten. Immer wieder zeigt sie dabei auf den monströsen Fotoapparat neben sich, damit auch der Polizist ihr Anliegen versteht. Aber Kommissar Doppelkopf schlurft kommentarlos zurück in die Kaffeepause. Mir wird klar, dass er uns nur deshalb zu ihr gebracht hat, damit wir uns als Leidensgenossen gegenseitig das Maul über die spanische Gelassenheit zerreißen können. Statt ständig ihn und seine Kollegen zu stören. Und ich dachte schon, die hätten unsere Mittfünfzigerin mit «I brauch dringend was, wo korrekt turnt» bei Wasim erwischt.

«Wie lang bleibet ihr no hier in Barça?»

«Das hängt ein bisschen davon ab, wie viele deutsche Jugendliche heute Lust auf Drogen haben.» Geli glotzt Lenny verschreckt an, der ihr zu allem Überfluss auch noch zuzwinkert.

«Also jetzt nicht in dem Sinne. Was er meint, ist nur ... äh ... wir berichten da drüber. Fürs Fernsehen. Privatfernsehen», versuche ich zu retten.

Gelis halb verblüfftes, halb gleichgültiges «Aha» verrät mir, dass das für sie vermutlich ein großräumig umsehenes Gebiet ist. Wahrscheinlich Oberstudienrätin. Glücklicherweise nimmt mein Kölner Sender in ihrem Wahrnehmungsraum nicht den üblichen Beschützer-Rächer-Freund-und-Helfer-Platz ein. Sonst müssten wir jetzt wohl erst den Dieb fangen, dann die Polizei zurechtstutzen und, wenn wir schon mal da sind, auch noch im Bandolero wegen der halb voll servierten Weingläser vorbeischauen. Geli belässt es bei weiteren Reisetipps.

«Wenn ihr noch Zeit hond, dann messet ihr unbedingt no ä Küschtetour macha. Des isch fei au was für die junge Leud, do steppt der Bär.»

Oh nein. Ich habe es ja schon befürchtet, als die den Avatar-Clown eben «affengeil» genannt hat. Nach dem steppenden Bär bin ich mir sicher: Sie leidet an jener zwischen dem 40. und 60. Lebensjahr weitverbreiteten Persönlichkeitsstörung, die ich postklimakterische Altersangst nenne. Symptome können die plötzliche Anmeldung in sieben Sportkursen, das Tragen von Converse-Schuhen oder eben wie bei Geli Wortschatzverschiebungen sein, die der Außenwelt alle die gleiche Botschaft vermitteln sollen: «Ich bin jung.» Würde sie so direkt wahrscheinlich nicht sagen, aber flippige Sprüche wie «Ich mag vielleicht Orangenhaut haben, aber im Kopf bin ich noch spritzig wie eine Zitrone» oder «Für mich gibt's Alt nur in Düsseldorf und auf der Tastatur» kann ich mir aus ihrem Mund gut vorstellen. Nur gerade mit der Jugendsprache ist das so eine Sache. Wenn man auf einmal wieder jung spielen möchte, aber kein Update auf das aktuelle Vokabular besitzt, wirkt das meistens wenig affengeil, sondern ziemlich peinlich.

«Mir waret in so nem kloine Ort, do denksch erschd, die klappe nachts de Gehweg nuff, aber do war morz Feetz.»

Feetz! Das steht bei der Gesellschaft für Deutsche Sprache wohl längst auf der Liste ausgestorbener Wörter.

«Do kannsch so am Strand lang laufe, und da isch dann au hier und dort ä Tschiringgito ...»

Ich überlege kurz, aus welcher Zeit das Wort wohl stammt

oder ob sie es mit Tohuwabohu verwechselt. Aber es scheint zur Unkenntlichkeit verschwäbeltes Spanisch zu sein. Jedenfalls ergänzt sie:

«... woisch, diese urigen Läden, viesavie vom Strand. Do isch echt Halligalli.»

Lass einfach laufen. Was rausmuss, muss raus.

«Do isch au als fette Strandparty – so richtig zum Abdancen. Do trinke se dann au alle son flippiga Kalimotscho. Bin i ja net so dr Fan vo, i mag lieber ä schönes Viertele und ab und zu mal en loggerflokiga Campari – do bin i ganz old school.»

Ich überlege, ob es eine Marktlücke ist, alten Leuten in der Volkshochschule Kurse in Jugendsprache anzubieten. Aber da wird einem Langenscheidt mit dem Wörterbuch «cooles Deutsch – nicht mehr cooles Deutsch / nicht mehr cooles Deutsch – cooles Deutsch» zuvorkommen. Weil Wörterbücher ja nur noch von Prominenten herausgeben werden, vermutlich mit Konrad Adenauer und Jimi Blue Ochsenknecht auf dem Cover. Mir reicht's.

«Ja, luftiger Fliegenfurz. Das klingt ja nach körker Schallschicht. Müssen wir unbe mal rüberflunzen und die feepen Tschiringgitos runtertanzen.»

«Aber runtertanzen 3000!», ergänzt Lenny.

Geli schaut wie eine Sprachschülerin, die bei «Chapter 4 Listening Comprehension» kein Wort vom Dialog auf der Hör-CD verstanden hat, das aber vor der Klasse nicht sagen will.

«Jaja, die Tschiringgitos.»

Ich merke, wie sie ihr inneres Vokabelheft vollschreibt, und freue mich. Mit meinen gezielten Fehlinformationen führt der nächste Schwatz mit der Jugend hoffentlich zur Erkenntnis, dass sich Windows 8 beim besten Willen nicht auf einer Schreibmaschine installieren lässt.

Ein Blick auf die Wanduhr lässt mich langsam nervös werden. Mittlerweile sitzen wir seit über einer Stunde auf der zentralsten Polizeidienststelle Barcelonas, und die haben uns noch nicht einen Drogensünder präsentiert.

Überhaupt stressen mich Uhren in letzter Zeit häufig. Die sind aber auch so stur wie Leichtathletiktrainer in der DDR. Da bittest du nur um eine kleine Pause oder wenigstens ein etwas gemächlicheres Tempo, und die marschieren rücksichtslos weiter vorneweg. Und wieso? Kriegen wir eine Goldmedaille, wenn wir als erster Planet über die 5-Milliarden-Jahre-Linie kommen? Und dafür dopen wir bis runter zu den Sekundenzeigern?

Ich klopfe noch mal und erkläre dem Castingteam, dass wir das Anforderungsprofil der Bewerber auf «berauscht» drücken können. Einer komatösen Alkoholleiche kann man bestimmt einreden, sie habe auch noch Marihuana untergeschoben bekommen. Nach dem Motto «Hart in der Sache, aber hart im Ton» schicken mich die Beamten zurück auf die Strafbank. In so einem Moment wäre ich wieder gerne ein Actionrebell, der seinen Fuß in die Tür stellt und mit ruhiger, aber bestimmter Stimme sagt:

«Wissen Sie überhaupt, mit wem Sie hier sprechen? Ich habe zwei Attentate des Schlumpkönigs und den Kessel von Buñol überlebt. Also setzen Sie Ihren gottverdammten Arsch in Bewegung und schnappen Sie den Typen!»

Das führt in Hollywoodfilmen zu einem Großeinsatz aller verfügbaren Einheiten. In der Realität zu 100 Euro wegen «Beleidigung zum Nachteil von Polizeibeamten».

Und doch müssen wir irgendwie aktiv werden. In der ganzen Stadt laufen Dealer frei herum, und uns lässt man hier die Wand anstarren. Außerdem erinnert mich mein Rücken mit sanften Reminder-Schmerzen daran, dass ich ihm gestern versichert habe, seine Warnsignale ernst zu nehmen. Ich verspreche ihm als Entschädigung morgen eine Gulu-Gulu-Massage am Strand.

Dann kommt tatsächlich ein Polizist über den Gang und bittet Geli, ihm zu folgen. Ich denke: «Endlich Ruhe», sage aber: «Mürb dem Schellenschließer die Biege um.» Sie schaut hilflos, und ich übersetze aus meiner Outer-Space-Sprache in ihre Out-Sprache: «Gib ihm Saures.»

Geli und ihr Begleiter werden gerade vom Fahrstuhl verschluckt, als mein Blick auf den nun freien Platz neben mir fällt. Oh nein.

Eigentlich bin ich ein guter Mensch. Jetzt kein Engel mit Helfersyndrom, aber so eine 2–3 mit Luft nach oben würde ich mir schon ins Halbjahreszeugnis schreiben. Mehr Obama als Osama, mehr Gandhi als Gaddafi. Ich trenne meinen Müll, spende in unregelmäßigen Abständen Geld an Unicef und überhole nicht auf dem Standstreifen. Wenn Kinder dabei sind, gehe ich nicht über rote Ampeln – außer sie gehen zuerst. Aber selbst dann rufe ich ihnen, wenn ich auf gleicher Höhe bin, «Mach das nicht noch mal! Es ist rot!» zu. Außerdem bin ich ziemlich friedliebend. Zumindest hält mich eine Mischung aus Moral und Chancenlosigkeit von ernsten Prügeleien ab. Und anders als Lenny google ich auf langweiligen Zugfahrten nicht die Krimis meiner Mitreisenden, um ihnen dann den Mörder zu verraten.

Aber neben mir liegt genau das, was wir bräuchten, um endlich selbst auf die Jagd nach einem deutschen Nachwuchskiffer zu gehen. Gelis High-End-Kamera. Sie hat sie vergessen. Statt Standard-Polizeifotos oder verwackelten iPhone-Bildern könnten wir dem *Express* druckbare Bilder des auf frischer Tat Ertappten liefern. Karl Säuler, der rasende Reporter, darf sich so eine Chance nicht entgehen lassen.

«Jungs, das macht hier keinen Sinn. Wir müssen das selbst in die Hand nehmen.»

Wilhelm merkt, wie meine beschwörenden Augen das schwarze Gehäuse überreden wollen, zu uns überzulaufen.

«Max, lass das. Das ist eine herzensgute Frau!»

«Die sagt ‹Feetz› und ‹lockerflockig›!»

«Aber deswegen kannst du ihr doch nicht die Kamera klauen!»

«Besondere Situationen erfordern eben besondere Maßnahmen. Meinst du, '89 in Prag ist einer zu Genscher gekommen und hat ihn darauf hingewiesen, dass der Balkon im ersten Stock eigentlich Botschaftsmitarbeitern vorbehalten ist? Hat der Mann im Mond vor Neil Armstrongs Ankunft ein Schild aufgestellt mit ‹Nur in Moonboots mit heller, nicht abfärbender Sohle betreten›?»

«Du solltest dir überlegen, ob du auch bei deiner Festnahme mit dem Mann im Mond argumentieren möchtest.»

«Du solltest mehr Schimanski gucken!», sage ich, nehme die Kamera und laufe mit für Mensch und Menschheit großen Schritten in die dem Fahrstuhl entgegengesetzte Richtung. Wenn Lenny und Wilhelm bei Gelis baldiger Rückkehr nicht in arge Erklärungsnot kommen wollen, werden sie mir folgen müssen.

Im Treppenhaus muss ich Wilhelm noch hoch und heilig versprechen, die Kamera nach getaner Arbeit zurückzubringen. Sobald wir das Gebäude verlassen haben, sind wir in Sicherheit. Nach den Erfahrungen der letzten Stunden steht eines fest: Vor einer polizeilichen Verfolgung müssen wir keine Angst haben.

Schon nach kurzer Suche finden wir einen mittelgroßen Platz, der für die Reiseführer-Touristen wohl «ein von prachtvollen

Fassaden gesäumtes Kleinod mit unvergleichlichem Ambiente» ist. Für uns ist es vor allem ein Warenumschlagplatz mit vielen Marktteilnehmern. Besonders der Handel mit Dosenbier und Cola scheint zu florieren, aber auch Nischenprodukte finden ihre Abnehmer. An einer Ecke kauft ein Familienvater seinem Sohn sogar den ansonsten hartnäckigsten Bauchladenhüter überhaupt: ein glibbriges Neon-Strichmännchen, das sich von Häuserwänden herunterhangeln kann und das inzwischen sogar in deutschen Fußgängerzonen trainiert. An der frechen Frisur des Sprösslings lässt sich ablesen, dass es nicht mehr lange dauert, bis er das Dosenbier bevorzugen wird.

Und natürlich machen wir auch schnell die für uns interessanten Rohstoffhändler aus. Wenn wir richtig gezählt haben, sind es drei, die wir aus sicherer Entfernung beobachten. Die nervöse 360-Grad-Umfeldüberwachung des klassischen TV-Dealers, eng verwandt mit dem Türsteherblick, haben die hier nicht nötig. Wahrscheinlich müssen sie dafür nur einmal im Monat die Kaffeekasse auf dem Revier füllen.

Bleibt das Problem, deutsche Jugendliche an ihrem Äußeren zu erkennen. Bei Erwachsenen ist es dank Wanderrucksack und besockten Sandalen ja noch halbwegs möglich, aber diese globalisierte Einheitsgeneration macht es einem nicht leicht. Die Geschäftslandschaften aller Großstädte scheinen mittlerweile von einem globalen Bepflanzungsplan gestaltet zu werden. In einer Feldstudie habe ich herausgefunden, dass dieser geheime Leitfaden beispielsweise einen Maximalabstand von 50 Metern zwischen einem *Levi's-* und einem *Pepe-Jeans-*Laden vorschreibt. Ähnliche Richtwerte gibt es auch für *H&M*, *Zara*, *Footlocker* und *Esprit*. In der Folge unterscheiden sich Einkaufsstraßen inzwischen von Land zu Land so sehr wie der Big Mac. Wir können nur raten.

Die erste Gruppe, von der sich eine kleine Gesandtschaft zum Hasch-Hasch-Händler aufmacht, scheidet aus. Der Hautfarbe nach können die nur aus England oder Weißrussland stammen. Selbst wenn die aus Kiel kämen, gäbe es ein bis zwei, die farblich aus der Hauttyp-1-Masse hervorstechen würden.

Kurz darauf nehmen wir bei zwei blonden Lockenköpfen schon fast die Verfolgung auf, sehen dann aber, dass einer ein verwaschenes Frank-Rijkaard-Trikot anhat. Das können auch keine Deutschen sein. Seit 1990 rangiert der Spuckholländer auf der Liste der unbeliebtesten Ausländer irgendwo zwischen Stalin und dem Vater von Michel aus Lönneberga. Wenn man damit erwischt wird, zeigt einen Rudi Völler vermutlich wegen Landesverrats an.

Doch einige Minuten später schleicht sich ein junger Typ mit Baseball-Cap zu einem der Lungenausstatter. Rein äußerlich spricht nichts gegen eine deutsche Staatsangehörigkeit. Da die Verhandlung mehrere Minuten dauert, erhärtet sich unser Verdacht. Der hat wahrscheinlich in zahlreichen Familienurlauben die deutsche Maxime gelernt, dass man Straßenhändlern nie trauen darf, sie immer um die Hälfte runterhandeln muss und auf ein 14-Tage-Rückgaberecht bestehen sollte.

Ich gebe den Jungs ein Zeichen und Lenny die Kamera, dann pirschen wir uns langsam heran. Wir sind nur wenige Meter entfernt, als der Deal gerade abgeschlossen ist. Ich kann Lenny davon abhalten, zwei Flyer verteilende glitzernde Miniröcke zu fotografieren, und wir nehmen die Verfolgung auf. In einer engen Seitenstraße erhöhen wir das Tempo. Vor den Ramblas sollten wir ihn stellen.

«Hey!», rufe ich, und der Kerl bleibt tatsächlich stehen und dreht sich um. «Du bist aus Deutschland, oder?»

Pause.

«Ja.»

Yes! Ich sehe mich schon gegebenenfalls auf der Titelseite des *Express*. Oder besser gesagt ihn.

«Was hast du da in der Tasche?»

«Was willst du?»

Ich schaue Lenny an, der schnell schaltet und eine flotte Zehner-Fotoserie startet.

«Ey, lass das, du Penner! Was wollt ihr von mir?»

Die letzten Worte schreit er schon fast, wobei man bei den hohen Tönen merkt, dass der Stimmbruch noch nicht nahtlos verheilt ist.

«Wir sind Journalisten», sage ich so kalt, als würde ich uns als Auftragskiller vorstellen. «Wir berichten über die zunehmende Drogenkriminalität, und wir wissen, dass du da Marihuana in der Tasche hast.»

Der Mützenjunge schweigt erst, dann schaut er zu Boden. Der wird doch nicht etwa ...

«Das, das war nur einmal. Das ist auch gar nicht für mich», schluchzt ein dünnes Stimmchen.

«Hey, das ist halb so schlimm», tröstet Wilhelm und ist kurz davor, dem Kerl seinen Arm um die Schulter zu legen. Lenny und ich grimmen ihn an.

«Ich ... ich geb auch alles zu. Die Mara und die Lulu wollten was zu rauchen, und da bin ich los, weil ...»

Hör mir jetzt bloß mit so einem blöden Geständnis auf. Das ist das Letzte, was ich brauchen kann. Du bist das Opfer!

«... na ja, jedenfalls habe ich dann dem Typen ...»

«Wie heißt du?», frage ich mit Guter-Cop-Stimme.

«Simon.» Ich schätze, der Kerl ist so verstört, dass er nicht mal bei einer so einfachen Frage lügen kann.

«Simon, du musst uns keine Märchen erzählen. Egal, was man dir angedroht hat. Wir wissen, was hier los ist.»

Simon schaut mich ratlos an.

«Angedroht? Wer? Mara und Lulu?»

«Nein. Die Drogenmafia.»

Ich hätte auch Frank Rijkaard, Michel aus Lönneberga oder der Mann im Mond sagen können – fassungsloser hätte Simon nicht ausgesehen.

«Wir wissen, dass dir das nur untergeschoben wurde. Dass du das als Kurier nach Deutschland bringen solltest. Solche Schweine! Aber jetzt ist der Albtraum vorbei. Das muss wirklich die Hölle für dich gewesen sein.»

Simon hat immer noch keinen Schimmer, in welchem Film er gerade ist, entscheidet sich aber mitzuspielen: «Ja.»

«Du hattest bestimmt noch nie in deinem Leben so viel Angst?»

Simon glotzt mich an und überlegt vermutlich, ob ich komplett einen an der Klatsche habe oder von der versteckten Kamera bin.

«Noch nie.»

«Das bisschen war ja auch nur der Anfang. Die wollten dir wahrscheinlich morgen noch mehr davon unterjubeln, oder?»

Simon hat sich, glaube ich, für komplett einen an der Klatsche entschieden, sieht mich aber als geschenkten Gaul an.

«Ja, äh, ich sollte jetzt vielleicht lieber los, sonst ... verfolgen die mich noch!»

«Klar.»

Er geht einige Schritte weiter, dann fängt er an zu rennen, und als er schon nicht mehr in Sichtweite ist, meine ich, ihn laut loslachen zu hören. Kein Wunder. Wenn ich mir vorstelle, ich komme in eine Polizeikontrolle auf der Autobahn und puste 1,8 Promille in die Röhre. Habe schon Angst, beim Idiotentest gefragt zu werden, wie ich meine gegenwärtige Lebenssituation beurteile. Und dann beugt sich der Beamte durchs Fenster und sagt: «Herr Plättgen, machen Sie sich keine Sorgen. Wir sind diesen fiesen Alkoholmoskitos auf der Spur. Halten Sie bei Ihrer weiteren Fahrt am besten die Fenster geschlossen.» Ich würde auch mit 180 wegbrausen, «Das rote Pferd» einlegen und bei jedem «Summ, summ, summ» im Takt hupen.

So euphorisch ich wegen der ergiebigen Recherche bin, so beunruhigt bin ich über den Ausgang des Abends. Es ist schon ein Uhr. Bis ich den Artikel runtergerotzt und mit Foto nach Köln gemailt habe, ist es bestimmt zwei. Und dann müssen wir ja noch zum Club kommen. Auch wenn Tanja meinte, dass man in Spanien nicht vor zwei Uhr losgeht: In Barcelona ticken die Uhren irgendwie anders. Schneller.

Vor dem Computer im Hostel haben sich schon wieder die Engländerinnen breitgemacht. Sie wollen vor dem Weggehen noch schnell schauen, ob Kellner Santi aus dem Loco Coco die Freundschaftseinladung bei Facebook angenommen hat. Ich kann mir keine weitere Verzögerung erlauben und setze Lenny auf die beiden an, der sie zu einem Drink in die Hostelcafeteria einlädt.

Schnellstmöglich suche ich im Internet ein paar Fakten zum existenten Drogenschmuggel nach Spanien, ergänze das um meine Teeny-Theorie und belege es mit Simons Aussagen. Indirekt hat er «Es war die Hölle für mich!», «Ich hatte noch nie in meinem Leben so viel Angst!» und «Das war erst der Anfang! Die wollten mir noch mehr unterjubeln!» gesagt. Ich haue ein paar verständliche Sätze in die Tasten, wähle ein Foto aus Lennys Zehnerserie und schicke das Ganze per Mail an den *Express*. Jetzt seid ihr am Zug.

Lenny ist sichtlich froh, von den Engländerinnen loszukommen, und verabschiedet sich mit einem wenig herzlichen «See you in Facebook». Es ist die zeitgemäße Variante des abstrakten «Man sieht sich». Klingt viel konkreter und zukunftsträchtiger, bedeutet aber im Grunde das Gleiche: Wir werden uns nie mehr wiedersehen, und das ist auch gut so.

Unser Taxifahrer ist Spanier. Mag im ersten Moment nicht überraschen, aber nach den ganzen Pakistanis, Indern und Bangladeschis dachte ich, der komplette Dienstleistungssektor Barcelonas wird von Asien abgewickelt. Outsourcing. Wir sitzen schon im Taxi, als Wilhelm noch mal ins Hostel rast und wenig später mit Gelis Kamera zurückkommt.

«Wilhelm! Für so was haben wir jetzt keine Zeit. Ana wartet!»

«Jaja, die wartet schon auch noch ein bisschen länger. Ist dir eigentlich klar, in was du dich da reinsteigerst? Du erfindest dir deine eigenen Nachrichten!»

«Das ist bei Boulevardjournalisten nicht so außergewöhnlich ...»

«Du bringst Leute zum Heulen!»

«Das auch nicht.»

«Max.» Wilhelms Seelenzustand hat den Ruhemodus offensichtlich verlassen.

«Ja, okay, das war nicht so cool. Aber ich konnte ja nicht ahnen, dass da so ein Weichei unter der Mütze steckt.»

«Wir bringen jetzt als Allererstes die Kamera zurück», stellt Wilhelm fest und erzählt dem Taxifahrer irgendwas von «hacia policía». Säße doch wenigstens mein Dinslaken-Auswanderer Uwe am Steuer. Auf Taxifahrer umgeschult, nachdem ihm die Konzession für den Bierbrunnen wegen fehlender spanischer Speisekarten entzogen wurde. Der hätte bestimmt geantwortet: «Nee, mein Lieber. Wir vier Hübschen gehen jetzt erst mal schön auf Tralafitti.»

Viele Jahrhunderte ist es her, dass Comtessen hin und wieder mit dem Hofnarren sexuell verkehrten. Der war im Gegensatz zum Gemahl so witzig und locker-flockig – damals war der Ausdruck noch cool. Wenn diese verbotenen Treffen in der Schlosskapelle ungewollte Früchte trugen, fuhr die feine Dame in tiefster Nacht mit der Kutsche zum Waisenhaus. Sie sprang heraus, legte das schreiende Bündel Mensch vor die Tür, läutete die Glocke und ließ sich in Windeseile von ihrem Kutscher wegchauffieren.

Genauso muss sich unser Taxifahrer fühlen. Noch bevor wir unseren Zwischenstopp Polizeirevier erreicht haben, erklärt Wilhelm ihm den Plan: direkt vorfahren, kurz anhalten, und wenn ich zurückkomme, direkt wieder losstarten. Wir versichern ihm, dass wir keinen Raubüberfall und keine Gefangenenbefreiung vorhaben, doch ganz wohl ist ihm bei der Sache nicht. Spätestens als ich mit der unschuldigen Kamera hinausstürze, sie auf dem harten Boden ablege und, ohne mich umzudrehen, wieder in den Wagen steige, fühlt er sich mitschuldig wie der Kutscher einst in tiefster Nacht.

Die Schlange vor dem Luna Mar ist lang. Es ist halb drei, beste Ausgehzeit für die Spanier. Irgendwie ist deren Tagesablauf einfach komplett um zwei bis drei Stunden verschoben. Die haben vermutlich auch den Siebenuhrtee, und in der Knopperswerbung heißt es: «Morgens, halb zwölf in Spanien.»

So wirklich cool sieht der Laden nicht aus. Eher so, wie ich mir das Bananas in Valencia vorstelle. Ein Haufen Urlauber und einige Latino-Owens, die den männlichen Touris zeigen wollen, wer bei den weiblichen Touris wirklich ankommt. Entsprechend dieser Theorie sind doppelt so viele Männer wie Frauen im Club.

Wir trinken auf von blauem Licht angestrahlten weißen Sofas einen Wodka Lemon. Dann starten wir unsere Mission

Ana. Ich beauftrage Lenny, den Ausgang im Blick zu behalten, und schicke Wilhelm auf Streife Richtung Strandterrasse. Nach kurzer Diskussion schafft es Lenny, Wilhelm von einem Jobtausch zu überzeugen. Ich selbst mache mich auf, die beiden Floors zu durchpflügen.

Erneut versuche ich es mit der Wahlkreuztaktik, die ich während der Ana-Suche in den Clubs von Valencia entwickelt habe. Als Erstes läuft man einen Kreis um die Tanzfläche herum. Der Radius muss dabei so gewählt werden, dass man sowohl die hüpfende Menge als auch die Randsteher im Blick hat – auch wenn ich Ana hier nicht unter den Randstehern vermute. Das sind im Wesentlichen gefrustete Mitteleuropäer, die mit Argwohn beobachten, wie die süße Blondine vom Vortrinken auf einmal ganz eng mit Santi aus dem Loco Coco tanzt. Hat man seine Zielperson noch nicht entdeckt, läuft man anschließend noch einmal die beiden Raumdiagonalen quer über die Tanzfläche ab. Fertig ist das Wahlkreuz.

Auf dem Housefloor habe ich kein Glück mit meiner Taktik. Überrascht mich nicht wirklich, ich vermute Ana ohnehin eher auf dem Spanish Floor im Nebenraum. Der ist auch noch viel übersichtlicher, weil kleiner und schlechter besucht. Dennoch kann ich sie auch dort nicht finden.

Ich gehe noch einmal schnell zur Bar und will mir zur Stärkung einen Tequila reinflanken. Minutenlang suche ich den Augenkontakt mit dem Barkeeper, aber er ist ein Profi im ignoranten Weit-weg-Schauen. Und das, obwohl sich hinter uns eine blaue Wand befindet. Es ist ein fast schon kindisches «Guck mal, ich kann Cola und Bacardi mischen, ohne dabei hinzuschauen!», mit dem er wohl die an der Theke wartenden Mädels beeindrucken will. Die er zudem auch noch alle vor mir bedient. *Er* hat sich heute am Vorabend die Frage gestellt, ob das Offenlassen des *viert*obersten Hemdknopfes cool oder asi ist. Beim Anblick seiner braun gebrannten Brustpakete entschied er sich für cool. Ich könnte zwar dank der *Bild*-Zeitung auch *Tengo unos buenos pectorales*, ich habe eine gute Brustmuskulatur, sagen. Aber erstens wäre das gelogen, und zweitens weiß ich nicht, in welchem Zusammenhang man so einen Satz äußert.

Nach dem Tequila bin ich reif für den ultimativen Aussichtspunkt. Ich wage mich aufs Podest. Eigentlich verabscheue ich diese Poser-Plattformen nahe dem DJ-Pult. Und unbezahlt tanzen da meistens auch nur Exhibitionisten und Menschen, die befürchten, auf der Tanzfläche nicht gesehen zu werden. Es sind die Plateauschuhe der kleinen Egos. Aber andererseits hat man einen verdammt guten Überblick von da oben. Und den brauche ich gerade.

Der DJ fordert uns lautstark dazu auf, den Lärmpegel im Club weiter zu erhöhen. «Make some noise!», hallt es immer wieder aus den Boxen. Um meine Anwesenheit zu rechtfertigen, gröle ich mit und versuche, mich kurz rhythmisch zu David Guetta zu bewegen. Dann stelle ich mich an die Kante und scanne Gesichter. Vergeblich. Doch auf einmal spüre ich, wie ich sanft am Hosenbein gezogen werde. Mein Puls klettert über Podesthöhe. Ich senke meinen Blick und hoffe, dass mich gleich zwei warme braune Augen von da unten anlächeln. Ich irre mich nicht. Allerdings gehören sie nicht Ana, sondern einem Latino-Owen. Bei genauerer Betrachtung merke ich, dass es *der* Latino-Owen von der Wache ist.

«Hey, alemán!», ruft er hoch.

Meine Stimme wäre in diesem Moment wohl genauso dünn und schluchzend wie die von Drogensimon vorhin. Und vermutlich würde ich das gleiche peinliche «Das war nur einmal» stammeln. Schließlich gibt es keinen triftigen Grund, eine Kamera auf einem Polizeirevier zu klauen. Und mit dem

Mann im Mond sollte ich wirklich nicht argumentieren. Auch nicht im Luna Mar. Ich brülle: «I gave it back», und springe hastig vom Podest. Einmal mehr lande ich unglücklich auf einem harten Boden. Irgendwie flüchte ich Richtung Terrasse und verstecke mich hinter Lenny, der mich verdutzt anschaut. Dass ich von der Polizei verfolgt werde, glaubt er mir auch nur so lange, bis uns Latino-Owen mit Blondine im Arm lachend aus einiger Entfernung zuprostet.

Da Lenny auf der Terrasse keinen Erfolg hatte, durchforsten wir noch einmal den Spanish Floor. Statt Wahlkreuztaktik versuchen wir es dieses Mal mit der Schneckenhausstrategie und am Ende sogar mit dem Das-ist-das-Haus-vom-Nikolaus-Laufweg. Aber es gibt keine Bescherung.

Wir sammeln Wilhelm am Ausgang ein. Er hat Ana auch nicht beim Verlassen des Clubs gesehen. Ich rufe sie mehrmals an, aber sie geht nicht ran und hat die Mailbox ausgeschaltet. Wir sind wohl doch zu spät gekommen. Sie hat mir klar und deutlich geschrieben, wo sie sein wird, und ich Idiot komme erst um halb drei in den Club. Die war monatelang in Deutschland, die weiß, dass man bei uns früher weggeht. Wahrscheinlich saß die seit elf an der Bar und hat sich einen Gin Tonic nach dem anderen vom Brustproleten blind mischen lassen. Dann ist sie mit Tränen in den Augen aufgestanden und alleine am Strand entlang nach Hause geschlendert. Diese deutsche Unpünktlichkeit ist einfach zum Kotzen.

«Aber dafür kam eben der Polizist von vorhin zu mir», berichtet Wilhelm. «Ich dachte schon wegen der Kamera, aber der wollte nur wissen, was ‹Quieres venir conmigo a tomar un café?› auf Deutsch heißt.»

Hätte ich mir ja denken können, dass «Dienst ist Dienst und Schnaps ist Schnaps» bestimmt auch noch in seinem Büro hängt. Oder besser: «Dienst ist Kaffee und Schnaps ist

Schnaps.» Da hätte ich mir den Podestsprung mal schön sparen können. «Aber dann gäbe es mich doch gar nicht!», klagt ein wonneproppener blauer Fleck, der sich unter so vielen Freunden schon richtig wohl fühlt. «Ruhig, Blauer», beschwichtige ich und streichel meine beiden erstgeborenen Lieblingsbeulen aus der wilden Ana-Nacht.

«Was heißt das denn?», erkundigt sich Lenny bei Wilhelm.

«Das heißt: Willst du noch auf einen Kaffee zu mir mitkommen?»

Wenigstens ein deutsch-spanisches Paar hat sich heute gefunden. Ich muss wohl sitzen bleiben, bis ich aufgerufen werde.

MAKE SOME NEWS

Es klingelt. Ana? Hat sie die zwanzig Anrufe in Abwesenheit gesehen? Ich quäle mich aus dem Bett in Richtung Steckdose, an der ich mein Handy über Nacht endlich mal vollgetankt habe. Außer meinen noch schlafenden Freunden ist wieder nur der Brustpelzschnarcher im Zimmer. Dabei sind die anderen vier Betten auch bezogen. Aber das sind vermutlich solche Städtetourstreber, die morgens um sieben aufstehen und nach 35 Kilometern zu Fuß um zehn Uhr abends todmüde ins Bett fallen. Nachdem sie mit Textmarker die Sehenswürdigkeiten im Reiseführer abgehakt haben.

Auf dem Display steht «Kratzklaus». Es wird Ernst. Ich befürchte, dass die heitere Urlaubskomödie endgültig zum Katastrophenfilm wird. Aber selbst da sieht man den Hauptdarsteller am Ende knutschend auf dem Berg vor der brennenden Stadt. In meinem Drehbuch hat man den Handlungsstrang mit der Liebe auf halbem Weg wieder rausgestrichen.

Kurz entschlossen drücke ich Klaus weg. Erst mal will ich wissen, ob beim *Express* der gegebene Fall eingetreten ist. Ich renne aus dem Zimmer und stürme die Treppe runter. Wären wir bei TKKG, hieße es an dieser Stelle: «Tarzan nahm acht Stufen auf einmal.»

Der Computer ist ausnahmsweise nicht in englischer Hand. Mit feuchten Händen tippe ich die Buchstaben in die Browserzeile. Der Aufmacher bin ich schon mal nicht. Ganz oben auf der Seite wird unter dem Titel «Geißbockheim-Renovierung: Der Liveticker!» auf ein weiteres Highlight der FC-Berichterstattung verwiesen. Die Fußballbegeisterung in

Köln kennt wirklich keine Grenzen. Da darf man sich auch nicht über minütliche Updates der Malerarbeiten im Clubhaus wundern. Ich scrolle weiter nach unten, vorbei an Kopfab-Mördern, Ekel-Huren und Nazi-Hasen, dann sehe ich es. Simons Gesicht. Daneben die Überschrift «Drogenhölle Costa Brava! Erstes Opfer packt aus: Ich wurde als Kurier missbraucht!» Die haben wirklich meine Story gebracht. Erleichtert, verwirrt und stolz gehe ich zurück in unser Zimmer. Aber was will Klaus jetzt von mir? Bisher war ja nur die Rede davon, was passiert, wenn nichts im *Express* steht. Unsicher rufe ich Kratzklaus zurück.

«Thomann.»

«Klaus! Guten Morgen. Du hast angerufen?»

«Eher Mittag. Wo bist du?»

«Ich ... ich bin noch in Spanien, aber ich könnte heute Abend ...»

«Gut. Woher auch immer du das mit dem *Express* wieder wusstest: Die Story ist nicht schlecht. Gerade jetzt zur Urlaubszeit.»

«Ich hab's dir doch gesagt», sage ich mit einer Lässigkeit, als hätte ich keine Sekunde daran gezweifelt.

«Na ja, wenn du uns was Exklusives dazu lieferst, bringen wir das heute in den *News*.»

Mit einem Mal ist der Spieß umgedreht. Jetzt bin ich der Pate und Klaus ruft mich aus seinem komplett zerlegten Apartment an. Er wollte ja nicht glauben, zu was ich fähig bin.

«Ich schau mal, was sich machen lässt. Weißt du, man lebt hier sehr gefährlich.»

«Was knattert denn da bei dir die ganze Zeit?»

Ein spanisches Unterhemd mit Brustteppich, das im Hostelbett über mir schläft. Übrigens: In meinem hatte Joel die Nacht seines Lebens! – Das klingt nicht wirklich nach James

Bond, daher antworte ich: «Verdammt! Hören die uns wohl ab. Ich muss Schluss machen.»

Ich lasse Lenny und Wilhelm ausschlafen. Was immer wir heute machen, um an exklusives Material zu kommen – es wird ihnen nicht gefallen. Wenn wir das zu dritt diskutieren, endet vermutlich jeder Vorschlag im nächsten Flugzeug nach Deutschland. Zumindest fallen nach der Erfahrung von gestern all die schönen Optionen weg, bei denen man der Realität ein bisschen auf die Sprünge hilft. Ich muss mir selbst einen Plan ausdenken. Einen Plan 3000.

Das subkontinentale Frühstück schmeckt unterirdisch. Ich konzentriere mich daher auf Kaffee. Es heißt doch immer, drei Bier sind ein Schnitzel. Ich versuche mir einzubilden, dass drei Kaffee ein warmes Croissant mit Butter und Honig sind. Klappt nicht. Dafür müsste wenigstens der Kaffee schmecken. So fühlt es sich eher an, als seien drei Kaffee ein labbriges Brötchen mit abgepackter Marmelade. Und da wären wir wieder beim subkontinentalen Frühstück angekommen.

Ich ziehe ein paar Straßen weiter und setze mich in ein Café, dessen Inneneinrichtung in verschiedenen Brauntönen und Giftgrün gehalten ist. Könnte affig aussehen, ist hier aber ziemlich stylisch. Man kann mit grellen Farben auch dezenter umgehen als die Designerin von Hella von Sinnens Overalls. Ein Blick auf die Preise verrät: Die müssen dem Innenarchitekten wohl noch einige Raten abstottern. Vier Euro für einen Kaffee. Da krieg ich an der Bude drei Bier für. Vielleicht sogar ein Schnitzel. Allerdings ist die Karte auf den Stehtischen vor Karins «Snack's und Getränke»-Stand laminiert und abwaschbar, im Blequala hingegen auf einem mattbraunen, faserigen Naturpapier gedruckt, das vermutlich zwei Euro pro Blatt kostet. Bei solchen Papiersorten frage ich mich im Schreibwarenladen immer, wer das kauft. Ich war einmal kurz davor, als ich einen Liebesbrief von Hand schreiben musste, weil mein SMS-Speicher voll war. Aber dann habe ich in einer Schublade einen alten Bogen Diddl-Briefpapier aus Grundschulzeiten gefunden und mich entschieden, über die Humorschiene zu kommen. Mit guten Gags spart man manchmal wirklich Geld. Auch wenn sie den Diddlbrief in Schreibschrift nicht so witzig fand wie ich. Eigentlich gar nicht. Aber ich hätte ihn auch nicht betrunken schreiben sollen. Wieso man dann aber auch jedes Gesicht mit Brille und Hitlerbart verziert! Sogar das von Mäusen!

Ich schwöre mir, Ana jedes Jahr zum Hochzeitstag einen Brief auf Strohseidenpapier zu schreiben, und bestelle ein Blequala Water. Kostet nur 3,50 Euro und wird von allen Yuppies um mich herum getrunken. Bevor sie in ihre schicken Büros, coolen Hinterhofagenturen oder nach Hause gehen, um ein, zwei Apps zu entwickeln.

Ich sehe, wie die Bedienung hinter der Theke mit einer Pipette irgendetwas Schwarzes in mein Wasser tropft. Will mich die Drogenmafia vergiften? Ich dachte, in deren Kreisen löst man so was eher mit dem Geigenkasten. Dann fällt mir aber auf, dass in jedem der zahlreichen Gläser Blequala Water um mich herum ein kleines schwarzes Kunstwerk schwimmt, das wohl durch die explosionsartige Verteilung des ominösen schwarzen Tropfens entsteht. Sieht aus wie Wasserfarbe. Glücklicherweise schmeckt es nicht auch noch so. Es schmeckt nach nichts. Nach Wasser. Es ist die konzentrierte Oberflächlichkeit unserer Zeit. Sieht bombastisch aus, kann aber nichts. Es steht in einer Reihe mit Sarah Palin, *Alarm für Cobra 11* und dem Expo-Pavillon von Dubai. Dieses Getränk hat keine inneren Werte.

So wirklich inspiriert werde ich durch den In-Drink daher

nicht. An der Wand neben dem Eingang steht ein quadratisches Holzregal mit Büchern. Vielleicht ist da ja was dabei. Leider stehen die Bücher nicht, sondern liegen. Übereinandergestapelt. Und offensichtlich nach Farben sortiert. Langsam geht mir Señor Blequala auf die Nerven. Es zählt zu den schönen Errungenschaften der Menschheit, dass Bücher nebeneinander ins Regal gestellt werden. Dann kann man das, das man will, problemlos rausziehen, ohne Jenga spielen zu müssen. Genauso wie es zu den schönen Errungenschaften der Menschheit zählt, Wasser mit Saft, Zucker oder wenigstens Kohlensäure geschmackvoller zu machen. Und nicht mit Wasserfarbe. Wenn der Kerl sich um die Neugestaltung der örtlichen Stadtbibliothek kümmern müsste, käme er vielleicht auf die Idee, aus allen Büchern einen Riesenturm im Foyer zu stapeln. Oder die Kunden mit sinnfrei auf Buchseiten verteilten schwarzen Tropfen zu verwirren. Und selbst wenn die verantwortlichen Bibliothekare ihm für so eine Idee den Vogel zeigen, ins MoMa käme er damit bestimmt. Ich sehe schon die Informationstafel: «Bruno Blequala, The Black Drop (Wasserfarbe auf Strohseidenpapier).»

Ich manövriere das Buch *Inventing Almost Everything* aus dem Regal, weil es auf Englisch ist und recht weit oben liegt. Auch wenn ich vermute, dass das Erfinden von Nachrichten eine jener Ausnahmen ist, die Autor Faickney Oswald zum «Almost» im Titel bewegt haben.

Das Buch ist im Wesentlichen ein Fragenkatalog. Ich soll ein herkömmliches Produkt wählen und mit seiner Hilfe überdenken. In meinem Fall ist das herkömmliche Produkt wohl «Ein Jugendlicher auf der Straße, der als Drogenkurier missbraucht wurde». Also eigentlich ja nicht, aber so wurde es verkauft. Bisschen Schummeln wird schon erlaubt sein. Die Verzierungen auf den Lindt-Pralinen macht der Chocolatier-

Opa ja auch alle einzeln mit der Pinzette. Ist klar. Ich blättere mich durch die Checkliste, die Faickney freundlicherweise in sieben Sprachen bereithält.

«Wie lassen sich Rohstoffe durch eine Verlagerung der Produktion besser erreichen?»

Was willst du von mir? Was für Rohstoffe? Also wenn es um den Rohstoff «deutscher Partynachwuchs» geht, dann sollte ich meine Nachrichtenproduktion in die Hotelhochburgen an der Küste verlagern. Obwohl, eigentlich keine schlechte Idee.

«Wie kann man durch Vervielfachung einzelner Bestandteile die Gesamtwirkung erhöhen?»

Na ja, statt eines Jugendlichen könnte ich dieses Mal gleich ein ganzes Rudel nehmen. Auch keine schlechte Idee. Auf jeden Fall schon mal eine Steigerung zu Drogenjunge Simon. Mister Oswalds Fragetechnik ist gar nicht so doof.

«Wie können Sie diese vervielfachten Bestandteile miteinander verbinden? Lassen sie sich beispielsweise ineinanderstecken?»

Faickney, du Sau! Ich will Nachrichten machen und keinen Schwulenporno drehen.

«Welche bislang gar nicht vorhandenen Komponenten könnten das Produkt für den Kunden interessanter machen?»

Hm, normalerweise Tierbabys oder Promis. Aber die werde ich nicht bekommen. Drogendealer wär in dem Fall nicht schlecht. Aber bevor ich die vor die Kamera bekomme, reitet Paris Hilton auf einem Panda über die Ramblas.

«Werfen Sie einen Blick auf die Herstellung. Welche Maschinen wurden bisher für die Produktion benötigt?»

Maschine Max, Maschine Lenny, Maschine Wilhelm.

«Gibt es Maschinen, auf die Sie verzichten könnten, ohne die Produktqualität zu beeinträchtigen?»

Wenn man ehrlich ist, brauche ich eigentlich nur Maschine Max. Aber soll ich die anderen beiden jetzt nach Deutschland abtransportieren lassen?

«Können Sie die Funktion dieser Maschinen ändern? Rollen oder Aufgaben vertauschen? Neue Komponenten herstellen lassen?»

Ja, meine Wunschkomponente wäre ein Drogendealer vor der Kamera, aber den kann ich schlecht von Maschine Lenny und Maschine Wilhelm herstellen lassen. Obwohl. Plötzlich habe ich eine Idee.

Ich lege das Buch zurück ins Regal, und zwar extra, trotz des trinktropfenschwarzen Covers, auf den Stapel mit den hellen Einbänden. Ich bin noch mehr anders als du, Blequala! Dann zahle ich mein Wasserfarbenwasser und renne zum nächsten größeren Kaufhaus.

Zwanzig Minuten später komme ich mit zwei Einkaufstüten im Hostel an. Lenny und Wilhelm sitzen in der Cafeteria.

«Karl Säuler! Nicht schlecht, hast du es echt in die Zeitung geschafft mit der Story», meint Lenny anerkennend.

«Mhm», sage ich kleinlaut. Das gestern war Kindergeburtstag gegen das, was wir heute produzieren. Sofern ich meine Maschinen umgestellt bekomme.

«Hast deinen Job also behalten?»

«Ja, erst mal schon. Aber die wollen heute was haben. Was Exklusives.»

«Die *News*? Du willst schon wieder Nachrichten erfinden?» Wir, Lenny, wir. Gerade heute spielt ihr da eine ganz zentrale Rolle.

«Ja, nix Wildes. So wie gestern ungefähr.»

«Was hast du vor?», fragt Wilhelm in jetzt schon vorwurfsvollem Tonfall.

«Ich dachte, wir fahren vielleicht in einen dieser Urlaubsorte. Lloret de Mar oder so. Geli meinte doch auch was von wegen Küschtentour. Hier, Tschiringgito.»

«Was hast du vor?», wiederholt Wilhelm stoisch.

«Ich ... ich dachte daran, dass wir vielleicht dieses Mal eine ganze Gruppe von Jugendlichen dabei überraschen, wie sie gerade von Drogendealern angesprochen werden.»

«Ah, und wann die Dealer wo sind, steht im Veranstaltungskalender auf dem Bürgeramt Lloret? Oder sollen wir die am Ende noch selbst spielen?», lacht Lenny. Ich lache nicht. Wilhelm merkt das und lacht auch nicht. Lenny lacht noch aus, dann frieren auch seine Gesichtszüge ein.

«Max. Das ist nicht dein Ernst», sagt Wilhelm.

«Es ist doch nur wegen der Maschinen. Es ist doch viel sinnvoller, wenn die neue Komponenten herstellen!»

«Welche Maschinen?»

«Ja ihr.»

«Warst du zu lange in der Sonne?»

«Mein Gott, es wird euch auch keiner erkennen», sage ich und drapiere meine Einkäufe auf dem Tisch. Zwei schwarze Rauschebärte, Sonnenbrillen und Sombreros. Lenny und Wilhelm schauen wie Marsmenschen, die mal eben einen ruhigen Ausflug zu einem unbewohnten Planeten machen wollten und am 11. 11. auf dem Heumarkt in Köln gelandet sind.

«Alter! Du glaubst doch nicht wirklich ...»

«Mensch, Lenny, an Karneval läufst du als Ganzkörperelch rum! Und jetzt zierst du dich, einen Hut aufzusetzen.» Ich finde mein Argument eigentlich gut.

«Es geht hier aber nicht um eine Verkleidungsparty, sondern um Nachrichten!»

«Na ja, Nachrichten, jetzt lassen wir mal die Kirche im Dorf. Wir reden von den *News*.»

«Ich habe aber keine Lust, mich affig zu verkleiden, nur damit du deinen Spaß hast!», poltert Wilhelm.

«That's what she said. 1–1», schiebt Lenny regungslos ein.

«Dass wir dir helfen, deine Traumfrau zu finden, ist eine Sache. Aber dieser ganze Nachrichtenmüll, da hab ich keine Lust mehr drauf.»

«Ja, aber deswegen mach ich das doch! Ihr hattet diese gnadenlos beknackte Idee mit Spanien. Wer ist denn zum falschen Flughafen gefahren? Wer meinte, ich soll prophylaktisch nach Valencia fliegen? Alles, was ich versuche, ist, diese verdammte Frau wiederzufinden! Und es tut mir sehr leid, dass ich nebenbei auch gerne noch meinen Job behalten würde!»

«Ja, aber musst du uns dafür von einer Katastrophe in die nächste jagen?», fragt Wilhelm fast schon versöhnlich. Gleich hab ich euch.

«Gut, fliegen wir heute heim. Dann sitze ich ab morgen alleine zu Hause und zähle meine Füße. Wenn ich nicht arbeitslos werden möchte, habe ich keine Wahl.»

Lenny beugt sich über die Requisiten, schnappt sich die schickere der Sonnenbrillen und meint: «Aber wenn, dann nehm ich die!»

Im Bus nach Lloret de Mar schreibe ich Ana. Dass es mir leidtut mit gestern. Dass ich wohl zu spät kam. Und ich schlage ihr vor, das Treffen im Luna Mar heute zu wiederholen. Ich hoffe, sie fasst das nicht als Majestätsbeleidigung auf. Den Papst frage ich ja auch nicht, ob ich noch mal eben eine Audienz bekommen könnte. Ich hätte beim letzten Mal Wichtigeres zu tun gehabt.

Viele können den aus dem Boden gestampften Betonstädtchen an der Costa Brava nicht viel abgewinnen. Alle anderen müssen nicht mehr alle Latten am Zaun haben. Da hat Deutschland einig Ökoland es schon fast geschafft, Käfighaltung von Legehennen komplett zu verbieten. Aber unser Nachwuchs strömt mit Begeisterung in schäbige Bruchbuden, die schon von außen aussehen, als seien sie die Minutensteaks der Architektur. Wieso kettet sich hier niemand an die Stalltür? Wann kommen heimlich gefilmte Nachtaufnahmen der unmöglichen Zustände da drinnen bei *Akte – Reporter decken auf*? Und nicht mehr nur heimlich gefilmte Nacktaufnahmen der unmöglichen Zustände da drinnen bei Youporn. Oder umgekehrt: Vielleicht stöhnt manches Küken auf dem Biobauernhof genervt: «Mama! Ich hab keinen Bock auf Spazierengehen. Ich will wieder in die Großraumdisco!» Man sollte die jungen Hühner erst mal alle zum Psychologen schicken. Die aus dem Stall genauso wie die aus dem «El Paraíso».

Wir snacken als Erstes im feinsten Lokal des Ortes ein McChicken-Menü. Dazu bekommt jeder noch einen in Plastik verpackten Bleistift mit der Aufschrift «One World, One Nature» geschenkt, mit dem die Fastfoodkette ihr Engagement demonstrieren möchte. Ich überlege mir, wie viele Bäume wohl für diese Kampagne draufgingen und ob man sie noch sinnvoll ergänzen könnte, wenn man am Times Square die Leuchtschrift «Don't waste Energy!» installiert.

Dann suchen wir eine geeignete Location für unseren Dreh. Oswalds Frage «Welche Produktionsmittel können Sie ausgliedern, um Kosten einzusparen?» hat mich auf die Idee mit der Überwachungskamera gebracht. Erstens sparen wir uns so den Kameramann, und zweitens bedeutet geringere Bildqualität höhere Attraktivität für Privatsender. Anders kann ich mir nicht erklären, wieso es die «Irre Verfolgungsjagd in den USA» noch immer in jedes Mittagsjournal schafft.

Der Anblick des zentral gelegenen Hotelkomplexes El Quinto Pino lädt seine Gäste zum Träumen ein. Zum Träumen von einer schöneren Unterkunft. Für uns ist der beigefarbene Klotz hingegen optimal: Er hat eine Tiefgarage mit Überwachungskamera.

«In welcher Sprache reden wir denn mit denen?», will Lenny wissen, während er sich den falschen Bart zurechtrückt.

«Einfach ein bisschen brüchiges Englisch. Und hier und da mal was Spanisches einwerfen.»

«Was denn?»

«Irgendwas, das nach Drogenschmuggel aus Lateinamerika klingt. Escobar, Droga Droga, Tijuana, so was.»

«Kann ich mir nicht merken.»

«Mensch, Lenny!» Ich wühle in meiner Hosentasche und finde den Zettel mit den Brasilianernamen. Mit meinem Umweltbleistift schreibe ich ihm ein paar zusammenhanglose Wörter auf die Rückseite.

«Und was sollen wir denen inhaltlich sagen?», fragt Wilhelm.

«Dass sie für euch was mit nach Deutschland nehmen sollen. Und dass sie niemandem davon erzählen dürfen, weil sie sonst sterben werden.»

«Max!»

«Oder: weil ihr sonst sehr böse werdet.»

«Ich bedrohe doch keine Kinder.»

«Meinetwegen kannst du auch sagen: Wenn ihr das nicht macht, na ja, ich wäre nicht sauer, sondern nur ein kleines bisschen enttäuscht. Aber normalerweise waren solche Drogendealer früher nicht in der Streitschlichter-AG!»

Lenny und Wilhelm sehen inzwischen nicht mehr wirklich vertrauenerweckend aus. Eingehüllt in dicke Bärte, die Augen hinter dunklen Gläsern versteckt und die großen Hüte tief ins Gesicht gezogen. Lenny übt die Aussprache von Ciudad Juárez,

Wilhelm dreht sich eine Zigarette. Nach einigen Minuten sehen wir eine Gruppe von Badehosenträgern mit Luftmatratze an der Tiefgarageneinfahrt vorbeilaufen.

«Und ... Action!», gebe ich meinen Schauspielern den Einsatz und verstecke mich hinter einem Auto. Irgendwie sind meine Jungs schon super. Mit was für einer verruchten Lässigkeit sie auf die fünf Strandgänger zugehen. Großes Kino.

Die wiederum sehen aus, als hätten sie für ihre Frisuren länger gebraucht als für das Aufblasen der Luftmatratze. Viel länger. Wenn unter der Schädeldecke nicht viel passiert, muss man eben wenigstens mit einem außergewöhnlichen Kopfkissen auffallen.

Der Plausch beginnt. Viel erkenne ich nicht, bin jedoch froh, dass ich Wilhelm als Wortführer ausmachen kann. Anfangs lachen die Badehosen noch, dann hat er wohl endgültig seinen Weichspülertonfall abgelegt und schaltet in den *Cillit Bang*-Modus. Es wird lauter, Lennys aggressive Einwürfe zahlreicher, die Flip-Flop-Gang nervöser. Irgendwann flüchten sie Richtung Strand. Feiglinge. Aber Hauptsache heute Abend auf dem Podest wieder Mr. Disco mimen.

«Zieht euch die Sachen aus. Wir treffen uns gleich im Hotel», rufe ich Marlon Brando und Al Pacino im Vorbeigehen zu.

«That's what I said!», höre ich Lenny noch antworten, dann nehme ich die Verfolgung der Badehosenbubis auf. Auf der breiten Straße zum Strand wird das zunehmend schwieriger. Es gibt eine Menge restalkoholisierte Körper mit Flip-Flops, Badeshorts und Frisuren, die sich Richtung Sand schleppen. Ich bin schon fast an der Promenade angekommen, als sich ein braun gebrannter Videoclipkörper in Hot Pants und Tigermusterbikinioberteil in meinen Weg stellt.

«Hi, ich bin die Mimi, hast du heute Abend schon was vor?»

«Hi, ich bin der Max, ja.»

Ich versuche weiterzugehen, aber so leicht gibt Mimi nicht auf.

«Also, falls die vom Marinero Moco euch was von drei Freigetränken erzählt haben, das stimmt eh nicht.»

Nervös schaue ich auf die andere Straßenseite, wo meine Zielpersonen sich gerade in einem kleinen Supermarkt mit Wasser und Dosenbier versorgen.

«Neenee, wir wollten in so 'nen Tschiringgito», lüge ich, um meine Ruhe zu haben.

«Was?»

«Ich dachte, so heißen diese Läden am Strand.»

«Sorry, hier spricht keiner Spanisch.»

«Aso.»

«Also, falls ihr Bock habt, schaut doch mal bei uns im Beverly vorbei. Heute tritt Peter Wackel auf», meint Tigermimi und drückt mir einen Flyer in die Hand, auf dem sich ein grinsender Mann als «Partynator» vorstellt. Rein optisch könnte er auch Betreiber der *Solarium World Köln Porz* sein oder zusammen mit Uwe aus Dinslaken hinter der Theke im Bierbrunnen stehen. Aber wahrscheinlich ist es am Ende noch ein abgebrochener Jurastudent.

«Ich hätte auch noch Songtexte da, falls ihr schon mal bisschen üben wollt.»

«Mhm», murmele ich und sehe besorgt, dass meine Badehosen aus dem Supermarkt kommen.

«Also ich hätte *Nüchtern bin ich so schüchtern*, *Kenn nicht deinen Namen – scheißegal (besoffen)* oder *Bist du gut zu Vögeln?*.»

Wurde Deutschland nicht mal als Land der Dichter und Denker bezeichnet? Reicht es jetzt schon, wenn man das Flirtprotokoll des Vorabends runtersingt?

«Das mit den Vögeln klingt super», sage ich, nehme ihr ein Blatt Papier aus der Hand und bleibe den Jungs auf den Fersen. Irgendwie tut mir Tigermimi leid. Vermutlich hat die vor ein paar Monaten ihr Abi gemacht und sich mit Wissenschaftskritik und Ethik in Goethes Faust beschäftigt. Und jetzt steht die acht Stunden am Tag in der prallen Sonne und muss Wackelpeter ankündigen. Aber gut, ich habe mich irgendwann auch mal mit Wissenschaftskritik und Ethik in Goethes Faust beschäftigt und bin inzwischen bei verzierten Klodeckeln angekommen. Ich tue mir auch leid.

Kurz bevor das Strandgetümmel meine O-Ton-Geber endgültig geschluckt hat, schlage ich zu:

«Entschuldigung, ich bin vom Fernsehen. Habt ihr schon mitbekommen, dass hier Deutsche von der Drogenmafia belästigt werden?»

«Ja, voll läppsch! Die haben uns auch schon angelabert. Komm isch gar nisch drauf klar», prustet der Erste los und wird sofort unterstützt:

«Sag isch noch zu dem ‹Fuck misch nisch ab, Otto› und der so voll aggressiv irgendwas auf Italienisch oder so gesagt.»

«Spanisch», werfe ich ein, relativiere dann aber: «Oder? Also wäre ja naheliegend, weil wir in Spanien sind ...»

Es arbeitet in ihren Köpfen.

«Ja, kein Plan, Mann. Auf jeden Fall so voll andere Sprache und überhaupt nisch Respekt.»

«Und die wollten, dass ihr Drogen schmuggelt für die?»

«Isch weiß nisch, hab das irgendwie so vercheckt, was die eigentlisch wollten. Aber die haben was mit Marihuana gesagt.»

Mein Gott, wie verballert kann man denn sein?

«Ja, die wollten euch als Drogenkuriere! Nach Deutschland! Und euch dann das Zeug wieder abnehmen! Und dann haben sie euch gedroht!»

Normale Menschen würden bei so viel Insiderwissen des Interviewers bestimmt Verdacht schöpfen. Die Bande hier ist aber dran gewöhnt, dass ihnen die Welt vom Privatfernsehen erklärt wird. Eltern und Lehrer haben ihre Erziehungsfunktion anscheinend schon vor vielen Jahren outgesourct.

«Ja, voll läppsch!»

«Und haben die nicht auch was von Lateinamerika erzählt?»

Ich habe wenig Hoffnung.

«Ja stimmt, irgendwas mit Teneriffa.»

Tijuana, du Vollpfosten! Erdkunde Fensterplatz? Ich glaube nicht, dass ich hier noch verwertbare Aussagen bekomme, lasse mir die Namen der Nachwuchspoldis geben und gehe zurück ins Quinto Pino.

Das große Foyer des Hotels sieht aus wie das im Waldorf Astoria. Circa zwei Monate vor Fertigstellung. Es ist leer, kahl und unfertig. Die schlecht verputzten Wände erinnern daran, dass man sich mit dem Erdgeschoss nicht so viel Zeit lassen konnte. Man musste ja vor Sonntag noch die anderen fünf Stockwerke draufsetzen. Hier könnte sogar Tine Wittler mit bübchenblauer Deckenfarbe und aus alten Marmeladengläsern gebastelten Lampions nicht wirklich schaden. Obwohl. Doch.

Lenny hat sich am Pool in die Sonne gelegt, Wilhelm sitzt am Hotelcomputer und beantwortet E-Mails. Ich wüsste gerne, was «Videoband der Überwachungskamera» auf Spanisch heißt, aber Wilhelm ist über das Wort auch in einem ganzen Jahr Ecuador nicht gestolpert. Bevor ich es nachschauen darf, will er noch schnell sein Postfach leerräumen. Alle seine Mails kommen von der Uni und handeln größtenteils von ausgefallenen Sprechstunden und geänderten Bibliotheksöffnungszeiten. Am schönsten finde ich jedoch den Aufruf eines Dozenten, der sich über das geringe Interesse an seinem letzten

Workshop «Südindisches Kino der neunziger Jahre» beschwert. «Dabei ging es um Mani Ratnams (Guru, Dil Se, Bombay) kontrovers diskutierten *Iruvar* mit Mohanlal, Prakash Raj, Tabu und Aishwarya Rai. Superstar M. G. Ramachandran (kurz MGR) und DMK-Ideologe M. Karunanidhi bringen in hybrider Tamil-Ästhetik die grundlegende ideologische Problematik in seiner Arbeit / Ansatz auf den Punkt!» Ich zweifele, ob Universitäten weiterhin mit öffentlichen Geldern finanziert werden sollten.

«La cinta de vídeo de la cámara de vigilancia», murmele ich vor mir her, als ich kurz darauf zur Rezeption gehe. Eine junge Spanierin holt direkt den Hotelmanager. Ein stämmiger Mann mit Goldkettchen kommt aus einem Büro geschlurft und lehnt sich an den Tresen.

«We are international journalists, investigating an international, serious crime. And we need the cinta de vídeo de la cámara de vigilancia!», sage ich in pathetischem Tonfall.

«Bin der Bär. Können ruhig Deutsch reden.»

«Mhm.»

«Der Bär» zählt zu diesen Menschen, die du nicht mal nach der Uhrzeit fragen kannst, ohne dass sie dir ihre Lebensgeschichte erzählen. Er war früher «im Bereich Sanitärkeramik» in Heidelberg tätig, fand das aber «irgendwann scheiße» und fuhr für einen Sommer an die Mittelmeerküste. Dort lernte er ein spanisches Mädchen so gut kennen, dass sie schwanger wurde und er endgültig übersiedelte. Bei der Namensgebung des Nachwuchses kam es zum ersten großen Streit: Sie wollte auf jeden Fall was Biblisches, er «Rocky». Drei Monate später war das Paar getrennt. Mit ein paar spanischen Freunden zog er «die Kiste hier» hoch, noch bevor die ganzen Touristenströme kamen. Seither managt er das Hotel, die Treffen des Stammtischs «Teutonia Concordia» im Deutschen Eck und einige lose sexuelle Beziehungen.

«Ich habe alles richtig gemacht.»

«Definitiv. Um noch mal auf das Band der Kamera zurückzukommen ...»

Der Goldkettchenbär versichert mir, dass er damit nichts zu tun hat. Dass er sich noch nie etwas zuschulden hat kommen lassen. Und das mit der marokkanischen Putzfrau, das habe sie gewollt. Ich erkläre ihm, dass ich nur sein Bestes will und dieses Band brauche, um für Ruhe und Ordnung im beschaulichen Lloret zu sorgen. Ruhe und Ordnung findet der Bär, glaube ich, ziemlich gut. Er holt mir das Band, wünscht viel Glück bei der Aufklärung und bittet noch um ein Autogramm von einer mir unbekannten Moderatorin meines Senders.

«Klar, mache ich», lüge ich.

«Und dann frag die auch mal, ob die sich noch an mich erinnert. Ich habe der mal am Flughafen in Frankfurt ‹Hallo› zugerufen, und sie hat mich dann angeschaut.»

«Mit Sicherheit. Das sind diese ganz besonderen Momente, die man nicht so schnell vergisst!»

«Echt? Ich habe da auch schon so was gemerkt in ihrem Blick.»

«Hattest du so eine Hose an und ein Hemd?»

«Ja, kann sein. Wieso?»

«Von dem Typen spricht sie ständig.»

Ich schnappe mir das Band und verschwinde. Wenn es den Kernforschern in Genf endlich gelingt, in ihrem riesigen Teilchenbeschleuniger Antimaterie herzustellen: Die sollten unbedingt ein bisschen von dem alles auffressenden Zeug hier rüberschießen. Per Laserkanone an die Costa Brava. Als Strafe für Käfighaltung, Putzfrauenbelästigung und den Partynator. Darüber wären vermutlich viele «abgefuckt», aber das wäre mir persönlich «scheißegal (besoffen)».

Ich rufe bei den *News* an und bitte Klaus als Erstes, die Bürotür zuzumachen. Er lacht nicht, er drückt nicht auf die Lautsprechertaste – er schließt seine Tür. Verkehrte Welt. Ich gebe jetzt die Anweisungen, und er führt aus. Hol den Wagen doch selber, Derrick!

Brisantes Material von einer Überwachungskamera gefällt Klaus außerordentlich. Ich wusste doch, dass man mit schlechter Bildqualität immer punkten kann. Er ist heute so gar nicht kratzig. Wir dürfen sogar auf Senderkosten mit einem Taxi in die nächstgrößere Stadt fahren, um das Band von einer Lokalredaktion des Partnersenders Telecinco aus nach Köln zu überspielen.

«Ich habe hier eine hochprioritäre Überspielung für dich», raune ich verheißungsvoll in die Sprechanlage Richtung Deutzer Schnarchstudent. Sekunden später steht die Leitung.

«Und leg das bitte nicht offen auf den Server. Das ist geheimes Material. Exklusiv für Klaus Thomann», ergänze ich weltmännisch.

«Und unter welchem Namen?»

«Plättgen. Max Plättgen.»

«Der Volontär von den *News*?» Zufrieden grinse ich in mich hinein. Ich bin wieder wer. Oder eigentlich zum ersten Mal. Man kennt mich. Sogar so ein verkiffter Student, der von seinen 450 Facebook-Freunden keine dreißig namentlich aufzählen könnte.

«Genau der. Hat sich schon rumgesprochen, dass von dem in den nächsten Tagen noch einiges zu hören sein wird?»

Ein knarziges Lachen schabt sich aus den basslosen Lautsprechern.

«Nee, aber Sabine hat so eine Rundmail rumgeschickt, wo du mit Tomaten ...»

«Du, tut mir leid, aber wir müssen das Gespräch jetzt sofort beenden. Ich glaube, die Leitung wird von ausländischen Geheimdiensten abgehört.»

«Okay, kein Prob...»

«Pssst!»

ZONK

Wir sitzen schon über eine Stunde im Bus, und meine Hochstimmung möchte nicht abebben. Euphorietechnisch bin ich bei Pegelständen angekommen, die vormals nur Dresden und Achtziger-Jahre-Hosen erreichten: Jahrhunderthochwasser. Es gibt aber auch wenig Besseres als das Gefühl, jemanden nach Strich und Faden verarscht zu haben. Und das mit einer absurden Geschichte. Wer schon einmal erfolgreich bei seiner Versicherung reklamiert oder nach einer plötzlichen Schwangerschaft mit dem Heiligen Geist argumentiert hat, kennt das. «Gerne ersetzen wir Ihnen die Digitalkamera, die ‹ohne Fremdeinwirkung› deutlich sichtbare Beulen am Gehäuse und einen leichten Wodkageruch bekommen hat.» Na klar fühlt man sich dann als Gewinner.

Und doch habe ich ein Problem. Ich feiere meine Erfolge nicht in der Disziplin, in der ich eigentlich angetreten bin. Ich bin nach Spanien geflogen, um Ana in Rekordzeit für mich zu gewinnen. Aber das Ziel ist weiter weg als Weeze von Düsseldorf. Stattdessen triumphiere ich mit dem Erfinden von Nachrichten. Ist für den Moment ganz nett, allerdings nicht besonders zukunftsträchtig und war eher als Mittel zum Zweck gedacht. Ich fühle mich wie ein Schwimmer, der sich auf dem Weg zum Becken kurz abduscht – und zack wird Abduschen olympisch, und alle jubeln ihm zu! Vor lauter Duscherei kommt der arme Kerl dann nur immer zu spät ins Wasser. Und seine Teamkollegen zwingt er jedes Mal mitzumachen. Synchronduschen. Dabei sind die selbst zum Schwimmen nur ihm zuliebe mitgekommen.

«Max, das Video kommt aber nur bei deinen komischen *News*?» Wilhelm will auf Nummer sicher gehen.

«Denke, schon. Überhaupt wird danach wohl nicht mehr wirklich was kommen ...», versuche ich zu beruhigen.

«Das war auch garantiert das letzte Mal, dass ich eine Rolle in deiner Komödie übernommen habe.»

Mein Handy klingelt. Unbekannte Kölner Festnetznummer. Will mich Raab doch noch wegen der Tomatennummer einladen?

«Ja? Max Plättgen.»

«Hallo, *Express*, Volker Wiedmer am Apparat.» Verdammt. Kann man mir nicht ein bisschen mehr Vorlauf geben, um mich von einer virtuellen Realität in die andere zu beamen? «Ich habe mich wohl verwählt, ich wollte eigentlich Karl Säuler ...»

«Ja, Moment, der ist auch da», halte ich Wiedmer vom Auflegen ab.

«Du musst kurz Karl Säuler sein», beschwöre ich Wilhelm, während ich beide Hände auf mein Handy presse wie auf eine offene Wunde.

«Max! Was habe ich gerade gesagt?»

«Jetzt nimm schon!»

Widerwillig hält sich Wilhelm das Handy ans Ohr. Schon nach wenigen Augenblicken erschrickt er.

«Auf die Titelseite? Also, das weiß ich jetzt nicht. Da ist doch der Nahe Osten von der Relevanz her ... mhm ...»

Wiedmer scheint ihn zu unterbrechen.

«Ich bin ja auch der Einzige, der da drüber berichtet. Wenn das so eine große Sache wäre, würden da doch auch andere ...»

Wilhelm wird wieder unterbrochen und schaut mich dann vorwurfsvoll an.

«Das halt ich aber für ein Gerücht. Woher sollen die denn ein Video haben?»

Wilhelms Blick ist unverändert. Ich verberge meine heimliche Freude mit böser Miene zum guten Spiel.

«Gut, nur weil das von der Sendergruppe anderen Medien zum Verkauf angeboten wird, müssen wir das ja noch lange nicht ...»

Jetzt hör mal auf, mir hier die Tour zu vermasseln.

«Müssen wir. Ja, ich melde mich, falls es Neues ... aber ich glaube nicht, dass das sooo ... groß ... letztlich ... ja, bis dann.»

Wilhelm schaut mich noch immer an. Hoffentlich verbirgt meine triste Fassade die wilde Party im Inneren. Der Lloret-Effekt. Ich glaube, ich sollte irgendwas Deeskalierendes sagen.

«Na gut, aber das ist jetzt nicht so wie bei Paris oder Pamela. Euch erkennt man auf dem Video ja nicht wirklich.»

Den Rest der Fahrt widmen Lenny und Wilhelm mir ungefähr so viel Aufmerksamkeit wie ein durchschnittlicher Passagier den Hinweisen zum Aufblasen der Schwimmwesten auf einem Inlandsflug Berlin–München. Auch als wir in der Dämmerung das Hostel erreichen, herrscht noch Funkstille. Die beiden gehen in den Fernsehraum, ich setze mich an den Computer. Die Renovierungsarbeiten im Geißbockheim scheinen tatsächlich reibungslos verlaufen zu sein. Jedenfalls wartet auf der *express.de*-Seite keine Folgestory à la «Wieder Baupfusch? Stützpfeiler durch Kölschstangen ersetzt!» oder «FC rüstet weiter auf: Großes Liniennachziehen im Stadion! Zum Live-Ticker». Stattdessen steht da in wuchtiger Schrift auf schwarzem Hintergrund: «Drogen! Angst um unsere Kinder». Daneben wieder das Bild von Simon und eine weinende Mutter.

Ich klicke auf die Überschrift und weiß noch immer nicht

ganz, was eigentlich deren Meldung ist. Von mir haben sie heute keine neuen Informationen erhalten.

«Schwarzes T-Shirt, Baseball-Kappe, zartes Bubengesicht – so zeigte der EXPRESS Drogenjunge Simon P. (16, Nachname geändert). Er gab als Erster zu: Ich wurde als Drogenkurier missbraucht! Doch er war nicht der Einzige. Immer mehr jugendliche Urlauber packen jetzt aus: Wir sind Opfer der Drogenmafia!»

Ich kann kaum glauben, was ich da lese. Mein Lego-Ritter ist doch auch immer nur vom Pferd gefallen, wenn ich ihn selbst da runtergeworfen habe. Und auf einmal komme ich ins Kinderzimmer, und die Playmobil-Cowboys haben die ganze Ritterburg eingenommen. Kindheitsträume werden wahr.

Gabriele (42, Verkäuferin): *Nach dem Artikel im EXPRESS habe ich sofort Justins Zimmer durchsucht. Ich habe Zigaretten und Marihuana gefunden. Der arme Junge kann sich überhaupt nicht daran erinnern, woher er das hat! Haben die Drogendealer meinem Enkel K.-o.-Tropfen gegeben?*

Denzel (17, Gesamtschüler): *Hilfe! Ich musste oft das Zeug für die schmuggeln. Wurde dreimal auf dem Rückweg von Spanien von den Bullen gecasht, an der holländischen Grenze. Kommt das jetzt weg aus der Akte? PS: Ich musste das damals auch im Blut transportieren.*

Micha (37, Landschaftsarchitekt): *Wir lassen Torben und Leonie zwar ohnehin nicht alleine in den Urlaub, weil Ferien unseres Erachtens ein gemeinsames Familienerlebnis darstellen sollten. Aber vorsichtshalber haben wir ihre*

Facebook-Konten gelöscht, den spanischen Cello-Lehrer entlassen und das Wochenende auf dem Bio-Bauernhof gestrichen. Gefahren lauern überall!

Schlauchi (25, Student): *Mir wurde das Zeug auch untergeschoben! Aber ich möchte jetzt anderen helfen: Wenn Sie als Eltern nicht wissen, wie Marihuana aussieht, können Sie bei mir Materialproben (15 Euro das Gramm) für eine effektive Durchsuchung des Kinderzimmers erwerben. Geteiltes Leid ist halbes Leid!*

Ich kann allmählich verstehen, was für einen Spaß der Typ gehabt haben muss, der damals die gefälschten Hitlertagebücher rausbrachte. Nur hoffentlich wird das hier nicht als Satire à la *Schtonk* verfilmt. Mir schwebt da eher so eine Schwindler-Verehrung wie *Catch me if you can* vor. Allein schon, weil ich mich lieber von Leonardo DiCaprio spielen ließe als von Uwe Ochsenknecht.

Ich lasse die wartenden Engländerinnen ran, die vermutlich immer noch keinen heißen Spanier abgegriffen haben und daher wieder eine Runde Freundschaftseinladungen und Pinnwandkommentare bei Facebook raushauen. Das funktioniert so ähnlich wie Streubomben: Irgendwen wird man schon treffen.

Beschwingt laufe ich in den Fernsehraum. Lenny und Wilhelm sind die einzigen Gäste auf den roten Sofas. Sie starren mit versteinerten Mienen auf den Flachbildschirm, der gerade den Vorspann vom *heute journal* zeigt.

«Was ist denn los? Wird Lloret de Mar Kulturhauptstadt? Ist das renovierte Geißbockheim eingestürzt?»

«Die bringen es alle», kommentiert Lenny, ohne seinen Blick vom Fernseher zu lösen.

«Was?», frage ich. Doch bevor sich eine der beiden Salzsäulen äußern kann, ergreift Claus Kleber das Wort:

«Das erste Mal ohne Eltern in den Urlaub: Das ist für viele Teenager in Deutschland der Traum von Freiheit, Abenteuer, Unabhängigkeit.»

Eigentlich wäre das der richtige Moment für das Trinkspiel «Was will Claus?»: nach dem verwirrenden ersten Satz der Anmoderation das Thema des Beitrags erraten. In diesem Fall würde ich auf Perspektivlosigkeit auf dem Arbeitsmarkt, erhöhte Kerosinpreise oder Armut in Indien tippen. Aber meine Kompagnons glotzen den Nachrichtenonkel noch immer an, als würde er nackt im Studio stehen.

«Wenigstens ein paar Tage im Jahr nicht über den Büchern schwitzen, sondern am Strand der Costa Brava. Und viele Eltern lassen ihre Kinder bedenkenlos ziehen. Was soll denn schon passieren?»

Vorsicht, rhetorische Frage! Langsam bleibt auch mein Blick an den Lippen von Claus kleben. Wenn der so was erst mal in den Raum gestellt hat, fährt er selten fort mit: «Nichts. Weitere Nachrichten des Tages von Gundula Gause.»

«Doch genau von dort erreichen uns jetzt Meldungen, die gar nicht nach Freiheit, Abenteuer und Unabhängigkeit klingen. Jugendliche, die nur ein paar Tage Entspannung wollen, werden von mafiösen Drogenschmugglern zu Kurierdiensten missbraucht. Und bringen, teilweise ohne es zu wissen, Marihuana, Kokain und vielleicht noch mehr in unser Land. Luten Leinhos berichtet.»

Claus Kleber ist schon längst beim Wohlfühl-Beitrag am Ende der Sendung angelangt. Wir sitzen noch immer wortlos vor der Glotze. Die haben wirklich meine Story gebracht. Und das Video. Ich weiß nicht, ob ich das eben Gesehene lieber relativieren oder entschuldigen soll. Daher entscheide ich mich für ignorieren.

«Ich will ja nicht drängen, aber wir sollten wirklich los, wenn wir vor dem Luna Mar noch was essen wollen.»

«Alter, kannst du mal fünf Minuten nicht an dich denken? Wir laufen mit langen Bärten und komischen Hüten auf allen Kanälen!»

«Na gut, Lenny, das geht dem Weihnachtsmann im Dezember nicht anders.»

«Das ist hier aber nicht Weihnachten! Das ist die Realität! Wir schauen hier nicht ‹Wünsch dir was›.»

«Nee, ‹Hart, aber fair›. Die Sache ist die: Wir kommen aus der Nummer nicht so leicht raus. Wir müssen das Spiel ein bisschen mitmachen. Aber sobald sich das mit Ana geklärt hat, hält mich auch nichts mehr hier. Versprochen. Ich lad euch zum Essen ein.»

Wenn Deutsche essen gehen, dann wollen sie in vielen Fällen in erster Linie essen. Mit Ruhe und Ordnung. Sie setzen sich an einen Tisch, legen sich Servietten auf die Oberschenkel und bestellen das Jägerschnitzel. Am liebsten mit Kartoffeln statt Pommes, Suppe statt Beilagensalat und Wiener Schnitzel statt Jägerschnitzel. Da Umbestellen einen Euro kosten würde, belassen sie es oft doch bei der ursprünglichen Wahl.

Die Atmosphäre ist im Wesentlichen von Stille geprägt. Je besser das Lokal, desto leiser die Gäste. Wenn irgendwo die Tischlautstärke langfristig einen Dezibelwert von 10 (ruhiges Atmen) überschreitet, werden alle anderen hellhörig. Sie verdrehen die Augen, lästern flüsternd über diese «Proleten» oder lauschen deren Gesprächen. Die sind nämlich meistens interessanter als am eigenen Tisch.

Das Essen wird als Aufgabe angesehen, die man zu erledigen hat und die voller Konzentration bedarf. Deswegen wird während des Essens auch nur vereinzelt gesprochen. Den Optimalzustand der absoluten Stille versteht der Koch als Bestätigung seiner Arbeit. Es ist kein Zufall, dass wir Deutschen die weltweit unverstandene Redensart «gefräßiges Schweigen» besitzen.

Wenn Spanier essen gehen, dann wollen sie offensichtlich in erster Linie reden. Ohne Ruhe, ohne Ordnung. Vieles in der Tasca de Pepe erinnert mich an einen Wurststand im Fußballstadion. Alle stehen dicht gedrängt, reden durcheinander, werfen ihre Servietten auf den Boden, und in der Ecke läuft ein Fernseher mit Fußball. Nur findet man holzgetäfelte Decken, von denen prachtvolle Keulen Serrano-Schinken herabhängen, selten im «Zapfhahn» in der Arena auf Schalke. Und kunstvoll drapierte Tapas schon gar nicht. Am Nachmittag war ich noch von der spanischen Auffassung von Variantenreichtum enttäuscht, als ich in einer Bäckerei die Wahl zwischen einem langen, dünnen Baguette, einem langen, dicken Baguette, einem kurzen, dünnen Baguette und einem kurzen, dicken Baguette hatte. Hier auf dem Tresen stehen jedoch unzählbar viele Teller mit diversen kleinen Happen. Bestellt wird, was dem Auge gefällt. Spanier kalkulieren wohl nicht ansatzweise, wie viel sie am Ende ausgeben werden. Es wird so lange von den Leckereien genascht, bis man satt ist. Bei Weißbrotscheiben mit Camembert im Speckmantel geht das aber schneller, als die Portionsgrößen vermuten lassen.

Und wie die Spanier bleiben Lenny, Wilhelm und ich auch nicht in einem Lokal. Wir ziehen durch die Straßen und schauen überall vorbei, wo eine angemessene Lautstärke herrscht. Gefräßiges Schweigen klingt für einen Spanier nämlich wie braun gebrannter Albino. Erst wenn der Lärmpegel 100 Dezibel erreicht, gilt die Bar als angesagt. Schalldruckexperten kennen diesen Wert als die Presslufthammer-Grenze. Kleinere Bars müssen sich daher besonders anstrengen, um Gäste anzulocken. Im Zweifelsfall unterhält sich der Kneipier mit den zwei Stammgästen einfach dreimal lauter als normal. Oder man überlässt dem Fußballkommentator im Fernseher den Job.

Während ein Restaurantbesuch in Deutschland die Tagesordnungspunkte Hinsetzen – Flüstern – Bestellen – Umbestellen – Essen – Bezahlen – Heimgehen vorsieht, läuft das in Spanien eher so: Reinquetschen – Reden – Essen – Reden – Weiterziehen – Reinquetschen – Reden – Essen ... und das in Endlosschleife. Spontan, chaotisch, abwechslungsreich. Es ist schon wieder so was, das ich gerne in meine innere Tupperdose packen würde. Auch Lennys und Wilhelms Laune kommt dank frittierten Gambas und angebratenen Paprikastreifen langsam wieder aus der Tiefgarage. Um Punkt Mitternacht stehen wir vor dem Luna Mar.

Heute hat das offene Hemd keine Chance, uns als Letzte zu bedienen. Nach allen an der Theke wartenden Mädels. Es sind nämlich noch keine da. Wir bestellen drei Gin Tonic und setzen uns auf die weißen Ledersofas mit Blick zum Eingang.

Als sich der Club langsam füllt, steht Lenny auf. Er kündigt an, dass die SOKO Aufriss jetzt ermitteln muss. Da ist es wieder: das Lenny-Vokabular. Er gehört zu den wenigen Menschen, deren Wörterbuch «Nachtleben» dicker ist als der mentale Brockhaus. Und darin findet sich dann ein Variantenreichtum wie im Joghurtregal. Statt der SOKO verwendet Lenny auch «Ostereier suchen», «die Rosinen rauspicken» oder «Schäfchen zählen» und meint in jedem Fall die gezielte Suche nach attraktiven Frauen. So viel habe ich schon gelernt.

Wilhelm hält er als Co-Trainer grundsätzlich für ungeeignet, heute will er aber auch mich nicht mitnehmen. Mit meiner Ana-Fixierung sei ich kein intaktes «Schutzblech». Noch so ein Lenny-Wort. Seine Taktik ist nämlich stets dieselbe: Als Erstes sucht er sich ein geeignetes Ziel aus. Das ist jedoch meistens nicht alleine da, sondern hat eine oftmals weniger bis null Komma null attraktive Freundin dabei – in Lennys Wörterbuch unter «Zonk», «Trostpreis» oder «Dschungelprüfung» zu finden. Damit er freie Bahn hat, muss dieser Quälgeist nun irgendwie am Quengeln gehindert werden. Und dafür ist das «Schutzblech» da, auch bekannt als «Panzersperre» oder «Firewall». Dessen einzige Aufgabe ist es, die potenzielle Störenfrieda aus der Flirtzone zu halten. Ein Stellvertreterkrieg.

«Willst du dir nicht einen anderen Job suchen?», platzt Wilhelm in mein Vokabeltraining.

«Das hat mich meine Mutter auch schon gefragt.»

«Du willst doch nicht langfristig da bei deinen *News* bleiben?»

«Das auch.»

«Also, wenn du dich so sehr betrinkst, dass du dich nicht mehr an Fesselsex erinnern kannst ... da stimmt doch psychisch was nicht!»

«Und das auch.» Wilhelm schaut mich ungläubig an. «War ein Scherz.»

«Ja, aber im Ernst: Du bist ja jetzt schon viel besser drauf, seitdem du nicht mehr als Nachrichtenredakteur arbeitest.»

«Bitte? Was tue ich denn?»

«Ich weiß nicht so genau. Du bist irgendwas zwischen Drehbuchautor, Betrüger und Geheimagent.»

«Joa...»

«Und wenn ich sehe, mit was für einem Elan du das hier machst, frage ich mich halt, ob du nicht lieber so was beruflich machen willst.»

«That's what she said.»

«Wer? Deine Mutter?»

«Nee, egal. Ich schicke morgen mal eine Initiativbewerbung zum MI6.»

Nach einer Weile kommt Lenny zurück. Aber nicht alleine. Er hat eine der wenigen anwesenden Spanierinnen im Schlepptau. Klein, knubbelig, trotzdem ziemlich süß. Die ist wohl entweder ohne Zonk da, oder Lenny hat einen Zweifrontenkrieg gewonnen.

«Max! Das ist Mapi. Eine Freundin von Ana.»

Wie auf Knopfdruck rast mein Herz durch den ganzen Körper. Zack im Kopf, einmal quer durch den Bauch und in die Hose gerutscht. Die innere Modellauto-Rennbahn.

«I said you are a friend of Ana», übersetzt Lenny der Spanierin.

«Yes, I am. And she said I should tell you something.» Jetzt setzt mein Herz zum ersten Looping an. Ich hänge an Mapis Lippen wie vorhin am Kleberclaus.

«You should fly back to Germany.» Looping misslungen, Carrera-Herz komplett aus der Bahn geworfen. Ich stehe vor ihr und sehe circa hundert Fragen vor meinem Auge. Sehr oft fliegt «Warum?» durchs Bild. Noch bevor ich etwas sagen kann, zieht Lenny Mapi zur Seite. Der will mit der wieder abzischen.

«Hey! Wart doch mal», schreie ich Lenny an.

«Max. Du hast es doch gehört. Was willst du denn noch? Du wolltest Klarheit, jetzt hast du sie. Akzeptier es halt!»

Ich schaue den beiden nach. Lenny! Dieses egoistische Aufreißer-Arschloch. Da will ich nur klären, wieso mir die Liebe meines Lebens flötengeht. Und der greift mir das Orakel ab, weil er Samenüberdruck hat. Mein Herz rappelt sich langsam wieder auf und rast in Richtung Faust.

«Max. Das bringt doch wirklich nichts», wirft sich Wilhelm auf Lennys Seite.

Ich stehe auf und gehe zur Bar. Drei Tequila beruhigen mich minimal. So nicht. Mit der Wahlkreuztaktik kann ich Lenny schnell ausfindig machen. Ich packe ihn und hole ihn von der Tanzfläche wie ein Vater seine Tochter in den Fünfzigern. Nur nenne ich ihn nicht Ami-Schlampe, sondern einfach Arschloch. Wilhelm sieht, wie ich Lenny auf die Strandterrasse schleife, und bahnt sich auch seinen Weg dorthin.

«Du blöder egoistischer Penner!»

«Max!»

«Was soll das? Du denkst nur an dich. Die ganze Zeit. Und an Frauen. Wie kann ich die klarmachen? Was wär mit der da hinten? Werd doch mal ein bisschen erwachsen!»

«Mit Sahne spielen und Nachrichten erfinden? Das ist erwachsen? Alles klar.»

«Ich hab das alles gemacht, um die Eine wiederzufinden. The One. Und du schaffst es keinen einzigen Tag, mal keine Frau anzugraben!»

«Das stimmt nicht!»

«Du malst auf der Weltkarte über deinem Schreibtisch Länder rot an, wenn du mit einer Frau von da geschlafen hast!»

«Max ...»

«Du hast immer einen Stapel Visitenkarten dabei, auf denen du wahlweise Filmregisseur, Unternehmensberater oder Klempner bist!»

«Max, ich ...»

«Für harte Fälle sogar noch das Panini-Bild! Fußballprofi beim FC Basel! Es ist widerlich, wie du mit Frauen umgehst!»

«Max, ich habe eine Freundin», brüllt Lenny dazwischen. Pause. Schabowskis «Nach meiner Kenntnis ist das sofort» kam 1989 nicht überraschender als das hier.

«Du verarschst uns doch?»

«Nein. Ich bin mit Sandra zusammen. Seit ein paar Wochen.»

«Die Ohrring-Frau?»

«Die hatte natürlich nicht ihre Ohrringe vergessen. Die ist ziemlich oft bei mir.»

«Und wieso hast du uns das nie gesagt?»

«Ich weiß nicht. Ich habe mich irgendwie selbst nicht mehr wiedererkannt. So an nur eine Frau denken die ganze Zeit, da war ich über mich selbst entsetzt. Deswegen wollte ich ja auch unbedingt diesen Urlaub. Ich dachte, dass ich da vielleicht wieder der Alte werde. Aber nix. Nur Sandra im Kopf.»

«Du wolltest den Treuetester Männerurlaub auf dich selbst ansetzen?»

«Ja, Extremsituationen eben. Aber hat alles nicht geklappt.»

«Und der Mile High Club?»

«Ach, da lief doch nix. Hab einen Rückzieher gemacht. Die wollten mit mir im Hotelzimmer bleiben. Aber ich hatte keine Lust.»

Wir setzen uns auf drei weiße Sonnenstühle mit direktem Blick aufs Meer. Es ist dunkel und doch eher beruhigend als beängstigend. Man vernimmt nur das regelmäßige Rauschen der heranbrausenden Wellen und eine einzelne Möwe, die ihr Gulu-Gulu krächzt. Oder ist es Wasim?

«Du hast immer so ein wahnsinniges Glück bei Frauen», meint Wilhelm und klingt fast ein bisschen melancholisch.

«Was meinst du?», fragt Lenny.

«Ja, du hast Luxusprobleme. Feste Freundin oder wildes Hallodrileben? Bei mir ist das eher so: Wenn die Frau Puls und Brüste hat, bin ich schon zufrieden.»

«Ja, aber dafür bist du total schlau», sage ich.

«Jetzt redest du wie meine Mutter.»

«Sorry.»

«Und außerdem gibt das einem nicht so viel. Ich studiere seit 16 Semestern, aber echte Erfolgserlebnisse hast du da auch nicht wirklich.»

«Und Buddha? Der Beglückte, der Genügsame, der Gesättigte?»

«Hermann Hesse, halt die Fresse», grinst Wilhelm und wenn wir etwas zu trinken in der Hand hätten, würden wir jetzt wohl anstoßen.

HERZRASEN

Sie sollten wirklich nach Köln fliegen», rät mir ein Arzt im grünen Kittel, der sich als Dr. Blequala vorstellt. «Wir haben unser Menschenmöglichstes getan, aber wir finden ihr Herz nicht.» Was ist los? Wo bin ich? Wo ist mein Herz? «Sie haben es hier in Spanien verloren.» Ich schrecke in meinem Bett hoch wie im Film. Grelles Licht. Ein weißes Krankenhauszimmer. An der Wand steht in dicken Buchstaben «Das Herz! Doof-Reporter links oben ohne – zum Live-Ticker». Im Nebenbett schnarcht ein Brustpelz. Eine studentische Hilfskraft tritt neben meinen Kopf und pflastert ein Post-it auf meine Stirn. Exklusivmaterial. Wie kann ich das lesen? Liege ich schon auf dem Server? Eine Frauenstimme lockt mich von der anderen Seite des Bettes. «Hast du heute Abend schon was vor?» Es ist Tigermimi. «Nein, aber ohne Herz kann man nicht lieben!», keuche ich. Der Wackelpudding springt vom Tablett auf dem Nachttisch in Mimis Gesicht und schreit: «Scheißegal! Besoffen!» Sie küssen sich. Claus Kleber klappt das Tablett auf. «Kann man ohne Herz überhaupt leben? So ein komplexes Thema ist wie geschaffen für das Internet. Unsere Kollegen der Onlineredaktion haben dazu auf heute.de ein umfangreiches Paket zusammengestellt.» Lenny beugt sich mit einem Paket über mich. «Meine Pornosammlung! Da brauchst du kein Herz für.» Er gibt Sandra einen Kuss auf die Backe. «Ich hab den Scheiß jetzt nicht mehr nötig.» Sandras Ohrringe funkeln vor Freude. «Wir haben uns gefunden.» Es ertönt R. Kelly. «Und wir», ruft Mimi mit grünem Wackelpuddinggesicht. «Und wir», postet die studentische Hilfskraft auf Sabines Pinnwand. *Sabine gefällt das.* «Und wir», flüstert eine Touristin dem schnarchenden Brustpelz zu. «Ich geh nur noch einmal rasch ins Picasso-Museum, bevor die Sonne aufgeht.» But now I know the meaning of true love. «Ich habe alles richtig gemacht», meint der Goldkettchenbär und tätschelt den prallen Hintern einer Frau, die gerade das Fenster putzt. «Wir füßeln jeden Abend», grinst Claus Kleber und zwinkert Gundula Gause zu. «I believe I can fly», summt Simon mit und streichelt zwei kiffenden Mädchen durch die Haare. «Wir haben uns auch wieder vertragen», haucht Wilhelm und küsst einen alten Mann mit Brille in Schwarzweiß. «Und was ist mit mir?», schreie ich durch den Raum. Keiner hört mir zu. «Aber ich bin doch für dich da, Max.» Plötzlich steht ein Typ neben mir, der aussieht wie ich selbst. «Wer bist du?» – «Karl Säuler vom *Express*. Ich liebe dich. Aber Moment, der Ticker klingelt.» Es klingelt. Und klingelt. Und klingelt.

Mein Handy! Ich tapse durch das halbdunkle Hostelzimmer zu meiner Jeans. Erste Feststellung: Full House. Wir haben entweder neue Bettnachbarn, oder die Strebertouris halten gerade Mittagsschlaf nach der Sonnenaufgangstour mit der Seilbahn. Zweite Feststellung: Es ist acht Uhr morgens und Klaus Thomann am Apparat. Wenigstens von dem träume ich nicht.

«Klaus, was verschafft mir die Ehre?»

«Bist du in Lloret?»

«Schläfst du gerne in sibirischen Gulags?»

«Dann fahr da asap hin.»

«Asap?» Ich weiß zwar leider, was es heißt, sehe aber überhaupt nicht ein, dass er davon ausgehen darf. Wie damals in der Raucherecke mit dem coolen Skater von zwei Klassen drunter. Wer bist denn du eigentlich? Obwohl man sogar die Liste seiner Exfreundinnen auswendig kannte.

«As soon as possible.»

«Wieso? Was ist denn passiert?»

«Möglicherweise gibt es dort Hinweise auf einige südamerikanische Drogenbosse.»

Jetzt haben die Playmobil-Cowboys auch noch meine Hausaufgaben erledigt und das Bett gemacht?

«Wie?»

«Sagt dir Alex Rigario was? Oder Jo Angeló?»

Irgendwie kommen mir die Namen bekannt vor.

«Schon mal gehört, glaube ich.»

«Na ja, viele sind vermutlich auch Decknamen. Donaldson, Homero und dann auch noch ein deutscher Name: Wilhelm.»

Moment! Das sind doch ... das ist jetzt nicht wahr!

«Woher kommen denn diese Namen?»

«Die von der *BILD* haben ein bisschen geschnüffelt und die Tiefgarage mit der Überwachungskamera gefunden. Da haben die Dealer wohl einen Zettel verloren.»

Ach du Scheiße! Lenny!

«Ja gut, aber das muss ja nicht zwangsläufig von denen sein, oder? Das klingt wie die Aufstellung der brasilianischen U21 ...»

«Auf der Rückseite steht ‹Ciudad Juárez›, ‹Tijuana›, ‹Escobar› und so ein Zeug. Und ‹Droga, Droga›.»

«Mhm.»

«Also fahr da bitte schnell hin und mach ein paar Interviews mit den Jungs von gestern. Du kannst dir dein Kamerateam wieder über Telecinco buchen.»

«Mhm.»

«Ach ja, und eines noch: Hier hat gestern Abend eine Ana angerufen. Die wollte deine Nummer.»

«Was?», platzt es aus mir heraus. Sogar mein Übermieter im Schlafkoma setzt vor Schreck einen Schnarcher aus.

«Keine Sorge, wir haben sie nicht rausgegeben. Die Frau wirkte uns ohnehin verdächtig mit ihrem spanischen Akzent. Wir haben gesagt, die soll heute noch mal anrufen, aber wir können die abwim...»

«Auf gar keinen Fall!»

«Wieso?»

«Weil sie mein Herz...stück der Reportage ist. Eine ganz wichtige Informantin!»

«Na gut, wie du willst. Ich hör wieder dieses Knattern. Vielleicht sollten wir Schluss machen.»

Auf Amigo Schnarch-Schnarch ist Verlass.

«Ciao.»

Wieso will Ana meine Nummer? Hat sie mir deshalb nicht geantwortet? Hat sie die verloren? Hat sie die enttäuscht gelöscht, als ich vorgestern Abend nicht im Luna Mar war? Oder gar nicht sie selbst? Vielleicht hat der eifersüchtige Vier-Hemdloch-Hengst an der Bar in die Ferne geschaut, Ana sich umgedreht, und zack war meine Nummer weg.

Ich wähle aus meinem fünf Namen starken Telefonbuch den Eintrag «Carlos». Erwartungsgemäß kann er sich Schöneres vorstellen, als um acht Uhr morgens nach Lloret de Mar zu fahren. Er freut sich über mein Jobangebot wie ein iranischer Ingenieur auf dem Arbeitsamt über Spargelstechen. Aber ich habe seit der Tomatina wohl noch den Mitleidsbonus. Um zehn Uhr vor dem Quinto Pino. No is a problem.

Natürlich sträuben sich Lenny und Wilhelm zunächst, als ich sie mit einem harschen «In zwanzig Minuten fährt unser Bus nach Lloret» wecke. Aber die verlorene Liste ist nun eindeutig nicht mein Versäumnis und verschafft mir eine komfortable Verhandlungsposition. Nach zehnminütiger Diskussion ist die Mehrheit dafür, dass wir gehen. 5–2. Vor allem damit endlich wieder Ruhe im Zimmer ist. Um keinen Streit zu provozieren, tarne ich die lustigen Karnevalssets «Drogendealer», indem ich drei große Wasserflaschen in die Tüten stopfe und «Proviant» raune. Die sind ja auch wirklich nur für den Notfall.

Vor dem Quinto Pino ist mehr los als in Bärs Hose, wenn sich die marokkanische Putzfrau nach der Kehrschaufel bückt. Es gackert aus allen Richtungen. Wurde der Touristenkäfig von deutschen Bio-Hühnern besetzt, die gegen ihre Eltern und ihr spießbürgerliches Leben im Grünen protestieren wollen? Freilandflucht?

Wir mogeln uns geschickt durch den Gürtel von Schaulustigen. Ist aber auch nicht schwer. «Lasst uns durch, wir sind vom Privatfernsehen» zieht hier problemlos. Als wir durch die breite Notfallgasse schreiten, verwandelt sich das Gackern langsam in ein Summen. Bienenalarm! Ein ganzer Schwarm Klatschtanten belagert den Hoteleingang. Mittendrin meine Frisurenfreds von gestern, die eifrig und begeistert Interviews geben.

Eine Journalistin der deutschsprachigen Zeitung *La Costa* erzählt mir, dass sie anfangs auch noch skeptisch gewesen sei. Es habe schließlich nur dieser Karl Säuler darüber berichtet. Aber dann habe ja auch noch der Fernsehkorrespondent mit der Geschichte angefangen. «Und wenn es zwei unabhängige Quellen gibt, dann können wir das bringen.» Glückwunsch. Die zwei sind so unabhängig wie Dr. Jekyll von Mr. Hyde, Michel Friedman von Paolo Pinkel, Silvio Berlusconi von dirtyunclebungabunga@hotmail.it. Ich nicke.

Mitten im Journalistenpulk entdecke ich Carlos mit geschulterter Kamera. Er winkt mich zu sich. Eine Frau mit *Das Erste*-Mikrophon stutzt ihn gerade zurecht, wovon er aber offensichtlich kein Wort versteht.

«Wem gehört der denn?», fragt sie genervt in die Runde. Geht's noch? Sind wir jetzt komplett in die Tierwelt geraten?

«Uns!», rufe ich und laufe auf die beiden zu. «Ist uns unser kleiner Carlos wieder ausgebüxt! Entschuldigen Sie bitte die Unannehmlichkeiten. Nächstes Mal nehme ich ihn wieder an die Leine.» Irritierte Augen hinter langen, getuschten Wimpern blinzeln mich an.

«Ich meinte nur ... es kann hier nicht jeder kreuz und quer laufen, wie er will. Es gibt hier eine Reihenfolge: Wenn die von der *BILD* fertig sind mit ihren O-Tönen, dann machen wir für *Brisant* noch kurz ein paar Schnittbilder am Strand, und dann möchte *stern TV* die Tiefgaragenszene nachstellen lassen. Danach wärt ihr dran. Was wollt ihr eigentlich?»

Es ist immer der gleiche Ablauf. Der natürliche Lebenszyklus eines Skandals. Frisch auf der Welt, wird erst mal nicht viel geredet. Es gibt nur kurze Statements der Opfer. Doch schnell verselbständigt sich der Skandal. Interviews wollen mit Bewegtbildern illustriert werden, wofür man die Leute sinnlos durch die Gegend scheucht. Am liebsten durch Parks, über Spielplätze oder am Strand entlang. Nur beim Anwalt oder Beamten wird drinnen gedreht: Meistens wird die Szene genommen, in der er wahllos einen Ordner aus dem Schrank holt oder telefoniert. Dann wird die Tat nachgestellt. Je nachdem, wie professionell das aussehen soll, nimmt man dafür entweder die Opfer selbst oder Laiendarsteller aus dem Nachmittagsprogramm. Letztere sind meist günstiger zu bekommen, dafür aber die schlechteren Schauspieler. Der Lebensabend des Skandals ist erreicht, wenn die ersten zusammenfassenden oder weiterführenden Artikel erscheinen. «Die Chronologie des Schreckens» oder «Die 10 größten Lebensmittelskandale aller Zeiten» sind ein zuverlässiger Indikator für ein baldiges Ableben des Skandals. Im Sterben liegt er, wenn irgendwer auf einmal «jetzt spricht». Nach «Jetzt spricht die Mutter des Opfers!» hat er vielleicht noch ein paar Tage, «Jetzt spricht der tote Wellensittich des Opfers aus dem Jenseits!» gilt als Sterbeurkunde.

«Wir wollen die Jungs nur fragen, ob sie bei der großen *SAT. 1*-Eventspielshow *Ich packe meinen Koffer* mitmachen wollen. Moderiert von Hugo Egon Balder und Hella von Sinnen.»

Die *Brisant*-Redakteurin dreht sich um und reiht sich lieber wieder in die Schlange ein. So kommen wir nicht weiter. Bis wir dran sind, haben die ohnehin schon alles abgegrast. Und den Bär zu interviewen macht auch nicht viel Sinn. «Jetzt spricht der Eigentümer der Tiefgarage!» würde es wahrscheinlich nicht mal in den *Express* schaffen. Es ist schon verrückt. Inzwischen lassen uns die Playmobil-Cowboys schon nicht mal mehr mitspielen. Und dabei haben wir die Lego-Ritterburg gebaut! Eigentlich haben wir keine Wahl. Wir müssen eine neue bauen.

Lenny und Wilhelm sehen nicht so aus, als ob sie darauf gerade besonders viel Lust hätten. Sie fläzen in der Lobby in durchgesessenen schwarzen Sesseln mit abwaschbarem Kunstlederbezug. Erneut wünsche ich mir den Sitcom-Effekt: Vorschlag für weitere Dealerszene – Entsetzte Reaktionen von Lenny und Wilhelm – Schnitt: Die beiden stehen verkleidet in der Tiefgarage. Vielleicht klappt es ja.

Zehn Minuten später wünsche ich mir, diesen Vorschlag nie gemacht zu haben. Der erste Teil hat noch ganz gut geklappt. Das «Auf gar keinen Fall» kam dieses Mal auch fast nach Sitcom-Manier synchron. Nur hatten die beiden prompt einen Gegenvorschlag. Und deswegen steht nach dem Schnitt nicht Lenny oder Wilhelm in der Tiefgarage. Sondern Max in der Unterführung. Mit Rauschebart, Sombrero und dunkler Sonnenbrille. Carlos begreift noch immer nicht wirklich, was hier gespielt wird. Irritiert betrachtet er meine Verkleidung.

«We do a sketch ... a funny little clip for a German Late-Night-Show», lüge ich halbwegs überzeugend. Sofern man mich durch den Vollbart überhaupt verstehen kann.

«Ah, like the thing with the tomatoes?» So ähnlich.

«Was hast du überhaupt vor? Hier kommen bestimmt so schnell keine Touristen vorbei.»

Ein Blick in Richtung Strand gibt Wilhelm recht. Statt Strandliegen stehen hier nur noch verlassene Bretterbuden. Kein Wunder, wir sind mit Carlos' Auto auch ein ganzes Stück vom Zentrum weggefahren. Aber zufällig vom *Brisant*-Team überrascht zu werden passt mir heute gar nicht ins Konzept.

«Lauf doch einfach durch die Baracken und lass es so aussehen, als ob du da wohnen würdest», mischt sich Lenny ein. Eigentlich keine schlechte Idee. Die Holzverschläge sehen wirklich abenteuerlich heruntergekommen aus. Gute Location für eine heimlich gefilmte Dealer-Homestory.

Es dauert ein bisschen, bis Carlos für das Projekt gewonnen werden kann. Sich hinter eine überfüllte Mülltonne zu setzen und extra verwackelte Kamerabilder zu produzieren gehört anscheinend nicht zu seinem Standardrepertoire. Aber verdeckt gefilmte Aufnahmen haben bei meinem Arbeitgeber eine ähnlich hohe Priorität wie Bilder von Überwachungskameras. Ich warte nur auf den Tag, an dem die auch noch bei Pressekonferenzen mit versteckter Kamera drehen.

Carlos, Lenny und Wilhelm lümmeln hinter dem stinkenden Müllfass wie eine jugendliche Detektivbande auf der Spur von Umweltverbrechern. Fehlt nur noch, dass sie gleich einen ungehobelten Typen überraschen, der gelbe Fässer in einem lieblichen Weiher versenkt. Keine Jugendserie ohne die obligatorische Ökofolge.

Müde schlurfe ich durch den heißen Sand zu den verwegenen Hütten. In irgendeine muss ich jetzt rein, damit Carlos filmen kann, wie ich rauskomme. Kein kompliziertes Drehbuch. Ich öffne eine Holztür, die weder knarrt noch knarzt. Außerhalb von Krimis soll so was ja durchaus vorkommen. Drinnen sieht es dann aber doch wieder aus wie im Krimi. Es ist dunkel, in einer Ecke liegt eine dreckige Matratze, in einer anderen stapeln sich Plastiktüten. Ob hier mal jemand gewohnt hat? Zehn Quadratmeter, kein Strom, bisschen wacklig gebaut – in Köln würde das ganz schnell zum Seminarraum für 30 Studenten.

«Max, du kannst!», höre ich Lenny aus der Ferne schreien. Doch dann höre ich noch was anderes. Schritte. Und zwar ganz und gar nicht aus der Mülltonnenrichtung. Nicht, dass hier doch jemand wohnt. Besitzer solcher Unterkünfte begegnen Delikten wie Hausfriedensbruch gerne mit Gegendelikten wie schwerer Körperverletzung oder Totschlag im Affekt. Erst jetzt bemerke ich ein großes Loch in der Wand. Da kann man wohl direkt in die nächste Hütte schauen.

Vorsichtig schiebe ich meinen Kopf an die Öffnung. Oh Fuck. In meiner kühnsten Vorstellung hätte ich mit einer stillenden Räubersfrau gerechnet, deren Mann an einem Tisch Portemonnaies zählt. Stattdessen blicke ich in eine beängstigende Zahl Augenpaare. Ich kann die nicht mal zählen. Fünf? Sechs? Dreizehn? Auf jeden Fall Nordafrikaner. Und auch ein paar Schwarzafrikaner. Bei denen sehen die Augen noch weißer und gefährlicher aus. Wahrscheinlich eine optische Täuschung wegen des Kontrasts. Wie mit den unterschiedlich großen Balken, die am Ende doch immer gleich groß sind. Sind das Dinge, über die man sich in so einer Situation Gedanken machen sollte? Irgendwie ist mein Gehirn falsch programmiert.

«Sorry, I just wanted to ...» Konflikte offensiv angehen! «Is this for rent?»

Vorsichtig blicke ich durch den Raum. Überall stehen Kisten mit Sonnenbrillen und Billigschmuck.

«Es él, es él!», ruft einer seiner Mannschaft zu. Ich glaube, es geht um mich. «Es el traficante, el del video!»

Das klingt nicht gut. Traffic war doch mal so ein Drogenfilm mit Michael Douglas. Und Video heißt Video. Im schlimmsten Fall geht es um *das* Video. Plötzlich schießt mir eine von Oswalds Fragen durch den Kopf. «Wie wirkt sich Ihr Produkt auf das Geschäft anderer Marktteilnehmer aus?» Darüber habe ich nie nachgedacht. Sofern die Produktpalette der Jungs so umfangreich ist wie die der Straßenhändler in Barcelona, habe ich denen das Geschäft wohl gewaltig vermasselt. Wer nach dem Medienaufgebot hier noch Marihuana vertickt, versucht es wahrscheinlich auch bei der Weihnachtsfeier der Polizeigewerkschaft. Obwohl: Latino-Owen würde die bestimmt reinlassen. Wenn sie lange genug gewartet hätten. «Gehirn! Denk, was du willst, wir wollen hier weg! Gib uns den verdammten Befehl zum Rennen!», schreien meine Beine. «Okay.»

Ich reiße meinen Kopf aus der Durchreiche und hechte zur Tür. Drüben herrscht der Geräuschkulisse nach auch Aufbruchsstimmung. Klingt irgendwie unangenehm nach Waffen. Die sahen schon so aus, als ob sie schwieriger durch den Metalldetektor kommen als R2D2. Wieso kann man Konflikte nicht einfach mit Schnick-Schnack-Schnuck lösen? Oder wenigstens mit Tomaten?

Ich rase wild fuchtelnd auf die Mülltonne zu. Die drei Zuschauer dahinter bleiben ruhig und halten das für eine Szene, die man eben erst im Nachhinein versteht. Wie Rückblenden in anspruchsvollen Filmen. Das ist aber kein anspruchsvoller Film, sondern knallharte Action. Auf ProSieben hieße der Streifen hier *Escape – Renn um dein Leben*, auf RTL II *Drug*

Attack – Angriff der Killerdealer und bei SAT.1 *Das große Promistrandrennen mit Hugo Egon Balder und Hella von Sinnen.*

Als meine Verfolger ins Bild kommen, begreifen Carlos, Lenny und Wilhelm endlich den Ernst der Lage. Vorher dachten sie vermutlich, ich wolle Räuber Hotzenplotz auf Speed mimen.

«Zur Unterführung», schreie ich, denn schon nach wenigen Metern Strandlauf ist mir eines klar: Rafael Nadal mag auf Sand Weltklasse sein, ich bin da eher der Boris Becker.

«Joder tío», schnaubt Carlos mit gefühlter 100-Kilo-Kamera auf der Schulter. Ich deute es als Unmutsäußerung. Gerne würde ich ihn bitten, weiter alles aufzunehmen. Aber die Passagiere der Titanic haben sich ja auch nicht an die Reling gestellt und den Eisberg fotografiert.

«Alter – und jetzt?», brüllt Lenny, als wir das Ende der Unterführung fast erreicht haben.

«Left, left. To my car», keucht Carlos.

Ich drehe mich kurz um. Noch haben wir einige Meter Vorsprung vor dem Hauptfeld, aber irgendwann werden die uns geschluckt haben. Sprinten zählte nie wirklich zu meinen Stärken. Ausdauerlauf auch nicht. Das ist für Ausdauersprinten vermutlich nicht die beste Voraussetzung.

«Was wollen die von uns?», schreit Wilhelm.

«Ich habe keine Ahnung, aber ich würde ungern nachfragen.» Was auch immer das für ein Laden sein mag, Kundenservice zählt wohl eher nicht zu deren Kernkompetenzen.

Endlich erreichen wir Carlos' roten Toyota. Noch einmal drehe ich mich um. Nichts zu sehen. Wir scheinen die abgehängt zu haben. Carlos stellt seine Kamera in den Kofferraum, ich lege meine Verkleidung dazu. Ein aufheulender Motor reißt mich aus der kurzen Verschnaufpause. Klingt doch nicht nach abgehängt. Aus unserem kleinen Wettlauf scheint ein anständiges Rennen zu werden.

«Venga, vamos!», ruft Carlos. Dann fahren wir los.

Für wilde Verfolgungsjagden gilt das Gleiche wie für Klitschkokämpfe und öffentliche Steinigungen: Zuschauen macht wesentlich mehr Spaß, als selbst involviert zu sein. Wir heizen durch das kleine Touristenstädtchen, als gäbe es kein Morgen. Wenn Carlos seinen Fahrstil nicht bald ändert, gibt es auch kein Morgen. Zumindest für uns.

«Carlos! Don't you think we could ...»

«Que te calles! These people is not funny.» Gut, wo er recht hat, hat er recht. Aber bevor ich gleich an der Palme klebe, würde ich doch darauf vertrauen, dass mich mein Außenminister irgendwie aus der Hand der Drogenterroristen boxt.

Mööööööp. Carlos hupt eine Oma aus dem Weg. Ich schaue in den Rückspiegel. Weit sind die nicht mehr weg. Gleich schießen die uns die Reifen platt, wir überschlagen uns siebenmal und explodieren dann. Oder gibt's das nur bei *Alarm für Cobra 11*? Und wo ist eigentlich der Obst-und-Gemüse-Stand, den wir niederbrettern und dessen Sortiment sich auf der Straße verteilt? Der gehört zur Verfolgungsjagd nun wirklich wie die Benzinpreiserhöhung zum Ferienbeginn. Bisher haben wir nur einen Strauch, zwei Seitenspiegel und eine Stehtafel mit der Aufschrift «Tagesgericht: Bratwurst mit Pommes Schranke» auf dem Gewissen. Aber Carlos gibt sich alle Mühe. Die Reaktionen der anderen Verkehrsteilnehmer könnten eine ganze *BILD*-Seite «Spanisch schimpfen für den Urlaub» füllen.

Unsere Tachonadel hat starken Rechtsdrall. Ich bin mir nicht sicher, ob Carlos das hier gerade als Überlebenskampf oder sportliche Herausforderung ansieht. Das letzte Mal, dass mir Bordsteine, Leitplanken und andere Autos so egal waren, muss 1998 gewesen sein. Als ich einen Tag nach Weihnachten mit 400 Stundenkilometern im Ford Indigo durch das australische Outback gedonnert bin. Nur konnte mir bei *Need for Speed II* nicht mehr passieren als ein Computerabsturz.

Nervös schaue ich in den Rückspiegel. Wir sind inzwischen schon aus dem Zentrum raus, aber der alte VW verfolgt uns noch immer. Wenn die wüssten, dass wir überhaupt nicht vorhaben, jemals wieder ihren Stall zu beschmutzen. Meinetwegen können die die Hühner hier vollpumpen, womit sie wollen. Und spätestens beim nächsten Waldbrand in Südspanien zieht auch der Medienzirkus weiter.

«Es ist Rot! Red! Rojo!», ruft Wilhelm von der Rückbank. Carlos brettert auf die Kreuzung vor uns zu, als sei es die Ziellinie.

«Not for us», raunt er mit der Coolness von Vin Diesel in *The Fast and the Furious* und den Schweißflecken von Angela Merkel in Bayreuth.

«Okay, Freunde, vielleicht überlebt irgendwer von uns den Scheiß hier. Dann klärt der die Sachen, die bei den anderen so liegen geblieben sind die letzten Monate, okay?», wirft Lenny hastig ein.

«Klar, ich sag Sarah, Chiara, Mona, Klara, Isa, Dani, Verena, Franzi, Marina, Jeanne und Claudi Bescheid», rattere ich runter. Kein besonders schöner letzter Satz vor dem Tod.

«Nee, mein Schreibtisch müsste mal wieder gewachst werden. Und mit Mona hatte ich nichts!»

Noch 50 Meter bis zur Kreuzung. Ich brauch jetzt prophylaktisch zitierfähige letzte Worte. So was wie Goethes «Mehr Licht!» oder William Wallaces «Freedom!». Das macht sich allein schon im Nachruf ganz gut.

«Wenn aus einer Raupe ein Schmetterling ...»

«Halt die Klappe, Max!», unterbricht mich Lenny.

«What happen?», fragt Carlos.

Zu spät. Mit 160 Stundenkilometern fliegen wir über die

Kreuzung. Weiß. Mamas Lachen. Das Baumhaus mit Opa. Sophias Kuss auf der Tischtennisplatte. Der Campingplatz in Dänemark. Hip-Hop-Jam mit der Gießkanne. Moment, ich habe nie mit Opa ein Baumhaus gebaut. Selbst im Tunnel lüge ich mich noch an. Dann mache ich die Augen wieder auf. Wir haben es geschafft. Alle vier schauen gebannt in den Rückspiegel, als würde dort ein WM-Finale übertragen. Der Wagen hinter uns bremst vor der Kreuzung stark ab und bleibt stehen.

«Wuhu! Carlos! You are the best!», sagt Lenny und klopft unserem spanischen Actionheld anerkennend von hinten auf die Schulter. Es sind Sekunden der grenzenlosen Freude, Dankbarkeit und Freiheit. Aber es sind nur Sekunden. Von unseren Verfolgern werden wir vermutlich nicht mehr eingeholt, von der Realität schon. Direkt vor uns steht ein Polizeiauto am Fahrbahnrand. Ein Mann mit Uniform und Sonnenbrille winkt uns bestimmt von der Piste. Die Wasim-Gang hatte vermutlich nicht weniger Mut, sondern mehr Weitblick.

«This is a problem», muss auch Carlos zugeben, als wir schweißgebadet anhalten. Wobei mir ein Strafzettel im Vergleich dann doch wesentlich lieber ist als ein Grabstein. Im Schritttempo fährt die Afrika-Connection an uns vorbei. Als der Polizist nicht hinschaut, werden uns zwei Mittelfinger, ein ausgefahrenes Klappmesser und eine Kopf-ab-Geste präsentiert. Ich löse das Bilderrätsel und sage: «Wenn du noch einmal in unsere Hood kommst, dann ist dein Hals aber eine nach oben offene Wunde.»

Langsam kurbelt Carlos die Scheibe runter. Der Polizist beugt sich zu uns. Cool bleiben. Ich drehe mich leicht weg und versuche, unauffällig zu wirken. Unauffällig schauen, unauffällig atmen, unauffällig bewegen. Jeder, der mal mit fünfzehn in der Schlange vor der Disco stand, kennt das. Und weiß, wie hoffnungslos es ist. Ich lege einen Arm unauffällig angewinkelt auf die Fensterbank. Und was mache ich mit dem anderen? Lieber beide unauffällig auf die Oberschenkel. Ist das zu auffällig? Schaue ich jetzt schon zu lange aus dem Fenster? Und atmen müsste ich auch mal wieder unauffällig. Arme vielleicht verschränkt? Und ganz langsam unauffällig den Blick zum Polizisten gleiten lassen? Ich fürchte, ich wirke wie ein hyperventilierender Laufradhamster mit ADS. Ins Groove kam ich so nie rein. Aber dieses Mal geht es auch nicht um meinen Perso, sondern um Carlos Führerschein. Dass wir damals zu Hause aber auch nur diesen blöden Schwarzweißdrucker hatten.

«Max, wir sollen aussteigen», flüstert mir Wilhelm von hinten zu. «Der hat gesagt, die sind auf der Suche nach den Tiefgaragendealern.»

Jetzt also auch noch die Spanier. Unauffällig steige ich aus dem Auto. Der Polizist mustert verbissen das leere Auto, öffnet das Handschuhfach, sieht sogar unter den Sitzen nach. Er ist entspannungstechnisch wesentlich weiter von Buddha entfernt als sein Kollege Latino-Owen. Eigentlich braucht er auch noch einen Namen. Ich taufe ihn Ernesto Estricto. Sogar die Essensreste auf dem Boden inspiziert er. Aber dass man gemahlene Chipsreste effektbringend rauchen, spritzen oder ziehen kann, wäre mir neu. Wieso gibt es eigentlich Koks oder Haschisch nicht in den Geschmacksrichtungen Sour Cream & Onion oder Smoky Bacon? Ernesto schleicht langsam um den Toyota, und seine unverändert missmutige Miene bestätigt mich in meiner Namenswahl.

«Scheiße, der geht zum Kofferraum», raunt mir Wilhelm zu. Na und? Solange wir da drin keine Drogendealer liegen haben. Plötzlich durchfährt mich dieser Sekundenblitz, der normalerweise einschlägt, wenn mir in der Straßenbahn auffällt, dass ich meinen Haustürschlüssel vergessen habe. Mist! Haben wir ja doch. Sombrero, Bart und Sonnenbrille. Sofern Ernesto das Video gesehen hat, wird er das definitiv als die unsterblichen Reste der Tiefgaragengringos identifizieren. Er bleibt vor dem Kofferraum stehen und blickt in die Runde. Ich schaue unauffällig auf den Boden. Vielleicht geht er ja einfach weiter.

«Por favor, abra el maletero.» Oder auch nicht.

«Was heißt das?», fispel ich vorsichtig, ohne Wilhelm anzuschauen.

«Wir sollen den Kofferraum aufmachen.»

Carlos greift neben das Lenkrad und zieht seelenruhig den Schlüssel ab. Der arme Kerl weiß immer noch nicht ansatzweise, was hier gespielt wird.

«Das geht nicht! Da liegt doch unser Dealer.»

Auf der anderen Wagenseite muss Carlos nur noch an Lenny vorbei, um zum Kofferraum zu kommen.

«Mach was, Lenny!», zische ich nervös.

«Was denn?»

«Brech den Schlüssel ab.»

«Und wie kommen wir dann hier weg?»

«Mit der Polizei. Aber wenn du das nicht machst, erst recht!»

Señor Estricto bemerkt unser hektisches Gespräch und schaut gewohnt grimmig. Ich würde mich in diesem Moment gerne am Riemen reißen, aber irgendwie finde ich diese Redewendung abstoßend. Ich kenne eigentlich nur ein Körperteil, auf das der Begriff Riemen passt. Und an dem würde ich mich ungerne reißen.

Lenny guckt noch einmal zu uns rüber. Wir nicken. Dann greift er nach Carlos' Schlüssel, wird aber genauso rustikal weggeschoben wie vorhin die Pommes-Stehtafel. Der Typ hat eine üble Strandgang abgehängt, da wird der mit Lenny allemal fertig. Carlos steht am Kofferraum.

«Wilhelm, wir müssen den ablenken!»

«Wie denn?»

«Ich weiß nicht! Irgendwas! Jetzt!»

Wilhelm glotzt mich ratlos an: «Ich könnte nur ...»

«Mach!»

«Sechs Minuten noch im Wankdorf-Stadion in Bern, keiner wankt, der Regen prasselt unaufhörlich hernieder, es ist schwer, aber die Zuschauer, sie harren nicht aus. Wie könnten sie auch! Eine Fußballweltmeisterschaft ist alle vier Jahre, und wann sieht man ein solches Endspiel? So ausgeglichen, so packend?»

Was ist denn jetzt los? Lenny, Carlos, Ernesto und ich starren Wilhelm verwirrt an, der in astreinem Fußballkommentatorenton der Nachkriegsjahre weiterhetzt.

«Jetzt Deutschland am linken Flügel durch Schäfer, Schäfers Zuspiel auf Morlock wird von den Ungarn abgewehrt, und Bozsik, immer wieder Bozsik, der rechte Läufer der Ungarn, am Ball. Er hat den Ball – verloren diesmal, gegen Schäfer, Schäfer nach innen geflankt – Kopfball – abgewehrt – aus dem Hintergrund müsste Rahn schießen – Rahn schießt! – Tooooor! Tooooor! Tooooor! Tooooor!»

Sekundenlang herrscht Stille.

«Was sollte das denn?», flüstere ich.

«Keine Ahnung, aber damit habe ich neulich mal einen Kontrolleur abgelenkt. Und ein Date gerettet.»

«Datest du Peter Neururer?»

«Nee, die Frau hatte kein Ticket und ...»

«Ah! You are German?», fragt Ernesto Estricto und strahlt auf einmal wie ein bekiffter Atommeiler. «You are here for the congress?»

Wovon auch immer er spricht, besser als Polizeipräsidium klingt es.

«Of course we are!», antworte ich.

Ernesto lässt vom Kofferraum ab und kommt auf uns zu. Es folgt eine kurze Liebeserklärung an Deutschland, das er mal mit seinen Eltern besucht hat. An den grünen Schwarzwald. An die sauberen Straßen. An die vielen Einfamilienhäuser. An Heidi Klum. Deren Vornamen krächzt er aber so sehr «Cheidi», dass ich im ersten Moment glaube, es ginge um einen Kommandeur der Al-Aqsa-Brigaden.

Ernesto Estricto, der diesen Namen inzwischen nicht mehr verdient, besteht darauf, uns persönlich zum Kongress zu geleiten. Carlos versteht erneut die Welt nicht mehr, aber daran hat er sich mit uns gewöhnt. Brav fährt er dem Polizeiauto hinterher.

«Alter, wieso kannst du eigentlich den Kommentatorentext vom Wunder von Bern?», fragt Lenny.

«Ich habe da mal eine Hausarbeit in Sprachwissenschaft drüber geschrieben. Das CP-IP-Modell der generativen Transformationsgrammatik am Beispiel eines Fußballkommentars. Das ist interessant, weil Chomsky ...»

«Drrrrrrrrr», imitiert Lenny eine Pausenglocke. «Oh, schade, Stunde vorbei.»

Mein Handy piept. Verhöhnt mich Ana jetzt noch mit einer Abschiedsnachricht? «Guten Flug, Penner. Ich meld mich in neun Monaten» oder so?

«Hallo, Max, was machen die Namen? Grüße, Marty.»

Auch die noch. Ich arbeite auf deutlich zu vielen Baustellen. Und auf der hier gibt's ohnehin nichts mehr zu tun. Das Brasilianerhaus ist komplett zusammengefallen. Beziehungsweise in die Tiefgarage. Egal. Konflikte offensiv angehen!

«SMS oder Mail war mir einfach zu langweilig. Jumping Communication! Schau mal bei *bild.de* auf der Startseite. Mein Favorit: Wilhelm.» Entweder werde ich morgen Art Director oder entlassen.

Wir folgen unserem Navi auf vier Rädern in ein kleines Städtchen. Wohl um sich ganzjährig am warmen Klima zu ergötzen, hängt an jeder zweiten Straßenecke eine kleine LED-Tafel mit der aktuellen Temperatur und Uhrzeit. Die Angaben sind präzise wie ein Schweizer Uhrwerk. Wenn es von DJ Bobo zusammengeschraubt wurde. Auf unserer zehnminütigen Fahrt durchs Zentrum erleben wir angeblich ein Wechselbad zwischen 24, 28 und 35 Grad. Die wenigen trockenen Stellen auf Carlos' T-Shirt, die im Schweißmeer wie eine einsame Inselgruppe im Pazifik aussehen, sprechen klar gegen die 24. Als mir die Uhrzeit 11:66 angeboten wird, verliere ich mein Vertrauen in die spanische Technik endgültig. Gegen 11:70 Uhr fahren wir vor einem modernen weißen Gebäude mit länglichen, rotgetönten Fenstern vor. An der Fassade hängt ein riesiges Banner: «9. spanischer Germanistentag/Congreso de la Asociación Española de Germanistas». Ernesto hat Wilhelms Ablenkungsmanöver wohl für eine Gedichtrezitation gehalten.

«Scheiße und jetzt?», fragt Lenny.

«Wir steigen aus, warten, bis La Policía weggefahren ist, und hauen ab.»

Artig bedanken wir uns bei unserem Freund und Helfer, als ein kleiner rundlicher Spanier mit Brille und Cordsakko auf uns zustürmt: «Ah, Sie haben es doch noch geschafft! Herr Dr. Kamphaus, ich nehme an?»

Zielstrebig geht er auf Wilhelm zu und schüttelt ihm die Hand. Ich habe ja immer gesagt, der kann als Uni-Dozent durchgehen. Wilhelms Gesichtszüge entgleisen komplett.

«Ja, nee, das kann man so nicht ...»

«Genau! Und wir sind seine wissenschaftlichen Mitarbeiter», unterbreche ich ihn.

«Und das ist unser Fahrer Carlos.» Geistesabwesend begrüßt auch er unseren Gastgeber. Selbst wenn im dekorativen, quadratischen Wasserbecken vor dem Eingang gleich ein totgeschossener Hase Schlittschuh liefe – Carlos würde nichts mehr überraschen.

«Max!», zischt Wilhelm energisch. Die Cordkugel schaut zu ihm hoch. Wilhelm sieht mich an. Ich deute auf Ernesto. Wir müssen das jetzt durchziehen.

«Max...imal erfreut bin ich, heute bei Ihnen zu Gast zu sein», rettet sich Wilhelm. «Dass wir sogar von der Polizei hierhergeleitet werden!»

«Schließlich Sie sind unser Ehrengast», schmeichelt der kleine Dicke beinahe akzentfrei.

Ernesto Estricto verabschiedet sich und steigt wieder in seinen schwarz-weißen Citroën C4 Picasso.

«I go also», murmelt Carlos und schlappt zu seinem Wagen.

«Carlos! Wait!», versuche ich ihn aufzuhalten, doch er dreht sich nur kurz um:

«If you have another problem, please don't call me again!»

Wir warten winkend in der prallen Mittagssonne, bis die beiden Wagen aus unserem Blickfeld verschwunden sind. Der heiße Asphalt lässt die Luft verschwommen zittern, wie man es sonst nur von Formel-1-Rennen kennt.

«So, Sie sind vorbereitet für Ihre Vortrag?»

«Vortrag? Äh, ja sicher!», stammelt Wilhelm.

«Gut, dann ich brauche nur noch den Text für die Folie.»

«Folie?»

«Für den Projektor.»

«Ah, der Text! Stimmt. Den ... den haben meine Mitarbeiter.»

«Was?», ruft Lenny. Die Cordkugel blickt ihn erwartungsvoll an und wedelt mit zwei Klarsichtfolien. «Er hat ihn!» Lenny zeigt auf mich.

Na, vielen Dank. Ich greife in meine Hosentaschen, wohl wissend, dass sich dort vermutlich kein Text befindet. Doch irgendwas ist da. Gedankenlos ziehe ich ein gefaltetes Blatt Papier hervor.

«Ah, da ist er ja!», rufe ich vergnügt, ohne einen blassen Schimmer zu haben, worum es sich dabei handelt. Ich falte den Zettel auf und erschrecke. Aber es ist zu spät. Der Spanier hat ihn mir schon aus der Hand genommen und kugelt sich zum Eingang.

«Kommen Sie mit, in ein Viertelstunde es geht los.»

Oh mein Gott. Ich würde Wilhelm ja einiges zutrauen. Nach gefühlten zwanzig Semestern kann man schon mal unvorbereitet einen Vortrag halten. Machen viele Dozenten ja täglich. Aber dann über «Das magische Stuttgarter Dreieck: Schiller, Hölderlin, Mörike» oder «Hesses Siddhartha – Askese, Autoreflexion, Aufzählung». Stattdessen geht sie in einer Viertelstunde los: die wissenschaftliche Abhandlung über Peter Wackels Meisterwerk «Bist du gut zu Vögeln?».

VERBALLERMANNHORNUNG

Lenny und ich suchen uns einen Platz in der letzten Reihe des gutgefüllten Vortragssaals. Wenigstens sieht hier keiner so aus, als könnte ihr oder ihm der Name Peter Wackel aus dem letzten Urlaub bekannt vorkommen. Beigefarbene Jacketts, zugeknöpfte Blusen, vereinzelt Anzüge. Auf der Bühne spricht eine Spanierin mit strengem Zopf für uns unverständliche Dinge. Liegt weniger an ihrer Aussprache als vielmehr an der erhöhten Fremdwortdichte. Laut an die Wand projizierter Folie geht es um «Die Synthese femininer Gestalten». Freundlicherweise hat die Profesora für Minderbemittelte wie uns noch ein erklärendes Bild daruntergesetzt. Darauf macht sich ein Jüngling in blauem Gewand leidenschaftlich über die Statue einer nackten Frau her. Da haben wir es wieder. Je höher das Niveau, desto versauter wird es. Es ist wie nachts beim Zappen: Auf *9-live* sprangen dir hier und da mal Titten entgegen, aber die wirklichen Schweinereien laufen auf *arte*. Als ihre nächste Folie mit «Die Büchse der Pandora» überschrieben ist, habe ich endgültig den Eindruck, in Lennys Pornosammlung angelangt zu sein.

Auf einem Plakat am Rednerpult entdecke ich den Titel der heutigen Veranstaltung: «Bilderwelten – Weltenbilder». Boah. Da haben sich die alten Akademiker mal wieder auf dem Wortspielplatz ausgetobt. Es gehört zu den wenigen Erinnerungen, die mir aus meiner Studienzeit geblieben sind: Bei den BWLern darf eine Vorlesung gerne «Bilanzierung» heißen, bei den Juristen «Strafrecht». Aber hältst du als Geisteswissenschaftler etwas auf dich, dann gib deiner Veranstaltung einen mysteriösen Titel. Spalte Wörter, drehe sie um, stelle Fragen. Nenne deine Vorlesung nie «Westliche Jugendkultur im 20. Jahrhundert». Abstrahiere! Nenne sie «Kulturfragen». Besser noch «Kulturfragen. Kultur fragen?» oder «Kulturfragen – Fragekultur?». Und gehe später nie wieder auf den Veranstaltungstitel ein. Er schwebt wie ein Deckname über einer geheimen Mission, deren Ausgang niemand kennt. Am wenigsten der Dozent.

Ein vornehmer Applaus reißt mich aus meinen Tagträumen – Traumtagen? La Profesora schreitet von der Bühne. Die Cordkugel und ein etwas unsicher wirkender Wilhelm erscheinen. Der kleine Dicke begrüßt Dr. Kamphaus herzlich, dankt für die weite Anreise aus Berlin und betet ein paar Karrierestationen des Ehrengastes runter. Wilhelm muss sich wie ein CIA-Agent fühlen, der vor einem schwierigen Spionageauftrag in Nordkorea seine neue Identität präsentiert bekommt. Er war lange an der Uni Prag tätig, hat mehrere Bücher über Medialität kultureller Figurationen geschrieben und wurde mit dem Kleist-Preis ausgezeichnet. Bescheiden nickt unser Kamphaus-Ersatz. Dann legt er verheißungsvoll die Folie auf den Projektor.

«Ich ... ich möchte Ihnen heute ein besonderes Werk präsentieren, das auf den ersten Blick eher oberflächlich erscheint, aber einen Schatz von versteckten Metaphern hortet.»

Schon mal nicht schlecht. Das klingt nach «Bilderwelten – Weltenbilder». Wilhelm wirkt noch etwas zögerlich, aber ich nehme ihm sein Dozentengebrabbel schon voll ab. Die meisten Gäste studieren intensiv die Zeilen auf der Leinwand.

«Vielleicht lese ich Ihnen das Werk zu Beginn einmal vor», fährt er fort, räuspert sich und setzt mit sonorer Stimme an. «Bist du gut zu vögeln? Von Peter Wackel.» Bedeutungsschwanger trägt er die Zeilen mit Pausen und Betonungen vor, als handele es sich um ein frühes Gedicht Goethes:

«Ich glaub, du hast 'en Vogel», die Frage kenn ich schon,
Gestellt von 100 Mädchen, und dann laufen sie davon.
Vor kurzem lief mein Lieblingsfilm, ich musst ins Kino gehen,
Der Hitchcock ließ die Vögel ein paar Runden drehen.

Da traf ich meine Nachbarin, sie fragte, wie's mir geht
Und ob mein Angebot immer noch steht.
Ich nahm sie mit nach Hause. Ich bin ja nicht verklemmt.
Ich machte nur zur falschen Zeit das falsche Kompliment.

Wir turtelten im Treppenhaus, es fing nicht übel an,
Na ja, wozu ist man denn ein Mann?
Doch kurz vor der Tür blieb ich stehen,
Ich wollte noch was klären und dann zur Sache gehen:

Uh, Baby, bist du gut zu vögeln? Kaufst du gerne Vogelfutter ein?
Denn mit meinen Vögeln bin ich schon seit Jahr und Tag allein.
Uh, Baby, bist du gut zu vögeln? Kaufst du gerne Vogelfutter ein?
Meine größte Sorge könnte dann wie weggeblasen sein.

Mit offenem Mund mustere ich die Zuhörerschaft. Irgendwer muss doch jetzt aufstehen und uns hochkant rausschmeißen. Doch keine Welle der Entgeisterung schlägt Dr. Kamphaus entgegen. Stattdessen nachdenkliche Blicke, zustimmendes Nicken, überspielte Ratlosigkeit.

«Nun ja, worum geht es in diesem Gedicht?» Wilhelms Blick wabert durch die Reihen und bleibt an Lenny und mir kleben. Er sieht aus, als hätte er in diesem Moment selbst noch keine Ahnung, was er gleich erzählen wird. «Beginnen wir mit der Überschrift. *Bist du gut zu vögeln?* Fällt Ihnen da etwas auf?»

Nach Rücksprache mit seinem Nebenmann meldet sich

ein gelbes Sakko, aus dem eine von dünnem weißem Haar gesäumte Glatzenplatte ragt. Mehr kann ich von hier hinten nicht erkennen.

«Vögeln ist Substantiv, nein? Also man muss es großschreiben.»

«Ganz genau! Mit ‹gut zu Vögeln› ist die freundliche Haltung gegenüber Federtieren gemeint. Wieso schreibt Wackel dieses Wort dann klein? Nun ...»

Wilhelm starrt auf die Folie, als hoffe er, dort irgendwo von einer Idee angesprungen zu werden.

«Es ... es geht um Einsamkeit. Und um Hass. Der Sprecher des Gedichts, das lyrische Ich, hat ... das sehen wir später noch ... eine starke innere Ablehnung gegen Vögel. Unterbewusst. Er möchte sie erniedrigen, er möchte sie sozusagen einen Kopf kleiner machen, indem er ihnen die Großschreibung verweigert. Eine subtile Form des Widerstandes gegen das Böse.» Wilhelm schaut freudig zu uns herüber. Er hat den ersten Punkt gemacht.

Eine deutschverdächtig blonde Frau meldet sich zu Wort: «Ist dieses Wort ‹vögeln› nicht vielleicht auch als Annominatio zu verstehen?»

Bitte was? Sind wir jetzt wieder im Schmuddelbereich? Klingt wie eine unheimliche Sexpraktik. Seinem ratlosen Gesicht nach ist auch Wilhelm überfordert.

«Ja, ja, da sagen Sie etwas Wichtiges.» Er trinkt erst einmal einen Schluck. «Welche Form von Annominatio meinen Sie denn? Da gibt es ja durchaus verschiedene ...»

Etwas unsicher antwortet die Blonde: «Ach so? Ich kenne Annominatio nur als Wortspiel mit Wörtern gleicher Lautung, aber unterschiedlicher Bedeutung. Also dass ‹vögeln› vielleicht auch als Verb aufgefasst werden kann?»

«Genau! Dann habe ich Sie ja richtig verstanden. Wird ‹vögeln› als Tätigkeit angesehen, bekommt die Frage eine ganz andere Bedeutung.»

Damit hat Wilhelm zweifelsohne recht. Aber wie er das jetzt auf die akademische Ebene ziehen will? Vielleicht sollte er diese Folie mit dem Statuensex noch einmal auflegen.

«In derber Redensweise meint es heutzutage die Ausübung von Geschlechtsverkehr. Doch man muss wissen, dass das althochdeutsche ‹fogalon› eigentlich ‹Vögel fangen› bedeutete. Das lyrische Ich sucht somit nicht, oder zumindest nicht nur, nach einer Sexualpartnerin, sondern auch nach einer Person, die es schafft, die bösen Vögel einzufangen und somit unschädlich zu machen. Wackel gibt uns somit bereits mit der Überschrift die Aufforderung mit, hinter die scheinbar platten Bilder und Redewendungen zu blicken, um das Gedicht richtig zu verstehen. Man nennt diesen Stil auch Pseudo-Stupidität. Der Autor verwendete ihn bereits in seinem frühen Lieder-und-Gedicht-Zyklus *Des Wackeldackels Sackel.*»

Langsam kommt Wilhelm in Fahrt. Offensichtlich gefällt er sich in der Kamphaus-Rolle.

«Schauen wir uns einmal die erste Strophe an.»

Er wartet und blickt angestrengt auf die Folie. Das Publikum scheint das als Kunstpause zu akzeptieren.

«*Ich glaub, du hast 'en Vogel.* Diese Redewendung geht auf einen alten Volksglauben zurück. Demnach wird Geistesgestörtheit durch Vögel verursacht, die im Gehirn des Menschen nisten. Durch diesen Vers wird die Frage aufgeworfen, ob man die im Gedicht erwähnten Vögel überhaupt als reale Tiere verstehen soll oder ob sie vielmehr den mentalen Zustand des lyrischen Ichs symbolisieren. Spielen die ‹Vögel› eigentlich gar keine Rolle im Gedicht, sondern treten sie immer nur dann auf, wenn sich das lyrische Ich nicht frei entfalten kann und sozusagen an psychischen Barrieren scheitert?»

Im Stellen von rhetorischen Fragen ist Wilhelm Spitzenklasse. Erneut meldet sich das gelbe Sakko.

«Wieso es heißt: *Ich glaub, du hast 'en Vogel, die Frage kenn ich schon*? Ist doch keine Frage, oder? Ist Aussage.»

Stimmt eigentlich. Ich wette, dass das auch Dr. Wilhelm Kamphaus bisher nicht aufgefallen ist. Allerdings lässt er sich nichts anmerken.

«Ein guter Einwand!» Immer erst mal den Fragesteller loben. «Um kaum einen Vers in der Literatur – neben Paul Celans Metapher der ‹Schwarzen Milch der Frühe› – hat es derartige Interpretationsauseinandersetzungen gegeben! Vielleicht versucht Wackel seinen Protagonisten an dieser Stelle einmal mehr als geistig verwirrt darzustellen und will den Realitätsverlust durch die falsche Begriffswahl des lyrischen Ichs untermauern. Schließlich erkennt es auch nicht die Gefahr der Vögel und den Zusammenhang zwischen ihnen und seiner persönlichen Misere.»

Was für eine persönliche Misere? Und was für eine Vogelgefahr? Muss ich noch mal fünf Jahre in die Uni, um das zu verstehen, oder reicht es, wenn ich meinen Kopf einmal zielgenau auf die Holzlehne meines Vordermanns hämmere?

«In die gleiche Richtung geht auch die Interpretation, dass das lyrische Ich die Aussage, also ein Faktum, nicht als solches ansieht und in Frage stellt. Sozusagen einen latenten Mangel an Urvertrauen hat.»

Der Typ macht mich fertig.

«Die Psyche des lyrischen Ichs wird auch weiterhin thematisiert. In Vers zwei ist von 100 Mädchen die Rede. Ich frage Sie einmal: Wo begegnet uns die Zahl 100?»

Sofort eilen die Hände nach oben, als hätte der Klassenlehrer gefragt, wer ein Bett für die französische Austauschschülerin Emmanuelle zur Verfügung stellen könnte.

«In der Mythologie haben die Hekatoncheiren 100 Arme.»

«Exakt.»

«Bevor die Griechen sind gegangen nach Troja, sie haben geopfert 100 Tiere.»

«Ja.»

«In Dornröschen von die Grimm-Brüder die Tochter des Königs muss schlafen 100 Jahre.»

«Ganz richtig.»

Erst jetzt sehe ich, dass auch Lenny sich gemeldet hat.

«Könnten die 100 Mädchen auch ein Verweis auf Mickie Krauses Frühwerk der *10 nackten Frisösen* sein? Eine Übertreibung?»

«Auch das, eine intertextuelle Hyperbel.»

Lenny stößt mich an, deutet auf Wilhelm und zeigt den Vogel. Dr. Kamphaus lässt sich davon nicht irritieren.

«In jedem dieser Fälle steht die 100 symbolisch für eine sehr hohe, vollkommene, teilweise unbestimmte Zahl. Wie auch in dem Bild der 100 Mädchen. Wenn man sich jedoch die einzelnen Ziffern ansieht, so erkennt man, dass die 100 aus der Eins besteht, in der Zahlensymbolik gerne als Symbol für alles, den Anfang oder Gott verwendet. Und zwei Nullen, ein Symbol für das Nichtvorhandensein von Elementen oder Gegenständen, was den ambivalenten und widersprüchlichen Charakter des lyrischen Ichs verdeutlicht.»

Ich stelle mir vor, wie der Partynator in Cala Ratata dichtend am Swimmingpool sitzt und überlegt: «Hm, wie viele Mädchen sollen es sein? Gut, die Hekatoncheiren haben 100 Arme, die Griechen haben vor Troja 100 Tiere geopfert, und es wäre auch noch eine intertextuelle Hyperbel der 10 nackten Frisösen – nehmen wir die 100!»

«Dann wird das lyrische Ich erstmals selbst aktiv. Es möchte sich Hitchcocks Horrorfilm ‹Die Vögel› ansehen. Wobei:

Möchte es? Nein, es muss: *Ich musst ins Kino gehen.* Es wird quasi von den Vögeln, vom Bösen, von seinen größten Feinden angezogen, in deren Bann gezogen. Kennen Sie den Film? Vogelattacken werden darin nicht als Rache der Natur oder als Symbol der Apokalypse benutzt, sondern treten vielmehr immer auf, wenn die Oberflächlichkeit der menschlichen Beziehungen zutage tritt. Und dies ist ja auch Thema des Gedichtes, da auch hier die oberflächliche Begegnung mit einer Frau indirekt von Vögeln gestört wird. Mit der Formulierung *ein paar Runden drehen* verharmlost das lyrische Ich den Horrorfilm, verkennt die Brutalität der Vögel und sieht nicht, dass – wie Hitchcock es sagte – ein Blick in die Welt beweist, dass Horror nichts anderes ist als Realität.»

Wilhelm hat sich jetzt vermutlich schon länger über diese sinnfreien Zeilen Gedanken gemacht als der Partynator beim Dichten. Unser Nachwuchsdozent blüht trotz des literarischen Unkrauts geradezu auf.

«In der zweiten Strophe gerät das lyrische Ich nun mit einer Person anderen Geschlechts in Kontakt. Ausgerechnet nach dem Kinobesuch trifft es seine Nachbarin, die sich sofort nach seinem Wohl erkundigt – ein weiterer Hinweis auf die psychische Angeschlagenheit des lyrischen Ichs. Die Anapher *Ich nahm, ich bin, ich mach* erinnert den Leser sofort an Caesars ‹Ich kam, sah und siegte›. In der Tat befindet sich das lyrische Ich in diesen Versen auf einem emotionalen Höhenflug, es zeigt ein sonst oft vermisstes Selbstbewusstsein: Es traut sich, die Nachbarin mit nach Hause zu nehmen, befindet sich somit in der aktiven, beinahe überlegenen Position und sinniert über die Gründe seines bisherigen Misserfolges. Das Resultat seiner Denkanstrengungen fällt jedoch erneut dürftig aus. Das lyrische Ich erkennt nicht die Vögel, das Diabolische, zu dem es sich hingezogen fühlt, als wahre

Ursache seines bisherigen Scheiterns an, sondern kommt zu dem Schluss, nur zur falschen Zeit das falsche Kompliment zu machen. Wie so oft kratzt das lyrische Ich hiermit nur an der Oberfläche und dringt nicht bis in tiefere Bewusstseinssphären ein, was ihm den Weg zur Selbsterkenntnis versperrt.»

Mit großen Augen schaut Wilhelm seine Zuhörer an. Inzwischen fegt er über die Bühne wie Steve Jobs damals bei der iPad-Präsentation. Das hier ist seine große Show.

«Und dann ist der Gipfel der Emotionalität erreicht: *Wir turtelten im Treppenhaus* kann als unreine Alliteration verstanden werden, die dem Vers etwas verspielt Heiteres verleiht, durch *es fing nicht übel an* noch weiter verstärkt. Doch anschließend die Katastrophe: Das lyrische Ich schafft es nicht, sich von den Vögeln zu lösen, und fühlt sich gezwungen, seiner Begleiterin die Vögelfrage zu stellen. Die räumliche Nähe zu den Vögeln versetzt es in jene innere Abwehrhaltung, die es gerade zu überwinden versucht hat.»

Was für einen Schwachsinn auch immer der da redet, allmählich bekomme sogar ich Mitleid mit dem armen Kerl, der seinen inneren Schweinehund nicht überwinden kann und mit der Nachbarin im Treppenhaus steht. Beziehungsweise Schweinewackeldackel. Oder Schweinevogel. Wilhelm reckt bedeutungsvoll einen Finger in die Luft, spricht langsam und betont jede Silbe:

«Uh, Baby, bist du gut zu vögeln?»

Er lässt den Satz erst einmal ein paar Sekunden im Raum stehen und blickt ins Publikum.

«Es ist die naive Sichtweise des lyrischen Ichs, das den Vogel als Kern des Bösen nicht erkennt und ihn sogar noch füttern will. Wackel geht noch weiter: Er stigmatisiert das lyrische Ich als neoliberal und oberflächlich, da er es fragen lässt: *Kaufst du gerne Vogelfutter ein?* Wird man denn dadurch ‹gut zu Vögeln›, dass man Vogelfutter kauft? Kann nur der Reiche ein Vogelfreund sein? In meinen Augen wagt Wackel hiermit eine deutliche Kapitalismuskritik.»

Mit Sicherheit. So wie Jürgen Drews' Hymne *6 mal 6 am Tag* eine Fortschrittskritik ist, da er auf die Nebenwirkungen moderner Pharmaka am Beispiel Viagra eingeht.

«Und am Ende spricht das lyrische Ich von einer *Sorge*, die es loszuwerden gilt. Es ist die innere Sorge, die Angst, die das lyrische Ich vor den Vögeln hat. Die Formulierung *könnte dann wie weggeblasen sein* entnimmt es der Sprache des Wilden Westens, in der sich verfeindete Cowboys nicht erschießen, sondern salopp ‹das Gehirn wegblasen›. Das lyrische Ich ist jetzt sogar selbst gewaltbereit. Dass ‹weggeblasen› lediglich eine plumpe Anspielung auf Oralsex sein könnte, scheint mir bei der Komplexität des Textes und dem Tiefsinn des Autors ausgeschlossen.»

Es gibt niemanden im Raum, der Dr. Wilhelm Kamphaus widersprechen wollte. Er legt auch noch die Folie mit den weiteren Strophen des Gedichtes auf und interpretiert sie runter wie Peter Scholl-Latour den Nahostkonflikt. Rechtzeitig erinnert er sich auch noch an die alte Weisheit aus dem Deutschunterricht: Wenn gar nichts mehr geht, beziehe das Gedicht auf den Nationalsozialismus! Klappt immer. So wird bei Dr. Kamphaus ein Papagei, der *Telefonsex mit 'ner Nummer auf Hawaii* macht, zu einer Metapher für Winston Churchill, der die USA um Hilfe im Kampf gegen Nazideutschland bittet. Ich bin mir nicht sicher, ob Wackels Vers oder Wilhelms Interpretation absurder ist. Auf jeden Fall haben beide nicht mehr alle Papageien auf der Stange.

Der Applaus am Ende des Vortrags dauert wesentlich länger als bei der Frau mit der nackten Statue. Die spanischen

Germanisten sind begeistert. Enthusiastisch bedankt sich die Cordkugel bei Dr. Kamphaus für dessen leidenschaftlichen und außergewöhnlichen Vortrag.

«Am Anfang habe ich das Gedicht nicht sehr gut verstanden, aber dank Ihnen ist es jetzt für uns alle, denke ich, viel klarer geworden. Peter Wackel ist ein Meister!»

Geradezu ein Literator. Zufrieden grinsend kommt Wilhelm auf uns zu. Noch immer applaudiert die verballermannhornte Menge. Mein Opa hat immer gesagt: «Wissen ist Macht.» Nach dem heutigen Mittag habe ich eher den Eindruck: «Zu viel Wissen ist Ohnmacht.» Die würden auch noch Parallelen zwischen Rainer Maria Rilke und der Geboltskirchener Abfallordnung erkennen. Bloß weg hier.

Nur wie? Wir stehen um einen Tisch im Foyer und vor so vielen ungelösten Konflikten wie das Immunsystem von Pete Doherty. Ich habe keine Ahnung, wo wir uns befinden. Wir sind an einem unbekannten Ort eine Viertelstunde neben Lloret de Mar. Vielleicht auch eine Stunde, ohne Wasims im Nacken und Carlos am Steuer. Unser Kameramann ist abgehauen, weil wir ihn in gefährlichere Situationen bringen als Die Drei Fragezeichen Chauffeur Morton. Während *sternTV* schon die Tiefgaragenszene nachstellt, kann ich den *News* heute gar keine Bilder liefern. Und meine Namenskreationen, die sich normalerweise in passwortgeschützten PDFs verbergen, stehen auf der Titelseite der *BILD*. Und dann wimmelt mein Chef auch noch meine Traumfrau am Telefon ab. Es läuft alles nach Plan. Nach Dieter Bohlens Tortenplan. Zack.

Schnelles Absatzklackern kündigt uns weiblichen Besuch an. Es ist Wilhelms Vorrednerin. Hastig huscht Señora la Profesora durchs Foyer. Sie ist nicht mehr die Jüngste, macht in ihrem roten Kleid aber immer noch eine verdammt gute Figur. Ihrem Schöpfer ist «Die Synthese femininer Gestalten» offenbar sehr gut gelungen.

«Ah! Hola!», sagt sie und bremst kurz ab. «Dr. Kamphaus, das war wirklich eine sehr interessante Vortrag!»

Wilhelm zieht eine verschmitzte Schnute, die sich zunehmend als Zeichen bescheidenen Dankes durchsetzt, obwohl sie für mich immer nach einem arroganten «Ich weiß» aussieht.

«Ich muss jetzt schon gehen leider, weil ich nachher noch habe eine Sitzung von meiner Fakultät in Barcelona.»

«Wir müssen auch nach Barcelona!»

«Ja dann, ich nehme Sie mit?»

Wenn du denkst, es geht nicht mehr, kommt von irgendwo eine Profesora mit Dreier-BMW her. Wir steigen gerade ein, als ein Taxi vor dem Kongressgebäude hält. Ein bärtiger Mann mit Aktentasche zwängt sich von der Rückbank und eilt auf den Eingang zu. Ich kann mir denken, wer das ist. Der arme Kerl. Aber wer zu spät kommt, den bestraft das Leben. Oder der Partynator.

Ich stelle mir vor, wie Ralf Richter kurz vor der Tuning World Bodensee mit 200 Stundenkilometern auf der Landstraße angehalten und dann den Gottmannsbühler Ortsbewohnern vorgeführt wird. Im Schritttempo auf der Rückbank zweier stolz hupender Polizisten. Einen ähnlichen Tempowechsel erleben wir gerade. Anders als Carlos befindet sich Señora offensichtlich nicht im aktiven Widerstand gegen Geschwindigkeitsbegrenzungen.

Sie erkundigt sich nach unseren Namen und stellt sich selbst als Concepción Blasco Martinez vor. Ich halte «Concepción» für einen ähnlich schönen Vornamen wie «Procedere» oder «Systematik», bin aber lieber ruhig. Sie bemerkt, dass wir irritiert sind, und klärt uns über die spanische Namensgebung auf.

Noch bis vor 40 Jahren händigte die katholische Kirche eine Liste mit möglichen Vornamen aus, von denen die Eltern nur noch ihren Favoriten wählen mussten. María stand da wohl ganz oben. Jedenfalls gibt es den Namen laut Profesora so oft, dass er gewöhnlich gar nicht ausgeschrieben, sondern mit Ma abgekürzt wird. Fiese Eltern, die sich zu den hinteren Listenplätzen vorarbeiteten, stießen dort dann auf Gemeinheiten wie Soledad, Crucifixión oder Expiración. Einsamkeit, Kreuzigung, Aushauchung. Kirchenkreativität olé! Hätten mich meine Eltern Aushauchung genannt, hätte ich schnell für die ihrige gesorgt.

Jedenfalls gehörten Concepcións Eltern zu den ganz Harten. Übersetzt heißt ihr Name «unbefleckte Empfängnis». Sein eigenhändig gezeugtes Kind so zu nennen ist ungefähr so sinnvoll wie das Wort eigenhändig in diesem Zusammenhang. Onan wurde nie Vater. Es erinnert mich an die Zeugin Jehovas, die neulich im Supermarkt auf Fischtheke und Brotauslage deutete und mit lauter Stimme verkündete: «Da waren eben nur fünf Brote und zwei Fische!» Lügen, um die Frohe Botschaft zu verkünden.

Señora la Profesora erzählt, dass sie mit ihrem Namen dennoch ganz zufrieden ist. In Honduras musste die Regierung angeblich vor kurzem eingreifen, nachdem der Trend im Land anhielt, Kinder nach Autoersatzteilen zu benennen. Seither stehen Bujía und Llanta de Milagro auf dem Index. Zündkerze und Wunderreifen. Wilhelm wird sich mit seinem Namen gerade fühlen wie ein Grippekranker, der zum ersten Mal in seinem Leben von Aids hört.

Aids, ungeschützter Geschlechtsverkehr, Ana. Mein Gehirn schafft schlechtere Überleitungen als Moderatoren beim alternativen Bürgerfunk. Ob sie sich noch mal bei Klaus wegen meiner Nummer gemeldet hat? Eigentlich hatte ich die ganze Geschichte ja schon abgehakt. Aber wenn sie doch ...? Ich schaue auf mein Handy und rede mir ein, dass ich nur die Uhrzeit wissen will und überhaupt nicht auf eine SMS von Ana spekuliere. So wie fast schon vergessene Freunde, die einfach nur so anrufen und sich nach deinem Wohl erkundigen. Ohne auf einen Schlafplatz bei ihrem anstehenden Besuch in deiner Stadt zu spekulieren.

Mein Handy ist aus. Stimmt! Aus Respekt vor Dr. Wilhelm Kamphaus' Vögelvortrag hatte ich's ja abgeschaltet. Ich gebe meine PIN ein und erschrecke. 13 Anrufe in Abwesenheit und eine SMS. 7-mal Klaus Thomann, 6-mal der Kölner *Express*. Wenn ich denen jetzt erzähle, dass ich nichts drehen konnte, weil wir von einer Drogenbande überrascht und die Küste entlanggescheucht wurden – ich würde zum ersten Mal die Wahrheit erzählen, und sie würden es zum ersten Mal nicht glauben. Die hören erst mal nichts von mir. Aber von wem ist die SMS?

Von einer unbekannten Handynummer. Kein Problem, ich habe ja auch gar nicht mit einer Nachricht von Ana gerechnet. Und habe bei 13 Anrufen in Abwesenheit auch gar nicht gedacht, einer könnte von ihr sein. Alles okay. Ich merke schon, dass ich mich selbst noch schlechter belüge als andere. Ich lese.

«Hallo, Max, ich bin Ana. Möchtest du mit mir etwas trinken?»

Was??? Noch mal lesen.

«Hallo, Max, ich bin Ana. Möchtest du mit mir etwas trinken?»

Das steht da wirklich. Hat die noch alle Buden auf dem Rummel? Da treibt die mich durch ganz Spanien über Flughäfen und Fernstraßen in Innenstädte und Clubs, lässt mein Herz Achterbahn fahren, hin und her, und kommt auf einmal mit einer SMS um die Ecke, als wäre nichts gewesen!? Ich schreib meiner Frau ja auch nicht zur Silberhochzeit: «Hey, du, find dich ganz süß, würd dich gern näher kennenlernen.» Und dann auch noch mit neuer Handynummer. Die fängt auf einmal wieder bei null an. Einsteigen zur nächsten Runde. Wer will noch mal, wer hat noch nicht? Aber nicht mit mir!

«Wo denn? Valencia? Barcelona? Oder dieses Mal Madrid?»

Lenny hatte für Antworten auf wichtige SMS mal die Puls-durch-10-Regel aufgestellt. Das Ergebnis gibt die Minuten an, die man sich mit der Beantwortung Zeit lassen sollte. Aber was soll ich jetzt eine halbe Stunde rumsitzen? So eine kleine Provokation hat Ana schon verdient, nach all dem Chaos. Obwohl sie in Valencia vielleicht nie war. Und mich da ja auch nicht hinbestellt hat. Dann ist die SMS irgendwie blöd. Aber es ist zu spät. Strg-Z klappt im echten Leben leider immer noch nicht. Früher wäre man zum Briefkasten gelaufen und hätte die Nachricht mit der Chamäleonzunge aus dem Yps-Heft zurückgeholt. Und jetzt? Einen Moment lang lausche ich dem Gespräch vor mir. «Für mich ist Peter Wackel neben Günter Grass der bedeutendste zeitgenössische Schriftsteller Deutschlands überhaupt», doziert Wilhelm gerade, da piept schon wieder mein Handy.

«Eh!? Valencia ist eine von meine Lieblingsstädte ;) W84U um 10?»

Hat die jetzt komplett ein Rad ab? Ein Riesenrad? Die will, dass ich nach Valencia komme. Dieses Mal tatsächlich. Ich rufe die an. Oder stimmt das echt mit dem Mysterious Girl 3000? Stellt die mir Rätsel, die ich bisher immer falsch gelöst habe? Vielleicht rufe ich doch nicht an. Aber ich fahre nicht einfach so nach Valencia. Nä. Ich bin der schon viel zu lange hinterhergelaufen. Ich habe ja auch meinen Stolz! Nur wurde der gerade von Mama Herz mit zehn Euro auf die Kirmes geschickt.

«Wo denn genau?», texte ich zurück.

Nur zur Sicherheit. Heißt noch lange nicht, dass ich da hingehen würde. Auf gar keinen Fall. Ich will es nur wissen. Für mich. Gut, wenn sie mir jetzt einen konkreten Ort ... aber das war das Luna Mar auch, und trotzdem ist sie nicht gekommen. Ein Handy klingelt. Meines ist es nicht.

«Ah, Rafa. Das ist der Organisator von dem Germanistentag», sagt Señora la Profesora, als sie auf das Display blickt. Die Cordkugel! Die haben wohl inzwischen die K-Frage geklärt und den wahren Dr. ausgemacht. Sein Double scheint den Ernst der Lage noch zu verkennen.

«Da würde ich jetzt aber auf keinen Fall rangehen», rufe ich daher von der Rückbank.

«Wieso?», fragen mich Concepción und Wilhelms Augen.

«Ja ... wegen Handy am Steuer.»

«Ach! Wir sind in Spanien, da wird nicht kontrolliert so was.»

«Joa ... würd ich so nicht ... wir wurden auf dem Weg zum Kongress von der Polizei angehalten.»

«Und wieso?»

Ratlos schaue ich zu Lenny rüber. Der zuckt mit den Schultern. Concepción dreht sich um und erwartet eine Antwort.

«Weil wir von einer Drogenbande verfolgt wurden und mit 180 Sachen und den Überresten eines Dealers im Kofferraum bei Rot über eine Kreuzung gedonnert sind!»

Für einen Moment traut sich niemand etwas zu sagen. Dann fängt Señora la Profesora an laut loszuprusten. Lenny, Wilhelm und ich steigen sofort ein.

«Und ich habe das noch für zwei Sekunden geglaubt!», hickst die unbefleckte Empfängnis, dann gibt sie mir das Handy: «Okay, nehmen Sie das an.»

Ich drücke auf den grünen Hörer und komme nicht einmal dazu, mich vorzustellen. Ich solle aufpassen mit diesen Betrügern an Bord, mich unauffällig verhalten und am besten direkt zu einer Polizeistation fahren. Er habe es ja von Anfang an im Gefühl gehabt, dass da etwas nicht stimmt. Peter Wackel!

Könnte die Cordkugel gesagt haben. In Wahrheit verstehe ich nur «policía» in einem nicht enden wollenden Satz spanischer Empörungen.

«Ja, selbstverständlich dürfen Sie die Folien auch in Ihren Vorlesungen verwenden. Das wird Dr. Kamphaus eine Ehre sein», antworte ich und lege auf, ohne eine Reaktion abzuwarten. Ich presse die Taste mit dem roten Hörer, bis das Handy aus ist. Dann lege ich es zurück in die Ablage zwischen den beiden Vordersitzen. «Die sind noch immer ganz aus dem Häuschen.»

Inzwischen hat auch mein Handy wieder lautstark um Aufmerksamkeit gebeten. Ana hat geantwortet.

«Du wirst mich finden, es ist nicht so groß dort. Sonst können wir am roten Wand uns sehen um 10.»

Wie bitte? Nicht so groß? Gottmannsbühl ist nicht so groß. Groß Grönau ist nicht so groß. Nicht so groß heißt, dass auf jedes Kino zwei coole Clubs kommen. Gibt nur leider kein einziges Kino. Nur donnerstags den Filmnachmittag im Pfarrheim. Diese Woche: *Pretty Woman*. Wenn die Bäckerei zu hat, wird nicht bei bring-broetchen.de bestellt, sondern einfach privat bei der Gundi geschellt. Na klar mach ich den Laden noch mal geschwind auf. Valencia ist *nicht* nicht so groß!

Und was für eine rote Wand? Lenny hatte wohl doch recht. Die schreibt mir extra diese rätselhaften Botschaften. Die will gefunden werden.

«Was machst du eigentlich die ganze Zeit?», will Lenny wissen.

«Ana hat mir geschrieben.»

Er lacht. «Hat sie nicht!»

«Doch, wieso?»

«Die Freundin hat dir doch im Luna Mar gesagt, dass du nach Hause fliegen sollst.»

«Ja, aber jetzt hat Ana mir geschrieben, dass ich zur roten Wand kommen soll.»

«Zur roten Wand?»

«Ja, Mysterious Girl 3000, das hast du doch mal ...»

«Welche rote Wand?»

«In Valencia.»

«Willst du mich verarschen?»

«Ich habe ja nicht gesagt, dass ich da hingehe.»

«Ich glaub dir kein Wort.»

Trotzig zeige ich Lenny Anas SMS. Er guckt verstört wie eine Flunder vor der Röhrenrutsche. Für ihn war das Ana-Ding wohl schon komplett durch.

«Ach du Scheiße. Woher ... egal.»

Ein bisschen stolz bin ich schon darauf, dass ich es noch in die Verlängerung geschafft habe. Treffer in der Nachspielzeit. Und das auswärts und nachdem mir der Schiedsrichter schon das Verlassen des Platzes nahegelegt hatte. Immer weitermachen.

DOOFREPORTER RELOADED

In Barcelona lassen wir uns spontan vor einem edlen Hotel mit weißen Markisen absetzen. Von da müssen wir zwar noch eine ganze Weile laufen, aber wenn der Star des Germanistentags in einem Hostel übernachtete, wäre das wohl so unglaubwürdig, als führe der Leiter der Treberhilfe einen Maserati.

Als wir gegen drei Uhr im Hostel ankommen, hat die Sonne uns rote Nasen tätowiert. Sie harmonieren gut mit der Farbe der Sofas im Fernsehraum, auf denen wir unsere Siesta halten wollen. Ich habe Lust, mich von talentfreien Laiendarstellern in den Schlaf schreien zu lassen, und greife zur Fernbedienung. Um diese Zeit lassen die Privatsender in ihren Reality-Soaps meistens unverständlich sprechende Arbeitslose mit vielen Problemen von unverständlich sprechenden Arbeitslosen mit vielen Problemen spielen. Die sitzen dann nach Drehbuch am Küchentisch und klagen über ihre Kinder, Eheprobleme oder den 8-Euro-Stundenlohn auf Arbeit. Und kriegen von der Produktionsfirma dafür dann acht Euro die Stunde. Irgendwie schizophren.

Beim Zappen merke ich, dass «Nachmittags kommt nur Müll im Fernsehen» ein weltweit gültiger Grundsatz ist. Er steht in einer Reihe mit den Axiomen «Kontrolleure kommen nie, wenn man mal einen Fahrschein hat» und «T-Shirts gibt es immer in allen Größen – außer in M». Ich drücke mich bis zu den deutschen Sendern, finde aber auch da nichts Spannendes. Ein grauhaariger Mann an einer Hotelrezeption, ein Tigerbaby in einem Zoo, eine Gruppe Jugendlicher in einer

Tiefgarage. Moment! Da sind doch Lenny und Wilhelm dabei. Was zeigt *n-tv* da für ein Video? Schnitt ins Studio. An einem langen Tisch lehnen ein bubihafter Moderator und eine schüchterne Mittvierzigerin. Ich stelle den Ton laut.

«Bei uns jetzt Sprach-Expertin Gudrun Schneyder. Sie haben gerade das Handyvideo gesehen, das einer der Jungen in der Tiefgarage gemacht hat. Vieles ist ja in Englisch, aber vereinzelt hört man auch spanische Sätze. Verstehen Sie, was die Dealer da genau sagen?»

Ach du Scheiße! Haben die Frisurenfreds doch wirklich mitgefilmt. Und dann auch noch mit Ton!

«Sowohl auf Englisch als auch auf Spanisch hört man einige Wörter, die dem Drogenmilieu entstammen. Auffällig ist jedoch, dass beide einen starken deutschen Akzent haben ...»

«Was? Hab ich gar nicht!», empört sich Wilhelm.

«... und der Jüngere hier ...»

«Der ist nicht jünger!», ärgert sich Wilhelm erneut.

«... auch grammatikalisch viele Fehler macht.»

«Mache ich nicht!», ätzt Lenny.

«Schauen wir uns das Video doch noch einmal Schritt für Schritt an», schlägt der Bubimoderator vor. Ich bete, dass irgendeine übermüdete studentische Hilfskraft aus Versehen die Tonspur gelöscht hat. Machen die doch sonst auch immer. Heute nicht.

Chicos, we have brought you a good offer ...

«Unregelmäßige Verben!», strahlt Lenny.

... that you will not receive.

«Refuse», murmel ich.

«Ups.»

«Oft werden auch deutsche Begriffe ungeschickt ins Englische übertragen», kommentiert Gudrun Schneyder.

«Ungeschickt?», fragt Lenny Richtung Fernseher.

We ... we are ... international drug handlers.

«Ungeschickt», bestätige ich trocken.

«Sie meinen also, dass die Drogendealer einen deutschen Background haben könnten?», folgert Bubi.

«Das sind definitiv Deutsche.»

Puedo decir lo que quiero, no me entienden de todas formas.

«An einigen Stellen sprechen sie aber auch Spanisch. Was wird da gesagt?»

«Also, der eine spricht recht gut Spanisch, an dieser Stelle sagt er: Ich kann sagen, was ich will, sie verstehen mich ohnehin nicht.»

«Wilhelm!»

«Ja, es ging doch nur darum, ein bisschen spanische Atmosphäre zu haben!», verteidigt er sich.

«Aber der Jüngere ...», fährt Frau Schneyder fort.

«Der ist nicht jünger!»

«... sagt teilweise sehr merkwürdige Dinge.»

Pablo Escobar. Me pones a cien, mi vida. Tijuana.

«Hier zum Beispiel: Pablo Escobar, du bringst mich auf hundert, mein Liebling. Tijuana.»

«In der *BILD* stand: ‹Du machst mich total an, Schätzchen›», wundert sich Lenny.

Das hätte natürlich wesentlich besser geklungen.

«Könnte das ein Geheimcode sein?», will Bubi wissen.

«Also, wenn ich ehrlich bin ...»

Ciudad Juárez. Tengo unos buenos pectorales!

«... jetzt sagt er: Ciudad Juárez, ich habe eine gute Brustmuskulatur. Also, wenn ich ehrlich bin, halte ich die beiden für zwei Urlauber, die sich einen Scherz erlaubt haben.»

«Na ja, vielleicht versucht er auch nur in einer nervlich so belastenden Situation seine Männlichkeit durch markige Sprüche zu demonstrieren?»

Droga, Droga. Hoy no puedo, tengo la regla.

«Jetzt hat er gesagt: Droga, Droga. Heute kann ich nicht, ich habe meine Tage.»

Minutenlang hängen wir schweigend auf unseren Sofas. Könnte man wirklich Löcher in die Wand starren, sähe der Fernsehraum jetzt aus wie nach einem Besuch von Pablo Escobar. Es gibt vermutlich nicht viele Situationen, in denen die Spanisch-für-den-Urlaub-Sprüche angebracht sind. Aber es gibt definitiv Situationen, in denen sie vollkommen unangebracht sind. Zum Beispiel hier. Das war's. Einmal *News* und zurück.

Es ist wie bei Columbo. Da denkst du, du hast alles perfekt vorbereitet, dir wird niemand auf die Schliche kommen, und zack findet so ein Faltengesicht im zerknautschten Regenmantel doch noch einen vergifteten Zigarettenstummel im Pool der Nachbarvilla.

Auf meinen hinterhältigen Plan werden die nicht kommen, aber zum Doofreporter reloaded werde ich mit Sicherheit gemacht. Und wahrscheinlich auch zum arbeitslosen Doofreporter reloaded. Ich sehe mich schon in zehn Jahren als alkoholabhängigen Protagonisten einer *37-Grad*-Reportage mit dem Titel «Wenn ein einziger Fehler ein ganzes Leben zerstört» neben zu Guttenberg und einem Pfuschchirurgen.

«Lasst uns heimfahren. Ich glaube, ich habe keine Lust mehr auf Valencia», durchbreche ich die Stille.

«Wieso denn schon wieder Valencia?» Wilhelm hat das vorhin vor lauter Wackellobhudelei wohl gar nicht mitbekommen.

«Weil Ana mir geschrieben hat, dass sie da ist.»

«Hat sie?», fragt Wilhelm und schaut dabei Lenny an.

«Hat sie nicht», meint Lenny.

«Spinnst du? Ich hab dir doch die SMS gezeigt!»

«Max, könnte ich kurz mit Wilhelm alleine besprechen, ob wir wirklich Lust auf das 15. Kapitel deiner unendlichen Geschichte haben?»

Ich schlurfe aus dem Fernsehraum und lese noch einmal Anas SMS. Rote Wand? Entweder Gudrun Schneyder entschlüsselt mir das, oder ich rufe Ana an und frage, was sie meint. Ich kann partout keine Gudrun Schneyder in meinem Telefonbuch finden und wähle den Eintrag Ana. Oder soll ich lieber die neue Nummer anrufen? Aber das war wahrscheinlich das Handy einer Freundin. Von dem hat sie mir nur geschrieben, weil sie auf ihrem eigenen kein Geld mehr hat. Schließlich spart sie seit Tagen auf das Hotelzimmer heute Abend, über den Dächern Valencias mit Balkon und Privat-Jacuzzi. Es ist ein schmaler Grat zwischen Optimismus und Verblendung.

Ich lehne mich an den Schrank mit den Schließfächern und drücke den grünen Hörer. Es tutet. Zufälligerweise beginnt im selben Moment in einem Spind hinter mir ein Handy seine Melodie zu trällern. Es tutet weiter. Es gibt wenige so monotone und gleichzeitig doch so spannende Ereignisse wie den Tut-Thriller bei wichtigen Telefonaten.

Bei den ersten Tönen bleibst du noch entspannt. Schon jeder Praktikant lernt, dass man es zwei- bis dreimal klingeln lassen sollte, um nicht als unbeschäftigt zu gelten. Nur Großeltern im Altersheim sind schon vor dem ersten Läuten dran, weil sie verdachtshalber alle dreißig Sekunden den Hörer abnehmen. Wenn nicht gerade *Sturm der Liebe* läuft.

Aber dann kommen die aufregenden Töne vier und fünf. Hier entscheidet sich alles. Die Nervosität steigt. Du kannst dir kaum vorstellen, gleich wirklich im Gespräch zu sein. Was sollst du sagen? Beim sechsten oder siebten Ton kippt die

Stimmung dann. Du merkst, dass die Abnehm-Wahrscheinlichkeit rapide sinkt.

Ab dem achten Tuten geben nur ganz Verzweifelte noch nicht auf. Britische Wissenschaftler haben herausgefunden, dass ab diesem Moment nur noch 4 Prozent aller Anrufe entgegengenommen werden, aber 34 Prozent von uns weiter in der Leitung bleiben. Habe ich neulich in einer Zeitschrift gelesen. Noch merkwürdiger als dieser Fakt sind für mich schon seit langem diese ominösen britischen Wissenschaftler, die immer als Quelle dienen, wenn es um ganz absurde Studien und Forschungsergebnisse geht. Ich glaube ja, dass die Weltpresse zusammengelegt hat, um einen Haufen verrückter Professoren in irgendein abgespacetes Labor auf der Insel zu sperren. Unterirdisch, fernab vom gesunden Menschenverstand, nur mit ein paar genetisch modifizierten Mäusen. Dort sind die weißhaarigen Knallköpfe jetzt rund um die Uhr damit beschäftigt, medientaugliche Studien ohne wissenschaftlichen Mehrwert durchzuführen. Damit die *Glamour* schreiben kann «Lidschatten kann zu Prostatakrebs führen» und *Neon* «Wer als Kind gerne Äpfel gegessen hat, hat bei der Jobsuche bessere Karten». Manchmal werden als Inspirationsquelle auch noch ein paar beim Auswärtsspiel in Polizeigewahrsam genommene Liverpooler Hooligans dazugesteckt. Das führt dann zu Studien, deren Ergebnisse der Boulevard noch stolzer verkündet: «Britische Wissenschaftler: Bier macht glücklich» oder «Erwiesen: Schädelhirntrauma gesundheitsschädlich».

Nach dem vierzehnten Klingeln lege ich auf. Ana geht nicht ran. Das Handy im Spind beendet just im selben Moment sein kleines Ständchen. Vielleicht ist sie schon im Bad, um sich für den Abend zu richten. Überlegt, wie viele Knöpfe ihrer Bluse sie auflässt, damit ich sie sexy, aber noch nicht billig finde. Schaut in den Spiegel und zeigt auf sich selbst. Jetzt oder nie.

Ich versuche es noch einmal. Zu meiner Überraschung klingelt es erneut im Spind. Da ist wohl jemand genauso hartnäckig wie ich. Ich bin immer noch ein bisschen aufgeregt, doch dieses Mal kitzelt der Tut-Thriller meine Nerven schon weitaus weniger. Wenn Teil eins schon ohne Höhepunkte verlaufen ist, wird es in der Fortsetzung vermutlich nicht besser. So ähnlich wie bei *Shark Attack*.

Wieder haucht es nicht «Hola» aus dem Hörer. Dieses Mal habe ich bis zum zwölften Tut durchgehalten. Und wieder verstummt im selben Moment das Spind-Handy. Ich weiß zwar, dass da keinerlei Zusammenhang bestehen kann. Aber ich weiß auch, dass mein Schicksal nicht von meinem Laufstil auf dem Gehweg abhängt. Und trotzdem versuche ich nie, auf die Grenze zwischen den Steinplatten zu treten. Spieltrieb? Neurose? Ich rufe noch mal an.

Wieder dudelt der Schrank. Dieses Mal warte ich nur wenige Sekunden, dann lege ich auf. Der Schrank schweigt. Langsam wird es unheimlich. Irritiert mustere ich die Schließfächer. Irritiert mustert der Typ am Empfang mich. Nächster Versuch. Ich wähle, es tutet, es klingelt. Das kann doch nicht wahr sein. Wie eine Kandidatin bei *Geh aufs Ganze!* starre ich auf die ungeöffneten Tore vor mir. Der Zonk hinter dem Tresen glotzt mich an, als sei ich eine Präsentierdame, die gleich hinter Tor 2 über den Rückspiegel des Mazda 626 streichelt. Ich lasse stattdessen mein Ohr über die drei mal sieben Schließfächer wandern und wähne das Handy in einem mittleren Spind auf der rechten Seite. Jörg Draeger bietet mir keine 200 DM an, wenn ich mich umentscheide. Aber das sollte man in jedem Fall, habe ich mal gelesen. Erhöht die Wahrscheinlichkeit, das Auto zu erwischen statt der hässlichen roten Dödööp-Fratze. Die Mathematiker nennen es Ziegenproblem. Wieso sie sich mit so was beschäftigen, ist mir allerdings unklar. Im Alltag bin ich bisher selten in die Situation gekommen, dass mir jemand Autos mit Räkeldamen hinter Toren versteckt hat. Ich bleibe bei meinem Tipp. Erstens war ich nie gut in Wahrscheinlichkeitsrechnung. Und zweitens fürchte ich hinter den Mathematikern britische Wissenschaftler.

Ich warte erst einmal ab. Umgekehrter Beweis. Wenn mein Anruf ein Klingeln verursacht, müsste mein Nicht-Anruf auch ein Nicht-Klingeln verursachen. Klingt fast nach Aristoteles, nur halt mit Handy. Aristoteles 3000.

Nach zwei Minuten setze ich zum alles entscheidenden Versuch an. Ich mag keine Ahnung von Wahrscheinlichkeiten haben, aber wenn es jetzt wieder zeitgleich klappt, dann ist das Argument Zufall wohl chancenlos. Da wären wir wahrscheinlichkeitstechnisch schon fast in der Kategorie Blitzeinschlag, Lottogewinn oder das mit der Katze, die über das Klavier läuft und zufällig die Mondscheinsonate spielt.

Es klingelt. Alles klar. Im Spind vor mir befindet sich Anas Handy. Wer daran noch zweifelt, zweifelt vermutlich auch noch in der Elefantenrunde am Ergebnis der Bundestagswahl. Ana ist oder war bis vor kurzem in Barcelona. In meinem Hostel. Verfolgt sie mich? Aber wieso? Schreibt sie mir deswegen von einem neuen Handy, weil sie ihr altes hier vergessen hat? Bin ich in der *Truman Show*? Kommen gleich Geli, Bruno Blequala, Latino-Owen und Wasim mit einer Torte vorbei? Reingelegt? Oder Dieter Bohlen? Und zack? Und zonk? Ganz ruhig. Mein Sonnengeflecht wird strömend warm. Ommm. Klappt nicht.

Eine der Engländerinnen lässt sich vom Tresentoni einen Schließfachschlüssel aushändigen. Sie öffnet ein Schloss in mittlerer Reihe. Loserschlüssel. Plötzlich erstarre ich. Kein Schließfach wird zufällig vergeben. Lennys Worte wabern mir wie ein böses Orakel durch den Geist. «Es gibt Loserschlüssel,

Arschschlüssel und Brust-und-Bauch-Schlüssel. Einen Loserschlüssel bekommen nur Bratzen.» Bratzen! Die Engländerin gehört zweifelsohne in diese Kategorie. Aber zwei daneben, auch auf mittlerer Höhe, ist der Spind mit Anas Handy. Die Geschmäcker mögen verschieden sein, doch ein Loserschlüssel für Ana wäre wie ein Brust-und-Bauch-Schlüssel für Reiner Calmund. Eine Beleidigung für die Augen. Ana kann das Handy hier nicht selbst eingeschlossen haben!

In irgendeiner Doku hat ein Junge mit ADS mal gesagt, dass seine Gedanken immer Trampolin springen. Genauso fühle ich mich gerade. Um mich nicht an der Decke zu stoßen, gehe ich kurz vor die Tür und schlendere durch unsere enge schattige Gasse. Wie kommt Anas Handy in den Spind? Und wie kommt das Bild von Calli auf dem Trampolin aus meinem Kopf?

Es ist schon komisch, dass sie mich nach Spanien lotst und jedes Treffen scheitert. Plötzlich schießt mir noch einmal Wilhelms Seitenblick zu Lenny vor die Linse. Hat sie? Warum fragt Wilhelm Lenny, ob Ana mir geschrieben hat? Hat mich wirklich Ana nach Spanien gelockt? Eigentlich weiß ich es ja nur von Lenny. Das mit dem angeblichen Flug nach Valencia. Und das mit dem Kondom auch. Und präventiv hinzufliegen war Wilhelms Idee. Ausgerechnet am Tag, nachdem ich ihnen unseren Urlaub abgesagt habe. Aber die SMS später kamen ja von Ana. Obwohl. Sie kamen von einer unbekannten Nummer. Das hieße, dass einer der beiden ein Ersatzhandy ... schlagartig paaren sich Gedanken und Erinnerungen in meinem Kopf wie Lloret-Urlauber im Quinto Pino. Monas Ersatzhandy! Lenny wollte unbedingt noch sein Survival-Set aus dem Auto holen. Im Flugzeug durfte ich keinen Blick reinwerfen. Das schwarze Kabel. Es passt alles.

Stilechter wäre es, sich die Geschichte bei Nacht im prasselnden Regen durch menschenleere Gassen hetzend zusammenzureimen. Stattdessen schiebe ich mich bei warmer Nachmittagssonne an lauten Touristengruppen vorbei. Und trotzdem reimt sich alles. Lenny und Wilhelm haben mir Ana vorgespielt, damit wir doch noch zu unserem Urlaub kommen. Deswegen hat sie nie abgenommen, wenn ich sie angerufen habe. Von wegen Mysterious Girl 3000. Und vom Luna Mar hat Lenny wahrscheinlich auf einem Flyer gelesen. In so einen Touri-Schuppen würde Ana nie gehen.

Dann kam ich mit meiner Drogengeschichte, und die beiden hatten genug. Die angebliche Freundin von Ana im Club. Lenny wollte mich nicht mit ihr reden lassen, weil sie Ana überhaupt nicht kennt. Er hatte ihr wohl einen Drink für ihre Ein-Satz-Sprechrolle versprochen.

Und der Anruf in der Redaktion, die andere Nummer, die harmlose Nachricht vorhin – das ist die wirkliche Ana! Darum war Lenny auch so verwundert. Ich blättere noch einmal durch meinen SMS-Speicher. Ihre freundliche Frage, ob wir zusammen was trinken gehen, beantworte ich mit «Wo denn? Valencia? Barcelona? Oder dieses Mal Madrid?». Die muss mich für komplett ballaballa halten.

«Eh!? Valencia ist eine von meine Lieblingsstädte ;) W84U um 10?»

Dann war das mit Valencia vielleicht einfach nur ein Kommentar zu meiner verstörenden Nachricht. Aber wo treffen wir uns dann um zehn? Hatte Inspector Toddner recht mit seinem chinesischen Holz-Affen? Ist mit W84U doch was anderes gemeint?

Ich setze mich auf eine Bank am Rande eines Platzes. Hier war ich schon mal. Vorgestern. Wieder flitzen unermüdliche Kinderbeine über den Steinboden. Genau hier habe ich Anas Zeilen gelesen. Fake-Anas Zeilen. Meine besten Freunde haben mich auf eine Odyssee nach Spanien geführt, um einer Frau hinterherzujagen, die wahrscheinlich die ganze Zeit in Köln sitzt. Am liebsten würde ich die beiden gerade in ein BoConcept-Hängemodul aus schwarz gebeizter Eiche Furnier sperren und eine Stielhandgranate «OHL Viktoria» reinwerfen. Wilhelm fliege hoch! Exploding 3000, Lenny!

Ich hätte problemlos und sorgenfrei die ganze Woche in der Redaktion sitzen können, statt planlos von einer Katastrophe in die nächste zu stolpern. Gut, dort wär's jetzt nicht so spannend gewesen, aber ... solide. Hier war ja alles insgesamt eher ... wobei, das mit dem Hotelzimmer war schon lustig. Und die Tomatina irgendwo auch. Die Verfolgungsjagd war stressig. Aber legendär. Und Dr. Kamphaus ...

Ich bin merkwürdigerweise überhaupt nicht in der Stimmung, Lenny und Wilhelm die Freundschaft zu kündigen und Kratzklaus um Vergebung zu bitten. Wir sind gerade einmal fünf Tage hier, und ich habe mehr erlebt als in meinen letzten fünf Jahren. Eigentlich geben mir die *News* ungefähr so viel wie das Wort Wertebewusstsein. Nichts. Vielleicht muss man wirklich 1000 Kilometer vom Server entfernt auf einer Parkbank in der Nachmittagssonne sitzen, um das zu kapieren. Verwirrt, müde und verliebt. Ob die *News* jemals in einem Atemzug mit dem Wort Wertebewusstsein genannt wurden?

Mir geht es eigentlich ganz gut. Und was immer in der Nacht wirklich passiert ist: Meine Traumfrau will mich wiedersehen. Außerdem habe ich mich indirekt schon an Lenny und Wilhelm gerächt. Die beiden waren als Drogendealer auf allen Kanälen, und mittlerweile wird sich das halbe Land über ihre Sprachfehler beömmeln. Warum gehe ich nicht einfach zurück ins Hostel, versammle alle Verdächtigen im Café und kläre den Fall mit einem langen Plädoyer auf?

Weil Zorro letztlich doch ein coolerer Hund ist als Hercule

Poirot, denke ich und schmiede einen Racheplan. Einen Racheplan 3000. Dann ziehe ich mein revanchelustiges Schwert aus der Tasche und beginne zu tippen.

«Ana, mi amor! Ich kann nicht länger ohne dich sein. Wenn ich dich heute nicht in Valencia finde, hat dieses Leben für mich keinen Sinn mehr. Alles aus Liebe, Max!»

«Alter, wo warst du denn so lange?», empfängt mich Lenny im Hostel.

«Och, ich hab nur noch mal über das Ganze nachgedacht. Ich habe euch wirklich schon zu viel zugemutet. Am besten fahre ich alleine nach Valencia.»

«Auf gar keinen Fall», funkt Wilhelm dazwischen. Die beiden haben das Handy wohl schon aus dem Spind geholt.

«Wieso?»

«Weil ... weil, na ja, wenn die jetzt nicht da wäre, dann ginge es dir wahrscheinlich ja sehr schlecht, oder?»

«Aber sie ist ja da.»

«Wenn du das nicht falsch verstanden hast», wendet Lenny ein. Ich schaue ihn gespielt ratlos an.

«Max, ich meine nur, wenn du gute Freunde brauchst, wir sind für dich da.» Danke, Wilhelm, das habe ich gemerkt.

«Na gut, dann kommt halt mit. Ich hoffe, es wird ein schöner letzter Abend», sage ich und betone «letzter» so sehr, dass sich Lenny und Wilhelm erschreckt ansehen. Revenge 3000 started.

Im Radio läuft *Smells Like Teen Spirit* von Nirvana. Schon die ganze Busfahrt über merke ich, wie angespannt die beiden sind. Ich mache mit Gelassenheit, mit innerer Ruhe, mit begnügter Seele eher einen auf Buddha. Oder Jesus. Beim letzten Abendmahl, als alle völlig verzweifelt waren und er ganz heimlich für sich dachte: Ihr Schwachköpfe, bin doch in drei Tagen wieder da! Aber wer liest das Neue Testament, wenn da nicht auf den ersten Seiten schon ein bisschen Action ist? I'll be back.

Es wird schon langsam dunkel, als uns der Bus in den warmen valencianischen Abend entlässt. Hätte Hesse Nirvana gehört? Ich erzähle Lenny und Wilhelm, dass ich kurz noch ein paar Läden in der Innenstadt abklappern möchte. In einer Stunde am Hafen. Ich blicke den beiden schwarz umrissenen Gestalten nach, wie sie gegen die untergehende Sonne traben. Dann mache auch ich mich auf. Meiner Erinnerung nach ist das NH Center Hotel ganz in der Nähe.

Es ist schon fast elf, als eine riesige Paellapfanne in unsere Mitte gehievt wird. Sie ist zwar nicht besonders hoch, dafür aber ziemlich breit. So ähnlich wie Kurt Cobain. Bohnen und Hähnchenfleisch schwitzen in dampfendem, safrangelbem Reis. Wir sitzen um einen runden Holztisch im Freien. Direkt am Hafen. Es riecht nach Fisch, aber die Meeresfrüchtepaella durften wir nicht bestellen. Die sei nur für Touristen, habe Tanja erzählt. Lenny will sich schon mal einen Happen stibitzen, doch zuckt zurück, als er mit dem Arm an das heiße schwarze Stahlblech kommt.

«It's better to burn out than to fade away», murmele ich.

«Was?»

«Fällt mir nur gerade ein. Waren die Abschiedsworte von Kurt Cobain.»

Schon wieder werfen sich Lenny und Wilhelm unruhige Blicke zu. Es gefällt mir, die beiden zu verunsichern. Wie haben die mich mit Fake-Anas Hinhaltetaktik gequält! Da darf ich auch ein bisschen sadistisch sein.

«Max, wenn man einen Luftballon zur Decke steigen lässt und er zerplatzt, dann muss man einen neuen Luftballon aufblasen und zur Decke steigen lassen», sagt Wilhelm mit sorgenvoller Miene.

«Ist das auch Cobain? Oder Graf von Zeppelin?»

«Das hat meine Mutter früher immer ... aber Camus sagt eigentlich das Gleiche. Wir müssen uns Sisyphos nur als einen glücklichen Menschen vorstellen!»

Ich habe mir ja schon einiges vorgestellt. Zum Beispiel wie man sich als Spinne in einem Staubsauger fühlt, was Effi Briest und Major Crampas in der Kutsche wirklich gemacht haben oder wie Osama bin Laden seine Oma zum Geburtstag anruft. Aber Sisyphos als glücklicher Mensch war noch nicht dabei. Nicht mal als unglücklicher. Wer ist das überhaupt? Ein griechischer Dichter mit Geschlechtskrankheit? Wilhelm sollte kein Psychologe werden. Wenn ich auf dem Hochhausdach stehe, kann man mich vielleicht noch mit «Messi wird eingebürgert», «Bohlen wird ausgebürgert» oder «Erwiesen: Schädelhirntrauma gesundheitsschädlich» abhalten. Aber mit Camus, Sisyphos und Luftballons holt man mich da nicht runter. Wilhelm merkt, dass meine Gedanken springen.

«Ja hier, der mit dem Stein. Rock'n'Roll.»

«Mhm, klar.» Ich schalte den Türsteherblick an und scanne unsere Umgebung. Bald müssten sie kommen. Hoffentlich. Mir fällt ein, dass sie bei unserem ersten Treffen auch eine halbe Stunde zu spät waren.

Wir werden mit dem Paellaberg schneller fertig als Mesner mit dem Nanga Parbat. Und wir lassen auch nur vier Knoblauchzehen zurück. Statt sieben Fußzehen. Stand neulich im *stern*. «Seither hatte ich mehr Platz in den Schuhen, dadurch waren meine Füße vor Erfrierungen geschützt.» Britische Wissenschaftler sicher: Bergsteigen macht doof.

Und dann geht es los. Schon von weitem sehe ich die zwei nervös die Hafenpromenade entlangrennenden Mädels.

«Jungs, schaut mal, wer da kommt!», lenke ich die Aufmerksamkeit von Lenny und Wilhelm auf die beiden und rufe laut: «Hier! Hier sind wir!»

«Spinnst du? Weißt du, wer das ist?», faucht mich Lenny an.

«Der Mile High Club», sage ich freudig. Lenny würde sich gerne in einen Rosmarinzweig verwandeln und zu den Knoblauchzehen in die Pfanne legen. Oder mir wenigstens die Zunge amputieren. Dadurch hätte ich auch mehr Platz im Mund. Aber Johanna und Yasmin haben uns schon entdeckt.

«Hilfe! Hilfe!»

«Was ist denn mit denen los?», will Wilhelm wissen.

«Keine Ahnung», lüge ich. Zielgenau stürzen sie auf Lenny zu.

«Hey! Du musst uns helfen! Die Alex ist ins Hafenbecken gefallen, und die kann doch nicht schwimmen!»

«Ich? Was habe ich denn ...?»

«Du warst doch auf dieser Elitetiefseeakademie!»

«Ja, aber das ist nicht das, wo man in roten Badehosen auf Türmen sitzt und mit dem Fernglas nach Silikon...»

«Du trainierst doch sogar für das Kuba-USA-Distanzschwimmen!»

«Ja gut, aber ich bin eben eher so ein Langstreckentyp.»

«Jetzt tu was! Es geht um Leben und Tod!», schreie ich Lenny an. «Du hast vor den Malediven in 200 Metern Tiefe getaucht, da wirst du doch noch jemanden aus dem Hafenbecken fischen können.» Zu fünft rennen wir los.

«Hier! Hier war es!», ruft Yasmin und zeigt auf das schwarze regungslose Wasser vor uns. Alle schauen Lenny an. Er reißt sich die Schuhe von den Füßen, blickt Wilhelm und mich hilflos an und springt. Als ich seinen Körper auf die nasse Oberfläche klatschen höre, geht es mir gut. Das Wasser muss ziemlich kalt sein um diese Zeit. Er taucht auf.

«Ich kann nichts sehen! Wo ist die?»

«Die muss da sein!»

Lenny taucht wieder unter. Ich stoße Wilhelm an.

«Das schafft der alleine nicht. Wir müssen auch springen», rufe ich und täusche an, meine Schuhe auszuziehen. Wilhelm steigt ein. Als er bereits absprungbereit ist, plage ich mich vorgeblich noch immer mit meinem Schnürsenkel und summe leise die Toten Hosen: «Komm, ich zeig dir, wie groß meine Liebe ist, und bringe mich für dich ...»

«Oder ich springe erst mal, und du bleibst hier.» Na, geht doch.

«Wieso denn?»

«Max! Lass einfach mich springen.» Sehr gerne.

«Wenn du meinst.»

«Hier ist nichts!», brüllt Lenny von unten.

«Lasst auf keinen Fall Max springen», ruft Wilhelm dem dezimierten Mile High Club zu, dann stürzt auch er sich in die ungewisse Tiefe.

Abwechselnd tauchen sie auf und tauchen sie ab, prusten, husten, geraten außer Puste.

«Ich glaube, es reicht», zwinkere ich den Mädels zu. Kurz darauf kommt Alexandra hinter einem Container hervor.

«Jungs, meint ihr wirklich, man kann Stewardess werden, ohne schwimmen zu können?», rufe ich hinunter.

«Was?», schreit Lenny.

«Von mir aus kannst du noch tauchen, bis du von einem Rochen gebissen wirst, aber ich bin hier oben», lacht die fälschlicherweise Vermisste.

«Was soll der Scheiß?», schreit einer der Rettungsschwimmer mit so abgekämpfter Stimme, dass ich nicht mal sagen kann, ob es Lenny oder Wilhelm ist.

«Ihr habt mich die ganze Zeit verarscht. Ihr habt mich nach

Spanien gelockt und Ana gespielt, nur um an euren Urlaub zu kommen!»

«Das haben wir doch nur für dich gemacht», brüllt Wilhelm. Ich glaube, dass Uwe Ochsenknecht den gleichen Text gleich verzweifelt in irgendeinem seiner Filme ruhrpottet. Aber da hängt er kopfüber aus dem Fenster.

«Können wir das vielleicht verschieben? Ich krieg hier unten gleich keine Luft mehr», wendet Lenny keuchend ein.

«That's what she said. 2–1. Ihr habt das eiskalt ausgenutzt, dass ich ein Blackout hatte.»

«Alter, das war doch nicht geplant! Ich wusste ja nicht, dass du dich an nichts mehr erinnern kannst.»

«Woran denn?»

«Dass du irgendwann eingeschlafen bist und Ana gegangen ist», schnaubt Wilhelm, während er sich mühsam über Wasser hält.

«Ana ist einfach so gegangen?»

«Ja sicher», bestätigt Lenny. «Dann bist du irgendwann aufgewacht und in die Küche gekommen. Hast dir dein T-Shirt ausgezogen und was von Cranberry-Ernte gefaselt. Und dass du jetzt Miss Fitch suchen gehst.»

Auch wenn ich mich überhaupt nicht daran erinnere, ich kann es mir gut vorstellen. Hektisch rudernde Arme durchwühlen das stille Wasser des Hafenbeckens. Lenny ringt nach Luft.

«Und dann hast du dir auch noch die Sahne geschnappt und wild durch die Gegend gesprüht. Und irgendwas gelallt von wegen Dieter.»

«Jetzt wird zurückgeschossen, Dieter», ergänzt Wilhelm.

«Genau.»

Das meinte Chris also mit dem starken Auftritt.

«Ich konnte dich in deinem Zustand doch nicht auf die Straße lassen! Daher habe ich dich wieder in das Zimmer gebracht. Und als du partout nicht dableiben wolltest, habe ich irgendwas gesucht, womit ich dich an das Bett binden kann. Und da lag dann eben dieser BH.»

Von wegen Fessel-Sahne-Spiele. Lenny hat mich ans Bett gebunden. Der Mile High Club hält sich kaum noch vor Lachen. Diese Privatvorstellung entschädigt die drei locker für das verwüstete Zimmer. Selbst als wir wieder in unserem kleinen Hafenrestaurant sitzen, hören die Stewardessen nicht auf zu giggeln. Jetzt ein «Und dann die Szene mit dem Tiger im Badezimmer», und die Stimmung würde überlaufen.

Beim Anblick von Lenny und Wilhelm merke ich, dass es hier nachts gar nicht mehr so warm ist. Zumindest in klatschnassen Klamotten. Bibbernd und mit verschränkten Armen sitzen sie auf ihren Stühlen. Ein Ober mit Weste lehnt sich zu uns und fragt irgendwas mit *postre*.

«Der Kellner fragt, ob wir Nachtisch wollen?», übersetzt Johanna.

«Me muero por un helado», raunt Lenny mit zitternder Stimme.

«Nein!», rufe ich vorfreudig. «Gibt es Torte?»

NACHLESE

Ich werfe die leere Sprühdose mit dem kochmützenähnlichen Deckel in den Müll und schreibe «Sahne» auf die Liste am Kühlschrank. Auch Oliven, Jamón Serrano, Bacalao und Reis stehen da drauf, nur fehlt das «Nie mehr» in der Überschrift.

«Viele Anleger haben nach der Krise ihr Portfolio ganz neu zusammengestellt. Vor allem Produkte aus dem Mittelmeerraum haben momentan Hochkonjunktur. Sie sind zwar teuer und werden nicht überall gehandelt, doch gelten sie als Liebhaberaktien, und wenn der Kuchen neu aufgeteilt wird, darf die Sahne nicht fehlen», hallert meine innere Börsen-Valerie.

Nicht nur mein Portfolio hat sich geändert. Das mit der inneren Tupperdose hat ganz gut geklappt. Okay, ich habe sie vielleicht nicht immer im richtigen Moment aufgemacht. Ich hätte dem Supermarktkassierer durchaus glauben können, dass über Karneval wirklich kein Flaschenbier verkauft wird. Anstatt das komplette Tiefkühlgemüse zu durchpflügen. Aber die Tage im Süden haben abgefärbt.

Mit manchen Dingen komme ich in Deutschland sogar gar nicht mehr zurecht. So wie meine Schlumpkönigphobie. Wenn sich im Zug ein bärtiger Araber mit ungewöhnlich viel tickender Masse unter dem Michael-Ballack-Trikot neben mich setzte und nervös auf die Uhr schauend «Allah ist groß, Allah ist mächtig» flüsterte – ich wäre nicht so nervös, wie wenn es mal wieder um 8:31 Uhr kurz vor Rommerskirchen «Drink doch ene met» aus sieben heiseren Frauenkehlen schallt.

Auf dem Küchentisch liegt noch immer die DVD. Das Geburtstagsgeschenk von Lenny und Wilhelm. Über einer nackten Stewardess mit «Rein-Air»-Haube im «Kabinengang-Bang» prangt der Titel «Priority Bondage – angeschnallt und weggeknallt». Darunter in etwas kleinerer Schrift «mit Zissy van Heekern und Pitt Cock». Im ersten Moment dachte ich wirklich, Zissy habe den Job gewechselt und das Cover sei echt. Aber spätestens als ich den Zusatz «Rubbel los: 0 Euro – zzgl. Steuern und Gebühren» las, wurde mir klar, dass die beiden da selbst Hand angelegt und Zissys Foto von der Ryanair-Webseite reingebastelt hatten. Auch der Titel ist überklebt. Wenn man die Rückseite gegen die Sonne hält, schimmert ganz deutlich «Hilfe, Captain: Samendruckverlust im Cock, Pitt!» durch. Und der Untertitel «Klappen Sie die Tische hoch, alles andere bringen wir in aufrechte Position». Zunächst stand ich lachend am Fenster. Man sollte allerdings nie ein Pornocover gegen die Sonne halten, wenn sich vor dem Fenster Fußballhorden einsingen. Es folgen Textzeilen, die nicht einmal Peter Wackel mit einem simplen «scheißegal (besoffen)» abtun könnte.

Oje. Den muss ich mir ja nächste Woche antun. Das war das zweite Geschenk von Lenny und Wilhelm: Karten für den Partynator in der Oberhausenarena. Ich schätze, es war Wilhelms Idee. Er braucht wahrscheinlich neue Inspiration für seine Vorträge. Seine monatlichen kabarettistischen Gedichtinterpretationen sind im Uni-Café mittlerweile Kult. Er hat schon Fußballreporter Herbert Zimmermanns Redefluss mit Hesses Siddhartha verglichen und sieht in der *Hangover*-Szene mit dem Tiger im Badezimmer «die xenophobe Haltung der US-amerikanischen Gesellschaft gegenüber zunehmenden Einflüssen fremder, vor allem asiatischer Kulturen. Sogar in den privatesten aller Rückzugsräume, das Badezimmer, dringt die gelbe Gefahr ein: im Film die asiatische Raubkatze, in echt vielleicht der LED-Duschkopf Lightfever aus Hongkong». Einmal war angeblich auch Tanja da, ist aber direkt nach dem Vortrag gegangen. Lenny argumentiert seither wieder mit seiner Mysterious-Girl-Theorie.

So ganz kann er den alten Lenny eben doch nicht ablegen. Auch wenn er inzwischen sogar auf Alien League verzichtet, weil das «Hober/Seibart» in designerlampenstelendünner Schrift kein Briefträger entziffern konnte. Dem F-Manager 3000 ist er treu geblieben. Zunächst verkündete er, dass «der Vorstand entschieden hat, hingegen der bisherigen Transferpolitik, seinen Wunschspieler langfristig an den Verein zu binden». Bei der ersten Krise sprach er von «schwierigen Vertragsverhandlungen, die Verein und Spieler zwingen, nach Alternativen Ausschau zu halten». Am Ende konnte er aber doch eine vorzeitige Vertragsverlängerung vermelden: «In dieser Situation brauchen wir nicht viele austauschbare Spieler, sondern einen, der langfristig zur Vereinsphilosophie passt.»

Und das mit dem Dreier hat sich Lenny offenbar auch aus dem Kopf geschlagen. Obwohl ich über den Zustand seiner Beziehung einmal kurz irritiert war, als ich die beiden besuchte und Sandra stolz Tunesien auf Lennys Weltkarte mit rotem Marker kolorierte. Aber dann klärte sie mich auf.

«Wir waren da doch gerade im Urlaub, und Lenny malt ja immer die Länder an, in denen er schon war. Der ist schon so weit rumgekommen! Sogar Brasilien!»

«Stimmt, Rioconciliation. Das war so ein Projekt zur Völkerverständigung wegen der langen und unbarmherzigen deutschen Kolonialzeit.»

«Aber wann war denn Deutschland ...?»

«Oh, schau mal, Lennys Bücher stehen ja gar nicht mehr im Regal, sondern liegen. Wie praktisch!»

Lange war ich Sandra suspekt. Nicht nur, weil ich oberkörperfrei mit Cuba Libre in Lennys Wohnzimmer R. Kelly gehört hatte. Sondern auch, weil ich die Programmeinstellung mit ihrem Lieblingslied «Langweilige Alte» getauft hatte. Sie war mir allerdings auch lange suspekt, weil *I believe I can fly* ihr Lieblingslied ist. Aber irgendwann mussten wir uns vertragen. Ich war schließlich fast täglich bei Lenny wegen der Quadrocopter-Geschichte. Unsere kleine Geschäftsidee. Er baut die Minihubschrauber, ich kümmere mich um Vertrieb und Marketing. Wenigstens konnte ich ihm den Namen *Lennymax 3000* ausreden.

In einer romantischen Liebeskomödie auf *SAT.1* hätte meine berufliche Zukunft anders ausgesehen. Ich hätte Ana geheiratet, wäre mit ihr nach Spanien ausgewandert und hätte ein kleines gemütliches Strandlokal aufgemacht. Das Leben ist aber oft kein Filmfilm, sondern ein Handyvideo auf Youtube. Wenn ich auf die Verkaufszahlen der Quadrocopter schaue, nicht mal ruckelfrei abspielbar.

Im Fernseher auf dem Küchenregal läuft Fußball. Ich denke wegen der Stille erst, es gäbe gerade eine Gedenkminute, aber das Spiel läuft schon. Ein Kommentator wirft alle paar Sekunden emotionslos Dinge wie «Bisher ist das hier noch viel Stückwerk», «Beide Mannschaften stehen sehr kompakt» oder «Tor» ein. Einen spanischen Kollegen könnte man wohl alle selbstverschuldeten Gegentore des 1. FC Köln in den letzten zehn Jahren am Stück anschauen lassen und ihn nach diesen sieben Tagen ohne Schlaf als Torwandersatz im *Sportstudio* von Mario Basler beschießen lassen – selbst dann wäre er noch nicht so zerstört, das Spiel in diesem Tempo zu kommentieren.

«Und der Torschütze ist der neue Brasilianer. Gestern Abend im Hotel, da hat er mir noch gesagt: Es heißt nicht Wilhelm, es heißt nicht Willäm, es heißt Wilchelm.»

Es ist kurz vor acht, gleich beginnen die *News*. Innerlich läuft bei mir da immer noch der Countdown, auch wenn ich jetzt schon lange nicht mehr dabei bin. Die Quoten sind so gut wie noch nie, habe ich gelesen, vor allem seit im Vorprogramm immer ein unverständlich sprechender Werbeexperte unverständlich sprechende Arbeitslose mit vielen Problemen coacht. Ein Glatzkopf mit Brille, der Ratschläge zum Selbstmarketing gibt. *Maurice – Der Managermacher.*

Marty wollte mir nach Glatzen-Yuls Ausstieg sogar eine Festanstellung geben. Doch als ich hörte, dass Ellringer wegen des Erfolgs der Zylinderkopfschraube *Lemonance* auch neue Produktnamen für das gesamte Sortiment von Ventilwerkstoffen und Radialwellendichtringen sucht, lehnte ich ab. Zum Abschied bekam ich das blöde Schild mit den zündenden Ideen und einige Kugelschreiber mit *pinkfrog*-Schriftzug. Nicht trendy, nicht hip.

Ich überlege, kurz zu meinem ehemaligen Arbeitgeber zu zappen. Aber ich habe Angst, diesem blöden Trailer zu begegnen, in dem der Sender als einen seiner Vorzüge auch «News hautnah» nennt und mich in Buñol während der Tomatenattacke zeigt. Da finde ich ja noch den Youtube-Clip besser, wo irgendwer die gleiche Szene in diese Reisewerbung geschnitten hat. *Australia – untouched by modern civilisation.* Und die Geschichte mit dem von den Toten auferstandenen Opa hat der Sender sogar noch in der Mystery-Show *Unglaublich!* mit Sonja Zietlow verbraten.

Wie lange es wohl dauert, bis man das alles wieder vergessen hat? Den Doof-Reporter, der in Spanien auf einen Touristenstreich reinfiel und die deutsche Medienlandschaft in Atem hielt? Den meisten war es glücklicherweise so peinlich, dass sie selbst nur in Randnotizen von «offensichtlich fehlerhaften Informationen» sprachen. Aber irgendein Medienmagazin im NDR rollte den Skandal von vorne bis hinten auf. Inklusive Interviews mit Tigermimi, den Frisurenfreds und dem Bär. Der meinte dann auch was von bewusst vorgetäuschten Anreizen, die ihn zu einer Kooperation mit mir zwangen. Die Autogrammkarte. Ich habe alles richtig gemacht.

Vielleicht sollte ich meine Erlebnisse aufschreiben. Jetzt nicht so wie Geli in ihrem Leserbrief in der *Eltern*: «Mein lieber Herr Gesangsverein! Wenn selbst ich, wo viel mit junge Leuz chillt, die fesche Jugendsprache nicht mehr versteht, dann stelle ich mir schon viele Fragen.» Aber ich könnte ein Buch schreiben. So wie Kaufhauserpresser Dagobert. Nicht, wie ich die Polizei, sondern wie ich die Medien an der Nase herumgeführt habe. Und wenn der Boulevard dann aufschreit, erinnere ich die *BILD* an ihre Das-wird-man-ja-wohl-noch-sagen-dürfen-Kampagne.

Auf jeden Fall würde ich unter falschem Namen schreiben. Am besten ein Name, bei dem die Verkäuferin in der Buchhandlung mindestens fünfmal nach der Schreibung fragen muss. Obwohl, wäre wohl eher kontraproduktiv:

«Mit einem l und zwei p?»

«Ne, drei p.»

«Drei p?»

«Vorne ist ja auch noch eins.»

«Ach so, ja. Aber in der Mitte zwei l?»

«Nein, ein l.»

«Also ein l, zwei p?»

«Drei p.»

«Wollen Sie nicht vielleicht lieber was von Tommy Jaud? Das ist auch einfacher geschrieben.»

Ich schalte den Fernseher aus und gehe zur Wohnungstür. «Me muero por sentir cada día ese flechazo al verte», murmele ich vor mich hin. Habe ich extra auswendig gelernt. Heißt irgendwas Romantisches. So richtig viel Spanisch kann ich immer noch nicht. Aber ich weiß inzwischen, dass Tschiringgito eigentlich Chiringuito geschrieben wird. Vielleicht bringt sie mir ja heute wieder was bei. An unserem angestammten Zweiertisch vor der roten Wand im W84U, der Bar, in der Ana arbeitet, wie sie mir angeblich mehrmals an jenem Abend gesagt hatte. Mit einem Satz bin ich draußen.

MIX
Papier aus verantwortungsvollen Quellen
FSC® C083411

Das für dieses Buch verwendete FSC®-zertifizierte Papier *Lux Cream* liefert Stora Enso, Finnland.